Lf 文学 森林 Literary Forest

如何獨處

HOW TO BE ALONE

Jonathan Franzen

強納森・法蘭岑——著
洪世民——譯

法蘭岑創作簡表

1988 《第二十七個城市》 *The Twenty-Seventh City*

1992 《強震》 *Strong Motion*

2001 《修正》 *The Corrections*
榮獲美國國家書卷獎

2003 《如何獨處》 *How to be Alone*

2010 《自由》 *Freedom*
登上《時代》雜誌封面，被譽為美國偉大小說家

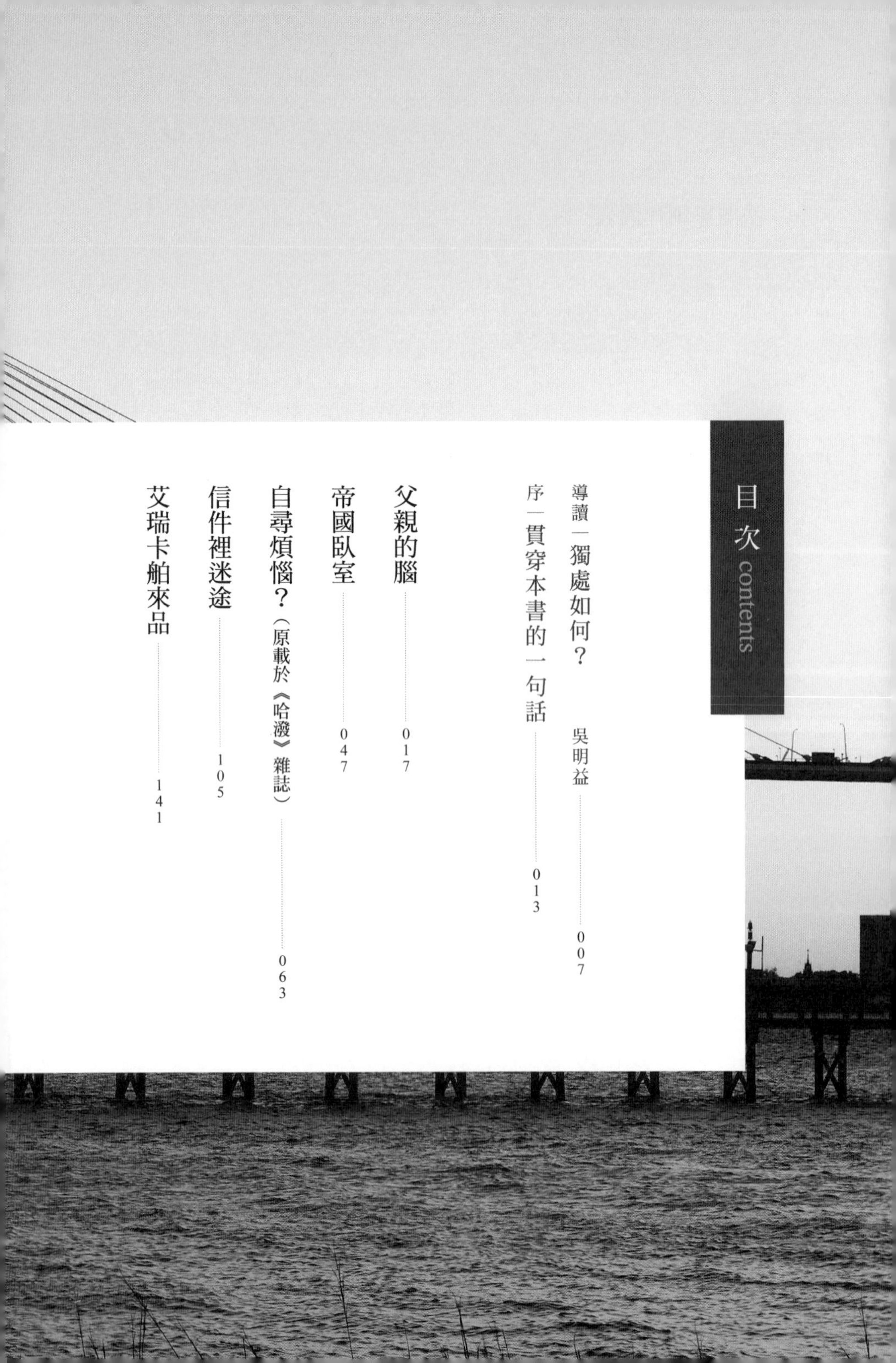

目次 contents

HOW TO BE ALONE

導讀

獨處如何？

吳明益　國立東華大學華文系教授

年輕的時候我總是帶著一本書尋找校園或城市裡的「凹槽」，一個剛剛好能容納我的憂鬱和孤癖的所在。我並不喜歡在圖書館裡看書，而喜歡一種介於可能被發現，又通常不會被發現的地點看書——比方說稍稍隔開人群的校園樹林裡。這並不是真正的憂鬱與孤癖，而是渴望被詢問，卻又希望不被打擾的兩難處境。我認為這便是「閱讀」這種活動的獨特性——在閱讀中，你會有一段時間的獨處過程，它不像看電影那麼具有時間的獨占強制，而是一個你一跨步，就可以回返這個世界的專屬空間。

後來我發現寫作是另一種獨處行為，在那個過程裡沒有人掌握到你腦袋裡正在進行什麼樣的「創世紀」。但它最有意思的是，這個私密空間、獨處時光或許有一天會公眾化、公開化，如果你成功了，還會有一群人專門解剖那個世界的種種。文學確實是個難定義的東西，但它必然是一種心靈的傳播模式。

我一開始閱讀美國舉足輕重的中生代作家強納森・法蘭岑時，以為他是一個擅長寫

「私家族小說」的作家。因為不論是成名作《修正》或是備受讚譽的《自由》，都是從一個美國社會中的尋常家庭出發，而這個家庭，多多少少藏有法蘭岑自己人生的影子。

《修正》裡的家庭產生偏移是父親罹患了帕金森氏症，家族其中成員也各自在自己的人生境遇裡掙扎，最終則在「最後一個全家團聚的聖誕節」重聚。在這個「自我修正」的相處過程中，他們各自領略了一些事，比方說「愛的方式並非靠近，而是保持距離」。

《自由》寫的則是明尼蘇達州聖保羅柏格蘭一家的成員，進而延伸到他們最親近的朋友、戀人，橫跨數十年的人際與社會關係。在這個「自由」被奉為最高精神也是口頭禪的國度裡，年紀漸長的法蘭岑詢問讀者是否發現自由這個氣球總是被綁在一條線上頭。熱愛賞鳥的法蘭岑和主人翁漸漸理解，生命的自由展示的不是全然的自我，反而是自我的有限性。人有時候像在追求自由，實際上卻是在「避免」全然地自由。我們被愛捆綁，也自願被愛綑綁。

法蘭岑有一個罹患阿茲海默症的父親，他也有並不順利的婚姻，但這兩部小說卻沒有像失敗的「私家族小說」那樣的沉溺於挖掘陰黯，在一個窄仄意識裡掙扎的缺點，反而有一種恢宏、充滿嘆息卻睿智的大氣。讀完《如何獨處》以後我才知道法蘭岑正藉由他的小說展示了一個偉大的獨處成果：他不只寫出了一個美國家庭，他寫出了美國。

如果你打開這本法蘭岑的散文《如何獨處》，一開始你會被整本「書」的方向感到迷惑。法蘭岑討論小說、文學，寫他父親、母親，也像庶民史家一樣討論美國的郵政史、菸草史、城市史。法蘭岑的文字一如他的小說一樣，簡明、銳利，帶著獨特的幽默，以及無與倫比的知識性與聯想力，但也讓我擔心，讀者會不會可能對美國郵政史沒有興趣，而失去閱讀一本能帶你獨處的好書的動力？

法蘭岑是在一個父母親彼此是對方不快樂根源的家庭出生，加上失敗的婚姻，可能因而讓他擁有大量的獨處時光。當然他也是一個嗜讀，以寫作做為出口的人，因此他的工作也是個獨處的職業。相對的是，他生活在一個全球最高度資本主義、擁有世界最忙亂大都會的地方。

在讀第二遍時，我就發現那些層層疊疊的，乍看之下不連貫、不相干的主題，原來就像格雷安．葛林（Henry Graham Greene）所說的，「人是不會改變的……就像那些棒棒糖，你吃到最後，還是看得到糖上布萊登的字樣。這就是人性。」法蘭岑遞給我們的，就是一根印有「alone」字樣的棒棒糖，不管他寫的是郵票、電視，還是紐約，抑或是監獄。

在這本書裡，最啟發我的是法蘭岑分析此刻文學所面對的新世界的種種問題。這個時代因電子媒體的發達，「就像照相機拿木樁釘入肖像畫的心臟，電視也殺死了實地報導社會的小說。」〔如楚門．卡波堤（Truman Garcia Capote）的《冷血》（*In Cold Blood*）〕嚴肅文學迅速地失去他們的讀者，我們則每天在獨處時光打開電視機，以至於失去了獨處的機會。

我們幾個月裡收到厚厚的信件裡，只有一封是真的信，其它都是廣告單了；我們接受了媒體浮光掠影式的世界，不再相信小說要帶我們審視的意識之核；我們在城市裡找不到一個獨處的「凹槽」，有一天老去的時候或許還可能罹患一種記憶的疾病，「失去感受事情重複的大腦裝備」，當我們彎腰聞玫瑰花香時，卻不記得自己已經彎腰聞同一株玫瑰花聞了一整個早上。

我們要如何在這樣的世界裡獨處？

這本書的每一篇文章都跟alone有關，獨白、獨處、孤獨。這正是文學處理的人生裡，最感艱難之事。面對這個考驗的不只是美國人，也不只是美國作家。

不久前英國《衛報》報導了瑞典文學院前任秘書長霍勒斯．恩達爾（Horace Engdahl）的談話，恩達爾認為，「西方文學由於作家和創意寫作課程受到資金補助，正在逐漸凋零中」。

他的理由恰好與部分作家希望獲得補助後來寫作，或期待成為專業作家的思考方式不同，恩達爾認為，每個作家都靠補助來寫作將「會讓作家與社會脫節」，產生不健康的依賴。過去作家和一般人沒有兩樣，為了生計他們可能是計程車司機、辦事員、秘書，但這些自力更生的生活經驗，對寫作可能反而比上創意寫作班來得有助益得多。

身為諾貝爾獎評委的恩達爾對美國文學作家已久未獲獎，也有他的一番看法。他說：「美國文學太過孤立和過於狹隘。他們翻譯的作品不夠多，而且實際上從不參與大型的文學對話……這樣的無知使他們被制約。」後來他進一步解釋，自己的本意並非說美國作家缺乏價值，而是生命力萎縮。因為太少國外的作品翻譯進入美國，因此「都將焦點放在本土（美國）的作家及英語文學上，就像身處在一個充滿鏡子的大廳裡，映入眼簾的永遠是美國自己的樣貌。」

我同意恩達爾部分的說法，過度依賴補助反而使文學活力萎縮，美國市場確實太少翻譯非英文的作品，但我也懷疑他的看法。我比較相信的是法蘭岑引述芙蘭納莉・歐康納（Flannery O'Connor）獨斷的評語：「最好的小說一定是地域性的。」我比較相信菲利普・羅斯（Philip Milton Roth）在一九六一年所說的：「如果一個小說作者感覺他不真住在自己的國家（無論從生活、或他踏出家門所經歷的事情），那一定是嚴重的職業障礙。」

這正是法蘭岑寫作的關鍵語。他總是將個人經驗鑲嵌進美國社會這個巨大輪輻之中，找到一個深刻的軸心點。就像多年以來，精采美國作家諸如戈馬克・麥卡錫（Cormac McCarth）、唐・德里羅（Don DeLillo）、菲利普・羅斯、安妮・普露（Edna Annie Proulx）、安・泰勒（Anne Tyler）、保羅・奧斯特（Paul Auster）……一樣，那些並不是「孤立而狹隘」的作品，他們寫的看似是俄亥俄州的美國、紐約的美國、明尼蘇達的美國，事實上是一根根打印著人類心靈共相的棒棒糖。因此，並非美國人的讀者如我們，也會像鐘一樣被敲打，發出讓自己都為之震動的共鳴。

在《時代》雜誌對法蘭岑的報導裡提到：「過去十年，全球的小說都走向專精某個領域的寫法：特寫、縮影、微小世界。……小說轉向追求離奇和獨特，將題材深探到次文化中，傾聽個別聲音，接觸特殊群體……」強納森・法蘭岑卻不這麼做，「他顯然是『大論述』的信奉者，仍然想讓小說包羅萬象，描寫美國人當下的生活方式。」

這正是法蘭岑式的寫作，他自己說：「創新並不是開創一種新的、從未在地球上出現過的小說形式，而是關注當前世界上正在發生的事，並以簡單連貫的文字記錄下來」，將現實以「透明、優美、拐彎抹角」的方式，融入小說之中。

在本書那篇被登在《哈潑》雜誌上，標題從〈偶然作夢〉改成〈自尋煩惱？〉的文章裡，法蘭岑引述了一位研究閱讀行為的學者海斯所說的話。她說，寫作或閱讀，並不是真正的隔絕於世的獨處，反而是「叫你不要孤立自己，也叫你不要聽什麼沒有出路、沒有存在意義之類的話。意義在於持續，在持久存在的重大衝突裡。」這話講的並不只是閱讀，還是我們的人生處境，不是嗎？

所以，我忍不住對你發出邀請，此刻「獨處如何」？就從你手上的這本法蘭岑開始，就從關掉電視，重返心靈獨處的閱讀開始。

序

貫穿本書的一句話

我耗時多年的第三本小說《修正》，出版於世界貿易中心崩塌的前一週。那似乎是我和商業操作都該默不作聲的時候——套用尼克．卡羅威[1]的話，那是「我只想讓世界上所有人都身穿軍裝，在道德上永遠保持立正的姿態」的時刻。但在商還是得言商，大難過後不到四十八小時，我又開始受訪了。

訪問我的人對他們稱之為「那篇《哈潑》[2]上的文章」特別感興趣（沒有人用原標題「偶然作夢」）。採訪者大多這樣開場：「在你一九九六年那篇《哈潑》上的文章中，你保證第三本書會是一部大型社會小說，攻擊主流文化並振興美國文學，你認為《修正》實踐了這個諾言嗎？」我對後繼每一位採訪者都這麼解釋：我在那篇文章裡對我的第三本小說

1 Nick Carraway，小說《大亨小傳》的敘述者，透過他的眼光來看主角蓋茲比（Jay Gatsby）的經歷。

2《哈潑》（*Harper's*）雜誌創刊於一八五〇年，是美國第二長壽的月刊，內容涵蓋文學、政治、文化、藝術等面向。

三緘其口，「保證」這個說法完全是空穴來風，是《紐約時報週日雜誌》某個編輯或標題撰寫者杜撰的；事實上，我非但沒有承諾要寫一本針砭主流的大型社會小說，反倒把那篇文章當成聲明放棄種種企圖的機會。因為多數採訪者並沒有讀過那篇文章，極少數讀過的人又似乎對它有誤解，於是我便愈來愈嫻熟於簡單扼要地反駁。當採訪來到第一百或一百一十場，也就是十一月時，我已經研擬出一套小而美的說辭以正視聽：「不，事實上，那篇《哈潑》上的文章是在講我要**放棄**身為小說作者的社會責任感，學習寫一本兼具趣味性與娛樂性的小說……」我不理解，也不只有一點委屈，文章中這麼簡單明白的意思竟沒人看得懂。這些媒體人真是笨得徹底！

十二月時，我決定整理出一本散文集，包括〈偶然作夢〉全文，並澄清我說過和沒說過的話。但打開一九九六年四月號《哈潑》雜誌時，我卻看到一篇顯然是我寫的文章以五千字的抱怨開場，裡頭尖叫聲之刺耳，邏輯之薄弱，連**我**都看不下去。五年前寫了那篇文章後，今天的我竟然忘記自己曾是一個滿肚子怒氣、滿腦子理論的人。我曾認為美國人愛看電視、不讀亨利．詹姆斯[3]猶如世界末日令人憂心；也曾是那種理念狂熱份子，深信世界若脫離了它獨特的信仰（就我而言，是對文學的信仰），就表示我們活在末世。我曾認為美國政治經濟是個龐大的陰謀集團，目標是阻撓我的藝術抱負、消滅文明所有令我愉快的物事，並在過程中強暴、謀害我們的星球。那篇《哈潑》上的文章前三分之一就是由這樣的憤怒和絕望寫成，在闡述理論時迸出的怨懟，自己現在看了都膽顫心驚。

的確，一九九六年時，我是打算以那篇文章記錄一位止步不前的小說家如何逃離憤怒思想的監牢。現在一部分的我想要重現它原本的面貌——我早期狂傲的見證，但恐怕大部分讀者不會對這樣的宣言感興趣：

> 在我看來清楚不過的是，若有哪位商業或政府要員相信書有未來，我們就不會眼睜睜看著華盛頓和華爾街瘋狂地為一條資訊公路籌募五千億美金。雖然擁護者嘴巴上在乎它對閱讀造成的蹂躪（「你得習慣在螢幕上閱讀」），但仍掩飾不了他們對這前景的無感。

這只是一小段，諸如此類的篇幅很長。於是我行使了作者的權利，把那篇文章刪去四分之一，徹底改寫（也把標題改為「自尋煩惱？」）。雖然文章依舊長，但我想現在它讀起來沒那麼累贅、費勁，也比較直截明確了。別的不提，我希望能夠指著它說：「看，這論點簡單明白，就像我之前說的。」

收在這裡的其他文章，也跟《哈潑》那篇有著一樣的效用。我打算讓這本書（至少有一部分）成為我揮別憤怒和恐懼的紀錄，轉而接受、甚至頌揚我身為讀者和寫作者的身分。這不表示世界已經沒那麼多令人惱火和害怕的事。我們國家對石油的渴求，已經造就兩個布希總統和一次醜惡的波斯灣戰爭，此刻眼看又要帶領我們沒入永無止境的中亞

---

3 Henry James（1843-1916），美國小說家，作品常凸顯歐美隔閡、成人如何摧殘兒童、物質與精神的矛盾等。代表作包括《美國人》（*The American*）、《一位女士的畫像》（*The Portrait of a Lady*）、《金碗》（*The Golden Bowl*）。

爭端。雖然你以為不可能，但今日美國一般民眾對政府的質疑，似乎遠比一九九一年還少，而主流媒體聽來更一面倒地支持強硬外交政策。雖然國會再次否決了放寬運動型休旅車節能標準的提案，福特汽車總裁卻在電視廣告上愛國地捍衛這些車款，並且高呼：美國人**絕不可接受**「任何一種設限」。

儘管每天都有那麼多厚顏無恥的新事件上演，我仍選擇對書中其他文章做最小程度的修補。沒有世界貿易中心，〈天下第一市〉讀起來會不太一樣；〈帝國臥室〉是在約翰・艾許克洛夫[4]帶著他對個人自由的冷漠上台前，方始定稿；炭疽熱[5]令美國郵政總局雪上加霜，一如〈信件裡迷途〉所呈現；歐普拉取消了我上她《讀書俱樂部》節目受訪的通告，讓「菁英」這個形容詞在好幾篇文章裡閃閃發亮。但對我來說，任何單一事件的重要性，都比不上全書文章共同關注的潛在議題：在喧鬧嘈雜、五光十色的大眾文化中，如何維持獨特性和多樣性——如何獨處的問題。

二〇〇二年

4 John Ashcroft（1942-），美國律師及政治人物，二〇〇一至二〇〇五年擔任布希政府司法部長。
5 恐怖份子曾於二〇〇一年透過郵件寄送炭疽芽孢粉末到美國，引起恐慌。

父親的腦

我明白當時我不願父親被冠上「阿茲海默症」這個病名，是不要原本獨一無二的厄爾·法蘭岑，因一種叫得出名字的病而落得平凡。

這是一段回憶。一九九六年二月一個多雲的上午，我收到母親從聖路易寄來的郵件，裡面是情人節包裹，包括一張粉色浪漫賀卡、兩條四盎司的Mr. Goodbar巧克力棒、一顆別在線圈上的鏤空花紋愛心，和一份神經病理學醫師對我父親腦部所做的屍檢報告。

我還記得那天早上燦爛又陰鬱的冬日之光；記得我把糖、卡片和裝飾品留在客廳，拿著驗屍報告進臥室，坐下來讀。上面寫：大腦重一二五五公克，有旁矢狀面萎縮、縱溝變寬的現象。我記得我把公克換算成磅，再以我熟悉的、超市賣的盒裝肉的磅數想像它的重量。我記得我沒有再讀下去，便把報告放回信封裡。

父親在過世前幾年參加過華盛頓大學主辦的、一項以記憶與老化為題的研究，參與者可獲得的一項報酬是，一次完全免費的死後腦部解剖。我懷疑那研究還附贈其他監測和治療，才讓喜歡貪小便宜的母親堅持要父親報名參加。而她之所以把驗屍報告放進給我的情人節包裹，節儉或許是唯一有意識的動機——這樣可以省下三毛二的郵資。

我對那個二月早晨的記憶極度清晰，既有視覺畫面也有空間向度：黃色的Mr. Goodbar；我從客廳走到臥房；那剛好位於冬至到春分正中的一日，接近中午的光。但我心知肚明，這些記憶都不能信。根據最新的理論，也就是累積了近二十年大量神經學和心理學研究的理論，大腦並非記憶的相本，不能讓記憶像不更換的照片那樣分散儲存。記憶，套用心理學家丹尼爾．沙克特[1]的說法，是活動的「暫時群集」，是一種神經迴路必要的類刺激，可將感覺意象和語意資料結合為短暫感知，讓我們記住整件事。不過，這些意象與資料很少是某個特定回憶的獨有財。以我在那個情人節早上的經歷為例：我的大腦依賴事前就存在的、對「紅色」、「心形」和「Mr. Goodbar」這三個類別的認知；窗外的灰色天空就像其他數千個冬日上午般，再熟悉不過；我擁有數千萬個神經元，專門用來構成我媽的形象：她對郵資錙銖必較、對孩子多情依戀、對父親餘怒未消，以及匪夷所思地不諳世故等。因此，根據最新的模組，我對那天早上的記憶是一組大腦相關區域間的固定神經連結，以及整個群集的預先配置——一旦迴路中有任何一部分接收到刺激，整個群集就會被「點燃」，同時產生化學和電力作用。現在，若要我自由聯想「Mr. Goodbar」這個詞，我如果不是說黛安・基頓[2]，就一定會說「腦部屍檢」。

就算現在是第一次疏浚我的情人節回憶，結果也會相同。但其實那個二月上午，我已經數不清回想過多少次。我把事情告訴我哥，也把它當成「可恥母親事件」講給愛聽這類事的朋友聽，甚至——說來丟臉——告訴完全不熟的人。後續每一次重新整理和重述都鞏固了建構那段記憶的意象與體認。在細胞層次，據神經科學家的說法，我每一次都把那段記憶烙得更深、讓各神經元之間的樹狀連結更強化，繼而鼓勵大腦啟動特定神經突觸群。人們大腦最強的適應力之一，也是讓腦灰質遠比任何已發明的機器（好比我的筆記型電腦，或堅持鉅細靡遺地回憶全球資訊網上某個《飛越比佛利》粉絲站在一九九八年

1 Daniel L. Schachter，美國心理學家，專攻「記憶」研究，著有《記憶七罪》（*The Seven Sins of Memory*）。
2 Diane Keaton，電影《尋找顧巴先生》（*Looking for Mr. Goodbar*）女主角，和威廉・安瑟頓（William Atherton）、李察・吉爾（Richard Gere）合演。

十一月二十日最後更新的內容）更聰明的特質，是我們能夠忘卻幾乎每一件自己經歷過的事。關於過去，我留住了籠統、主要屬於類別的記憶（在西班牙待過一年、多次前往東六街的印度餐廳用餐），具體的情節記憶較少。我留住的記憶是我常去回想的，因此獲得強化。無論從形態或電化學來看，它們都真的成為我大腦結構的一部分。

這種記憶模式（我是門外漢，所以在這裡只能做鬆散、概括的說明）讓我身體裡的業餘科學家細胞興奮起來。那感覺很真，因為我的記憶就是這樣模糊與鮮明交錯。而一想到神經網絡這般不費吹灰之力、以大規模並聯的方式自主協調，創造出鬼魅般的知覺和出奇堅固的自我意識，我不禁肅然起敬。人腦是由一千億個、或許多達兩千億個神經元織成的網，有數兆個軸索和樹狀突，透過至少五十種化學傳導物質交換千兆個訊息。我們賴以觀察、理解宇宙萬物的器官，是我們在這個宇宙中所知最複雜的物體，遠勝其他。

但那也是一小塊肉。某個時候，好像是那個情人節稍晚，我強迫自己讀了那篇驗屍報告，裡面包括一份對我父親腦部的「微觀描述」：

額葉、頂葉、枕葉、顳葉的大腦皮質出現許多老年斑塊，主要為彌漫型，極少數有神經纖維糾結。常規染色切片可輕易診斷出路易氏體失智症[3]。杏仁核顯現出硬化斑塊、偶有糾結和輕微的神經元損失。

九個月前，我們在當地報紙刊登的啟事中，母親堅持把父親的過世寫成「久病辭世」。她喜歡這詞的正式與含蓄。但即便這樣，仍很難不聽見她的抱怨——她對「久」字加重語氣。病理學家在他大腦鑑定出的老年斑塊，足以（唯有驗屍可以）證實這些年來她夜以繼日奮力對抗的真相：父親一如其他數百萬名美國人，患有阿茲海默症。

這是他的病。你也可以說，這是他的故事。讓我詳述。

阿茲海默症是典型的漸發性疾病。因為健康的人也會隨年歲增長愈來愈容易忘東忘西，所以，我們無法準確指出第一個淪入魔掌的記憶是什麼。父親的病況尤其令人氣結，他不僅鬱鬱寡歡、沉默少言、輕微耳聾，還因其他病痛服用大量藥物。長久以來，把他的雞同鴨講歸咎於聽力受損，把健忘歸咎於憂鬱，把幻覺歸咎於藥物，似乎相當合理，而我們確實這樣認定。

父親剛開始衰退的那幾年，我腦海中鮮明記得的，多半是「事情」而不是「他」。我甚至驚恐於自己竟然在這段記憶裡佔了那麼大分量，父母反成配角。因為事實上，那些年我住得離家很遠，訊息主要來自母親對父親的抱怨，而那些抱怨我向來持保留態度，因為已經聽了大半輩子。

3 由英國學者路易氏（Lewy）發現而命名的一種失智症。指大腦基底核出現一些小顆粒，導致身體僵硬、面具臉、手抖、流口水、口齒不清、走路不穩等類似帕金森氏症的症狀，合併疑心妄想，容易跌倒、暈倒、出現幻覺等。

我爸媽的婚姻，比較中庸的說法是：不怎麼美滿。他們始終在一起是為了孩子，也不認為離婚會讓彼此比較快樂。只要父親仍在工作，他們就能各據一方，分別在家裡和公司享受自主，但從他一九八一年滿六十六歲退休開始，兩人便沒日沒夜地在他們裝潢舒適的郊區別墅裡上演《密室》[4]。在我像聯合國維和部隊一樣短暫回去探視時，他們倆會對著我熱切地控訴對方。

不同於母親一生住院治療近三十次，父親在退休前一直很健康。他的雙親和叔伯都活到八、九十歲，這位厄爾．法蘭岑先生也完全相信自己能活到九十歲左右，他常說：「等著看世事如何演變。」（名字的組成字母跟他一樣的李爾王[5]對自己的晚年也有過類似說法：和寇蒂莉亞一起聽聽「宮裡的新鮮事」，看看「誰贏誰輸，誰進誰出」。）父親除了吃三餐、看孩子和打橋牌外沒什麼嗜好或消遣，但他確實對人間事的「**描述**」興趣濃厚。他看的電視新聞多得令人咋舌。他晚年的壯志，是密切關注國家和兒子們一天天往下寫的生命史，能關注多久就關注多久。

這個壯志的被動性質、他千篇一律的生活，讓我愈來愈感受不到他的存在。他智力衰退的頭幾年裡，我只挖得出一個直接的記憶畫面：我看著年紀坐八望九的他，奮力計算著數字，卻算不出餐廳帳單的小費。

幸好，母親是寫信高手。父親的被動（我覺得遺憾，但說真的不是我能插手）令她失望透頂，至少到一九八九年秋（那一季，據她信中表示，父親還在打高爾夫和大修房屋），她抱怨的事仍十分私密：

真的很難跟一個非常不快樂的人一起生活，尤其你知道自己一定是他不快樂的主因。**幾十年**前當你爸告訴我他不相信世間有「愛情」（性是「陷阱」），且他生來就不是「快樂」的料時，我就應該夠聰明地覺悟，這段關係不可能讓**我**滿意了。但當時我的心思都在我愛的孩子和朋友身上，我猜我就像郝思嘉那樣叫自己「明天再擔心那個」。

母親寫這封信時，她和父親的戰爭劇正好換檔，上演的是父親聽力受損的一段。母親堅決認為不戴助聽器是罔顧他人的行為，父親則抱怨別人都不懂得體貼地「把話講大聲一點」。爭端在他終於買了助聽器卻不肯戴時達到高峰，於是，母親又針對他的「固執」、「自負」和「失敗主義」編造有道德寓意的故事；但事後看來，我們很難不懷疑，他故障的聽力其實是其他更嚴重毛病的保護色。

一九九〇年元月的一封信裡，有著母親對這毛病的第一篇書面紀錄：

> 為了做華盛頓大學記憶與老化研究的動作能力測試，上星期有一天他得停用一次早餐

---

4 指法國存在主義劇作家沙特（Jean-Paul Sartre, 1905-1890）的《No Exit》一劇，描寫三個被關在地獄密室裡無法行動的剛死之人，只能透過別人的目光來界定自己。地獄裡雖無刑具，但三人的相處就足以折磨彼此。

5 「厄爾」原文為Earl，「李爾王」則為Lear。

的藥。那天夜裡，我被他電動鬍刀的聲音吵醒，看看時鐘，才凌晨兩點半他竟然在浴室刮鬍子。

往後幾個月，父親陸續犯了非常多錯，使母親不得不接受其他解釋：

他不是壓力太大就是注意力不集中就是智力有點退化，但最近有不少事真的令我擔心。他老是讓車門開著、車燈亮著，我們三不五時就得打電話給汽車協會請他們派人來幫電池充電（現在我在車庫貼了提醒的字條，好像有幫助）……我不敢想像放他一個人在家裡多待一下會發生什麼事。

那一年的日子繼續過著，母親不敢讓他一人獨處的恐懼也繼續升高。她的右膝快撐不住了，因為早年骨折裝過鋼板，現在得面臨複雜的手術、漫長的復原期和復建療程。一九九〇年底到一九九一年初，她不斷在信裡表達苦惱，不知道該不該動手術，更不知道若是動手術，要怎麼安置父親。

要是我住院期間他一個人在家，我絕對會精神崩潰。因為他會讓水一直流，爐火一直開著，每個角落的燈都大亮……最近我盡可能周全地檢查再檢查，但還是有很多地方亂七八糟。最難受的是，他怨恨我打擾他——「我的事妳—別—管！」他不接受也不了解**我只**

是想幫他，這一點最令我難過。

那個時候，我剛完成第二本小說，於是表示願意在母親手術期間去陪父親。為維護他的自尊，我和母親一致同意假裝我是為了她去，而不是他。但其實我半真半假。母親對父親丟三落四的描述固然可信，但父親為母親大驚小怪、嘮叨不休所下的形容同樣鏗鏘有力。我會去聖路易是因為對她來說，他的失能千真萬確；但一到那裡，我要假裝完全不這麼認為。

正如母親擔心的，她在醫院一住就將近五個禮拜。奇妙的是，雖然我從來沒有跟父親單獨生活那麼久（以後也沒有），但此刻的我卻幾乎想不起那段與他同住的日子裡，任何一件具體的事，腦子裡只有概略的印象：他有點安靜，其餘完全正常。這樣說或許讓你認為情況跟母親先前描述的截然不同，但我也沒有困擾於這類矛盾的印象。只有一封我待在聖路易期間寫給朋友的信，留有影本，信中我提到父親已經調整藥物，目前一切還算不錯。

是一廂情願嗎？嗯，某種程度算。但記憶力有個基本特徵：它熱切地以片段建構整體。每個人的視神經在連接視網膜的地方都有名副其實的盲點，但大腦顯像出的周遭世界，卻始終是無縫的。我們斷章取義，我們在花卉圖案的椅墊上看到表情豐富的臉，我們一直在填空。同樣地，我想，當時我應該是刻意淡化父親的沉默和恍惚，堅持把他視為以前那個老厄爾．法蘭岑。我仍需要他在我的故事裡。在給朋友的信中，我寫到有天上午我和父親去看聖路易交響樂團彩排，母親交代我們一定要去，不能浪費她的免費票。上半場結束前，也就是非常年輕的宓多里[6]**按下**《西貝流士小提琴協奏曲》的最後一個音弦時，父親煩躁地從椅子上跳起來，是那種粗鄙老人的煩躁。「好了，」他說：「我們走。」我知道不用冀望他坐下來聽即將演奏的查爾斯．艾伍士[7]交響曲，但實在厭惡他的俗不可耐——那時候我以為他是。開車回家的路上，他發表了對宓多里和西貝流士的評論：「我聽不懂那種音樂，」他說：「他們是在——背譜嗎？」

同一個春季，父親被診斷出前列腺有一顆小小的、緩慢生長的惡性腫瘤。醫生建議不要做侵入性治療，但他堅持做放射線療程。多少意識到自己的心智狀態後，父親愈來愈怕出毛病，怕他終究活不到九十歲。膝蓋在術後六個月仍內出血的母親則認定父親是疑心病作祟，對他失去耐性。一九九一年九月，她這麼寫：

你爸開始做放療，讓我鬆了口氣，那療程強迫他**每天**都得離開家（她在這裡畫了個笑臉）——大加分。我知道他得做些決定，那讓他變得非常**神經質**、非常**擔心**、非常憂鬱。事實上，他現在整天坐在那裡（沉溺於無所事事），花太多時間擔心自己，他**必須**轉移注意力！……我愈來愈覺得人最棒的特質是：一、正面的態度，二、幽默感——但願你爸有。

接下來幾個月，情況相對樂觀。腫瘤消滅了，母親的膝蓋終於有進步，而她開朗的天性也回到她的信上。她寫到父親在一場橋牌賽勇奪第一：「帶著比較清楚的腦袋，採用比較積極的比賽策略，他表現得奇好，而這大概是他唯一喜歡做（和讓他保持清醒！）的事。」但父親對健康的憂心並未減少，他常胃痛，而且相信那是癌症導致。漸漸地，母親描述的故事意涵從私人和道德層面轉向精神病學。「過去六個月我們失去很多好朋友，這教人心煩，我相信這是你爸神經質和憂鬱的部分原因。」她在一九九二年二月這樣寫。信繼續往下：

你爸的內科醫師羅斯先生，差不多證實了長久以來我對你爸胃不舒服的想法（他排除了所有臨床上的可能性）。你爸一、非常神經質，二、極為憂鬱，我希望羅斯醫生開給他抗憂鬱的藥。我**知道**一定有辦法改善……過去一年我們的人生發生好多令人心煩和沮喪的事，我也很難過，但你爸的心理狀態還傷害到他的身體，他要是不肯去諮商（另一位魏斯醫生建議他去），說不定會接受藥丸或其他抗神經質和憂鬱的東西。

---

6 Midori（1971-），日裔小提琴家，致力於音樂教育推廣，二〇〇七年被任命為聯合國和平大使。聖路易交響樂團小提琴三位明星之一。

7 Charles Ives（1874-1954），美國古典音樂作曲家，普立茲獎得主。

那一陣子，「神經質和憂鬱」是她信裡的固定班底。一開始百憂解似乎能提振父親的精神，但效用短暫。最後，一九九二年七月，出乎我意料地，他答應去看精神科醫生。

父親對精神病學一直抱持高度懷疑。他認為精神病治療侵犯隱私，心理健康是自律的問題，而母親愈來愈意有所指地建議他「找人說說話」更是冒犯——像頻頻投擲小手榴彈，指責他們不幸福的婚姻。他願意踏進精神科醫師的診間，多少反映出他的絕望。

十月，我在前往義大利途中先停留聖路易，問他醫生看得怎麼樣。他雙手一攤，表示沒辦法了。「他真的很有本事，」他說：「但恐怕已經把我列為拒絕往來戶了。」

竟有人敢拒絕我父親？是可忍，孰不可忍！我從義大利寄了長達三頁的信給醫師，請他再考慮，但就在我寫信的時候家裡的屋頂塌了。「我真的很不想告訴你，」母親在傳真到義大利的一封信裡寫道：「你爸的狀況變得很差。醫生為他泌尿系統問題開的藥，加上抗憂鬱和神經質的藥，讓他暈頭轉向，那些幻覺很恐怖。」有個周末他們去印第安納的叔叔厄夫家住，離開熟悉環境的父親發了一整晚神經，最後叔叔對著他的臉大吼：「**厄爾，我的天啊，我是你弟弟厄夫呀，我們以前睡同一張床耶！**」回到聖路易，父親開始對退休的普萊波太太咆哮（母親雇她一星期來照顧父親兩個上午，好讓她出門辦點事），他不明白他為什麼需要人照顧，不知道為什麼照顧她的人是陌生人而不是他的妻子。他變成名副其實的「黃昏族」，白天在瞌睡中度過，凌晨暴跳如雷。

接下來是一次傷感的假日探訪。我和妻子終於介入，替母親聯繫上一名老社工。同時母親拜託我們白天把父親弄到筋疲力竭，好讓他一覺到天亮，不要半夜起來發神經。

結果，父親不是面無表情地坐在壁爐邊，就是滔滔不絕地講他童年時的悲慘遭遇，母親則為社工過高的索費發愁。但在我的印象裡，即便那個時候，也沒有人說過「癡呆」兩個字。在母親寫給我的所有信件中，「阿茲海默」出現過整整一次，但說的是我十幾歲時打工的雇主、一個德國老婦人。

十五年前「阿茲海默症」這個詞首次廣為流傳時，我的懷疑和惱怒至今仍然**記憶猶新**。在我看來那是人類閱歷被醫療化的另一個例證，是不斷擴張的、「被害心理」術語表上的最新詞條。母親說起我前雇主的消息，我回答：「妳形容的跟之前的老艾瑞卡沒什麼兩樣，只是更糟一點，阿茲海默症應該不是這樣子吧？我每隔一段時間就要擔心一次，究竟有多少一般精神疾病趕時髦被誤診為阿茲海默症。」

從我目前的優勢（每隔一段時間就要擔心一次——三十歲的我，究竟有多自以為是！）看來，我明白當時我不願父親被冠上「阿茲海默症」這個病名，是不要原本獨一無二的厄爾．法蘭岑，因一種叫得出名字的病而落得平凡。疾病都有症狀，而症狀無不指向我們人人一致的器官組成。他們把大腦說得像一塊肉。在我應該認清，沒錯，大腦是塊肉的時候，我卻護衛著我的盲點，擅自插入彰顯我靈魂的故事。因為把備受折磨的父親看成一堆器官病徵的組合，這讓我以描述症狀的詞彙來看待**健康**的厄爾．法蘭岑（和健康的我），把受人愛戴的人品，歸納成有限的神經科學協同作用——但誰想要這樣的人生故事？

即便現在，在收集阿茲海默症的真實面貌時，我仍然心神不寧。好比讀到大衛．申克的《遺忘──阿茲海默症，一種流行病的寫照》[8]時，我不禁想起父親在家附近迷路或如廁後忘記沖水的樣子，和其他數百萬病人一模一樣。有這麼多同伴或許是種安慰，但我很難過地看到，「個人意義」這個東西從父親犯的若干錯誤中逐漸流失，例如他把我母親和她母親搞混──當時我極度驚詫、難以理解，卻也從中一點一滴拼湊出關於他們婚姻重要的、新的認識。過去我對人性格中不為人知一面的判斷，原來都是虛妄。

打從人類發明記錄方法開始，老年癡呆症就一直存在。但那時人類平均壽命仍短，真正稱得上老年的人並不那麼多，「老糊塗」依舊被視為老化過程中自然出現的副產品，說不定是大腦動脈硬化的結果。一九〇一年，年輕的德國神經病理學家愛羅斯．阿茲海默[9]相信，他在名叫奧古斯蒂．D的五十一歲婦女身上看到全新的精神疾病變種，她飽受異常情緒波動和嚴重記憶喪失之苦，而在阿茲海默為她做初步檢查時，她對他的問題給了令人疑惑的答案：

「妳叫什麼名字？」

「奧古斯蒂。」

「貴姓？」

「奧古斯蒂。」

「妳先生的名字是？」

「我想是奧古斯蒂吧！」

四年後奧古斯蒂·D在一家公共機構過世，阿茲海默運用顯微鏡學和組織染色的最新發展，從她的腦部組織抹片中看出驚人的雙重病理：無數看似黏稠的「斑塊」堆，以及無數被神經纖維「纏結」吞沒的神經元。阿茲海默的發現讓克雷普林[10]深感興趣，他是當時德國精神醫學的泰斗，正與佛洛伊德及其精神疾病理論戰得如火如荼。克雷普林認為阿茲海默發現的斑塊和纏結，能為他「精神疾病其實是生理疾病」的論點提供極佳的臨床支持，於是在著作《精神病理學手冊》中，將奧古斯蒂·D的病症稱作阿茲海默症。

在愛羅斯·阿茲海默為奧古斯蒂·D驗屍後的六十年，即使疾病防治的種種突破已將已開發國家的平均壽命提高十五年，阿茲海默症仍被視為如亨丁頓舞蹈症[11]一般的罕見疾病。大衛·申克描述美國神經病理學家梅妲·諾曼的發現，她在五〇年代初期檢驗了兩百一十位老年癡呆受害者的遺體，結果只在極少數人身上看到動脈硬化，但大部分都有斑塊

---

8 David Shenk，美國知名作家，著作包括《遺忘——阿茲海默症，一種流行病的寫照》（*The Forgetting: Alzheimer's: Portrait of an Epidemic*）、《資訊超載》（*Data Smog*）等。

9 Alois Alzheimer（1864-1915），德國精神科兼神經病理學家，第一位描述並發表阿茲海默症的學者。

10 Emil Kraepelin（1856-1926），德國最有影響力的精神醫學家之一，於一八九八年首度提出躁鬱症。

11 Huntington's Disease，一種體染色體顯性遺傳造成的腦部退化疾病，最明顯的症狀是四肢不自主晃動，故稱為「舞蹈症」。

和纏結。這是阿茲海默症遠比一般人以為的還要普遍的鐵證，但諾曼的研究似乎無法說服任何人。「他們覺得梅姐在胡說八道。」諾曼的丈夫回憶道。

科學界就是還沒準備好，要接受老年癡呆可能不只是自然的老化過程。五〇年代初，還沒出現具有自我意識的「年長者」組織，陽光帶[12]的退休社區尚未爆炸性擴張，沒有美國退休協會，不高級的餐廳沒有早鳥優惠，科學思維也呼應了這些社會現況。直到七〇年代，重新詮釋老年癡呆的條件才趨成熟。那時，誠如申克所說：「許多人活了好久，使衰老感覺起來不再那麼稀鬆平常，或容易接受。」國會在一九七四年通過《老人法案研究法》，成立國家老年研究中心，並迅速募得資金。八〇年代晚期，在我對這個臨床用語和突然無所不在的現象煩到最高點時，阿茲海默症的社會及醫療地位已變得和心臟病或癌症一樣高——研究資金的數量也能印證這一點。

阿茲海默症在七〇及八〇年代不單發生診斷範式移轉，新病例也確實急遽增加。隨著心臟病暴斃或死於感染的人愈來愈少，活到精神錯亂的人愈來愈多。在養護中心，阿茲海默症患者活得往往比其他病患久，代價是每年每名病患至少四萬美元；而在被公共機構收容之前，他們對費心照顧的家人的生活干擾也與日俱增。目前美國已經有五百萬人罹患這種疾病，至二〇五〇年，數字可能增加到一千五百萬。

由於慢性病有巨利可圖，各大藥商正掀起一股投資阿茲海默症專利研究的熱潮，就連拿公共補助的科學家也暗地申請專利。但因為這種疾病的科學仍混沌未明（運作中的大腦不比地球中心或宇宙邊緣容易接近多少），沒有人能確信什麼樣的研究方法可挖掘出有效的治療。總的來說，醫藥界的感覺似乎是：如果你現在不滿五十歲，大概能指望輪到你需要的時候，有效的阿茲海默症藥物已經問世。但話說回來，二十年前許多癌症研究人員也預言，二十年之內會有藥可醫。

離五十歲還一大段距離的大衛．申克，在《遺忘》裡提出「老年癡呆的療法或許不完全是天賜之福」的論據。實例之一是，阿茲海默症有一個顯著的特性：「受害者」的痛苦程度，常隨著病情發展而減輕。照護工作之所以一再反覆得讓人累垮，正是因為患者失去了感受事情重複的大腦裝備。申克引述患者的話，有人說他們「忘了有趣的事」，也有人表示，活在永遠不會過去的「現在」，他們的感官愉悅更勝以往。的確，如果短期記憶毀損，當你彎腰聞玫瑰花香時，你不會記得已經彎腰聞了同一株玫瑰一整個早上。

就像精神病學家貝瑞．萊斯伯格[13]二十年前率先觀察到的，阿茲海默症患者的衰退歷程正好與孩童的神經發展相反。孩童最早發展的能力：抬頭（一至三個月）、笑（二至四個月）、不需輔助就能坐起（六至十個月），正是阿茲海默症患者最後失去的能力。兒童的腦是隨著「髓鞘形成」的過程而發育，也就是說，各神經元之間的軸索連結會依循髓磷脂的鞘化作用漸趨穩固。既然孩童腦部最後成熟的區域是髓鞘化程度最弱的，顯然也會

12 泛指美國南部氣候溫暖、冬季較短且溫和的各州，包括阿拉巴馬、亞利桑納、加利福尼亞、佛羅里達、喬治亞、路易斯安那、密西西比、內華達、新墨西哥、北卡羅萊納、南卡羅萊納和德克薩斯州。

13 Barry Reisberg，紐約大學朗格尼醫學中心精神科教授，專攻老化與失智相關研究。

是最容易受阿茲海默症侵犯的區域。負責將短期記憶處理成長期記憶的「海馬迴」，髓鞘化的速度非常慢。這就是為什麼我們在三、四歲之前無法形成永久記憶，也是阿茲海默症的斑塊和纏結會先出現在海馬迴的原因。因此，幽靈般的中期患者就算不記得眼前發生的事，仍會走路和自己吃飯。「心裡的孩子」不再關在心裡了，套用神經學的說法，我們正望著一個一歲小孩。

阿茲海默症患者會孩子氣地不負責任，也會單純地把注意力放在現在，雖然申克試著勇敢地樂觀看待這一點，我卻耿耿於懷，因為變回嬰兒是父親最不想發生的事。他口中在北明尼蘇達度過的童年十分可怕（相當符合憂鬱症患者的回憶）：凶惡的父親、不公平的母親、做不完的家事、窮鄉僻壤的貧困、家人的背叛、駭人聽聞的事件。退休後他不只一次告訴我，這一生最大的快樂是長大後去工作，與其他重視他能力的男人為伍。父親極重隱私，意思是不想讓人看到他人生中引以為恥的那一面，對這樣的他來說，還有什麼病比阿茲海默症更糟呢？發病之初，它會切斷他與人的連結，讓他掉回最深的孤獨裡。病情繼續發展，還會攻破他成年的防護罩，奪走他把童年經歷深深埋起來的工具。我寧願他是心臟病發作。

雖然申克對阿茲海默症光明面的論點未必穩固，但他的核心論述卻難以駁斥：衰老，不僅是意義的終止，更是意義的起點。對母親來說，阿茲海默症患者的失憶既放大、也反轉了她婚姻裡存在已久的困境。父親總是不肯對她敞開心胸，而現在，漸漸地**不能**敞開了。在母親眼中，他仍是以前那個厄爾．法蘭岑，那個關在小房間裡打瞌睡、聽不到人家講話的厄爾．法蘭岑。很吊詭地，她反而變成了緩慢而穩定地失去自己的那個人，與一個把她誤認成自己母親、將對她所知的一切抹盡、最終不再喚她名字的男人朝夕共處。他，儘管向來堅持當婚姻裡的老大、決策者、天真妻子的成熟保護者，此刻卻不由自主地像個孩子。現在，亂使性子的人是他，不再是母親。現在，她像以前載我們三兄弟那樣，載他到城裡各處。一件事、兩件事、三件事，她逐漸當家作主了。因此，雖然父親的「久病」讓她備感壓力與失望，但也是她取得從不被允許擁有的自主權的機會，算是了結宿怨。

至於我，由於阿茲海默症曠日經久，一旦接受了身處災區的現實，我不得不和母親更密切地來往，而這出乎意料地愉快，也明白（要不是父親生病，我或許永遠不會明白）我可以放心地倚靠兩位哥哥，他們也可以依賴我。奇妙的是，雖然我一直非常看重我的智慧、明理和自覺，但目睹父親失去這三樣後，我竟沒那麼擔心自己的失去了。總的來說，我變得勇敢了一些。一扇壞掉的門開了，而我發現自己可以安然走過。

☘

我說的**那扇門**位於聖路易巴恩斯醫院的四樓。在我和妻子協助母親聯絡好社工、返回東岸大概六個星期後，大哥和父親的醫師說服父親去巴恩斯醫院做檢查。醫院的想法是先幫他把血液裡的藥物排乾淨，再看看我們真正該對付的是什麼。母親替他辦好住院手續，花了整個下午讓他在病房安頓下來。她離開去吃晚餐時，他仍是那副魂不附體的老樣子，但晚一點她回到家，就不斷接到醫院打來的電話，先是父親命令她過來把他弄出「這家旅館」，接著是護士，說他變成凶神惡煞。隔天早上母親回到醫院時，發現他整個人都變了樣，胡言亂語、完全不知道自己在幹什麼。

一星期後我飛回聖路易，母親到機場接我，直接前往醫院。她和護士說話時，我走到父親的病房，看他人在床上，完全醒著。我打了招呼。他發狂似地比了「噓」的手勢，要我去他枕頭邊。我彎下身子，他用嘶啞的耳語要我降低音量，因為「他們在聽」。我問「他們」是誰，他不肯告訴我，但他的眼珠害怕地滾動，掃視房間，彷彿剛剛還看見「他們」到處都是，對「他們」此刻的消失感到困惑。母親出現在門口時，他以更小聲的耳語對我說：「我想他們收買你媽了。」

我對接下來那個星期的記憶大多模糊不清，只記得一兩個改變人生的場景。我每天都去醫院，盡可能多坐在他旁邊陪伴，坐到受不了為止。他沒有哪兩個句子是串得起來的。事後回想，有一段特別的記憶對我意味深長。這段記憶由一抹夢幻的室內微光點亮，場景是一間病房，方位和狹小的格局有別於記憶裡的其他病房；我的記憶通常都有一些標示時間的記號，但這段沒有。我不確定那是否來自我去醫院探望父親的第一個星期。神經科學家說，所有的記憶其實都是記憶的記憶，只是通常感覺起來不像。這段倒是很像。我記得自己記得：父親在床上，母親坐在一旁，我站在門邊，三人正進行著一段痛苦的家庭談話，可能是關於父親出院後要搬去哪裡。幾乎完全跟不上討論的父親非常痛恨那場談話，最後，他彷彿受夠我們胡說八道似地大叫，還激動地加強語氣：「我**一直**很愛你媽，**一直**很愛。」母親聽後掩面啜泣。

這是我唯一一次親耳聽到父親說他愛她。我相信這段記憶是真的，因為那個場景在當時看來非常重要，後來我也描述給妻和哥哥聽，同時併入我告訴自己的爸媽的故事中。後來，當母親一口咬定父親從來沒說過他愛她、連一次也沒有時，我問她記不記得那次在醫院裡的情景。我重複他講的話，她搖搖頭，不確定。「或許吧，」她說：「或許有，但我不記得了。」

我們三兄弟每隔一、兩個月輪流去聖路易一次。父親從來沒有認不得我，總是很高興見到我的樣子。他在養護之家的生活顯然是無止境的噩夢，夢中填滿了他從過往臆造的事，以及殘障、腦損傷病友們；夢裡的護士不太像演員，比較像不受歡迎的侵入者。和許多女性房客一下子哭得像嬰兒、下一秒有人餵她們冰淇淋時又高興得神采飛揚不同，我從沒見過父親掉眼淚，他吃冰淇淋的愉快神情也始終像個大人。他會煞有介事地跟我點頭，給我耐人尋味的笑，一邊對我說著荒誕不經、連不起來的話，對此我只能點點頭，假裝會意。他最一致、最接近連貫的話是希望離開「這家旅館」，以及他無法理解為什麼不能住在小公寓裡讓母親照顧他。

同一年感恩節，我和母親、妻子帶他離開養護中心，開我的Volvo旅行車載著他和一部輪椅回家。他已經十個月沒回家了。若母親曾經期待看到他因為回家而高興滿足的樣子，那她一定很失望；這一次搬移並未打動父親，一如無法打動一歲小孩。我們坐在壁爐旁，出於欠考慮的壞習慣，幫一個似乎深知自己拍照有多可悲而一臉不悅的男人照了相。現在回想，當時的情景糟糕透頂：父親歪坐在輪椅上，宛如繩子鬆掉的木偶，直眉瞪眼，嘴角下垂，被閃光燈弄糊的眼鏡幾乎要從鼻子掉落；母親用控制得宜的神情掩飾絕望；妻和我露出因緊張而不自然的笑，伸手觸摸父親。晚餐時母親鋪了條浴巾在父親身上，把他的火雞切成小口。她一直問他在家裡吃感恩節晚餐開不開心。他沉默以對，移開視線，有時微微聳肩。哥哥們來電祝他佳節愉快，這時，出人意表地，他露出微笑，發出誠懇的聲音，能夠回答簡單的問題，還謝謝他們打電話來。

這一晚算是典型的阿茲海默症之夜。因為孩提時期很早就學會社交禮儀，阿茲海默症患者在記憶毀損後，仍保有表現禮貌和含糊說出親切詞語的能力。父親能應付哥哥（勉強算是）的佳節賀電並不奇怪。重點是接下來晚餐後在養護所外面發生的事。當妻跑進養護所拿老人椅時，坐在我身邊的父親看著他即將再次進入的門，「如果還要回來，」他用清楚、有力的聲音告訴我：「不如不曾離開。」這不是意思含糊的句子，它完全符合眼前的狀況；強烈傳達出他意識到更大的困境，也知道過去和未來的關係。他在要求，不要再把他拖回意識和記憶的痛苦中。當然，感恩節隔天早上、以及其他我們來探望的日子，他就跟之前一樣瘋癲，話語是胡亂拼湊的音節，身體像躁動不安的連枷。

大衛．申克認為，阿茲海默症最重要的「意義之窗」在於它減緩了死亡的速度。申克將阿茲海默症比作稜鏡，將死亡射入各部件原本緊密結合的光譜——自主權之死、記憶之死、自覺之死、性格之死、肉體之死；他同意最常用來描述阿茲海默症的比喻：它的悲傷與戰慄，源於受害者的「自我」早在肉體死亡前就已凋敝。

在我看來這大部分正確。父親心跳停止之前，我已為他哀悼多年。然而，細想他的故事時，我不禁懷疑死亡是否真能那樣分割；對於自我，記憶和意識是否真有這麼穩固的所有權。在他失去了理應擁有的「自我」兩年後，我仍無法停止尋找意義，也一直在尋找意義。

他顯然十分固執的**意志力**尤其令我吃驚。我不由得相信，他在養護所外強打起精神、向我做出那個要求時，用的是身體裡某種僅剩的自我控制，是某種保存於意識和記憶裡的精神力。我也不得不相信，他隔天早上的崩潰，一如住院第一晚的崩潰，是意志力豎起了白旗，是棄守，是無法面對難以忍受的情緒，轉而擁抱狂亂。雖然我們可以確定他衰退的起點（意識完整、精神健全）和終點（遺忘與死亡），但他的大腦絕不只是逐漸發狂的計算裝置。儘管因阿茲海默症而退化的過程，理應呈現這樣穩定向下的趨勢：

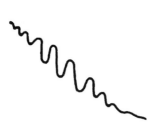

但我看父親的衰退卻像這樣：

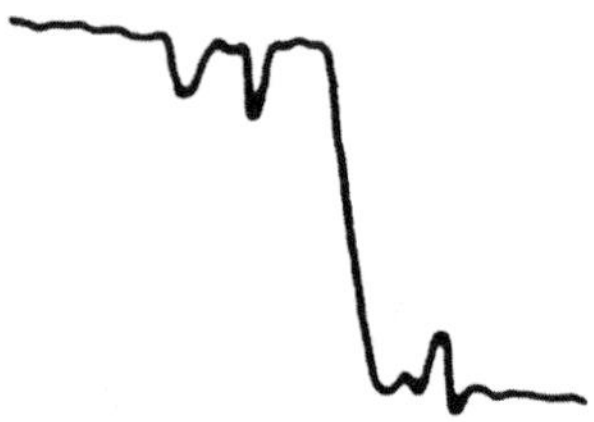

我懷疑，他勉力支撐自己的時間，長過他的神經元發揮作用的時間。以至於，他崩潰、衰敗得比原本應該的還糟，而且他選擇百分之九十九的時間待在低潮裡。他**想要**的東西（早年是迴避，晚年是放手）是他之所以**是**他的必要元素。而**我**想要的東西（「父親的腦不只是肉」的故事），則是我選擇記住和重述的故事內容中，必要的元素。

我已經說出口的、為了饒恕自己對他的情況長久未覺而編織的故事之一，就是他下定決心隱瞞病情，並以剛毅的性格堅持了出奇久長的一段時間。我母親總說他騙不了同住一個屋簷下的女人，並發誓真實的情況是：無論他在她面前多麼蠻橫霸道，只要兒子在鎮上或家裡有客人，他就會好好的。我在母親手術期間與他平和同住的謎，真正的答案或許不是我瞎了眼，而是他發揮了強韌的意志力。

那個糟透了的感恩節過後，當我們知道他再也不會回家，我便協助母親整理他的書桌（像整理小孩或死者的書桌一樣隨心所欲）。在一個抽屜裡，我們找到了證據——為了不遺忘，他暗地裡做了小小的努力。那是一捆紙，他在紙上寫了孩子們的地址，一張寫一個，同樣的地址寫了好幾張。他還在另一張紙上寫了他長子和次子的生日：「鮑伯：一九四八年一月十三日」、「湯姆：一九五〇年十月十五日」。然後，在試著回想我的（一九五九年八月十七日）時，他用橡皮擦擦過月和日，再依據我哥哥的日期做了揣想：「強：一九四九年十月十三日」。

從我相信是他跟我說過的最後幾個字來看，這件事發生在他過世前三個月。那兩天，我到養護之家盡九十分鐘孝心，聽他喃喃地抱怨母親、和善地推敲著他堅稱在毛衣袖子和長褲膝蓋處看到的小東西。他跟我前一個早上順道來訪時沒有不同，我推他回房間，告訴他我要出城去，他看上去也沒什麼不同。但隨後，他抬起頭看著我，再一次突如其來地，聲音清楚有力地說：「謝謝你來，很感激你花時間來看我。」

這是表示禮貌的客套話，還是他根深蒂固的自我之窗？要相信哪一個？我似乎沒什麼選擇。

因為長期靠母親的信來重組父親崩潰的過程，以致一九九二年她開始跟我講很久的電話，除了最簡短的便條不再寫信後，我便籠罩在無從考證的陰影中。柏拉圖在《斐德若篇》[14]中將書寫形容為「回憶的拐杖」，在我看來完全正確——沒有那些信，我就沒辦法把父親的故事說清楚。不過，柏拉圖在文中哀悼口述傳統式微和書寫導致的記憶萎縮，處於「書面文字時代」另一端的我，卻對文字在紙張上的強健與可靠印象深刻。母親的信比我那些自我中心的偏頗記憶真實而完整；在我心目中，寫下「他需要轉移注意力！」那句話的她，比數小時錄影帶或好幾疊照片裡的她有活力多了。

不讓記憶磨滅，用永恆的文字記下故事的企圖心，在我看來跟「人類不只是生物」的信念異曲同工。我想知道，今天的文化之所以難敵唯物主義的魅力（我們愈來愈將心理變化視為化學作用，將個性視為遺傳，將行為舉止視為過去人類為順應演化而衍生的產物），是不是真與後現代時期口述再起和書寫凋零（打不完的電話、短命的電子郵件、對閃爍不定的電視堅定不移的熱愛）沒有密切關係？

我有沒有說過父親也寫信？通常是打字，通常會以「抱歉拼錯很多字」開場，他的來信比母親的少很多。最後幾封之一寫於一九八七年十二月：

> 每年這個時節都令我難熬。送禮的事讓我不安，我很願意買禮物給大家，但總是想不出買什麼東西才對。我擔心買到尺寸不合、顏色不對或人家不需要的東西，害人家得拿去退換。我喜歡買工具，但有一次我送鮑伯一把平衡感挺不錯的小榔頭，他卻指出這類物品的問題。他說，我已經有一兩把榔頭，不需要了，謝謝你。給你媽的禮物也很麻煩。她是那麼善感，送錯禮物給她會令我內疚，但她其實可以自由使用我的活存戶頭。我曾經叫

她買點東西給自己，錢我出，這樣聖誕過後她就可以很有面子地說：「看看我老公送我什麼！」但她不會中計，所以這一整季我都很難過。

一九八九年，專注力隨著他愈來愈「神經質和憂鬱」而衰退，父親完全停止寫信。因此，當我和母親在他放著那些地址和生日的抽屜裡，發現一封日期寫著一九九三年一月二十二日卻未寄出的信時，我們好詫異，因為那日期晚得超過想像，離他最後的崩潰只有幾星期。信放在信封裡，收件人是我的姪子尼克，當時六歲的他才剛開始自己寫信。或許父親是羞於寄出一封他知道內容條理不清的信；更可能的是，以他海馬迴的健康狀態來看，純粹是忘記。對我來說，那封信已成為展現無形英勇意志力的象徵，信是用鉛筆寫的，字很小，且每一行都向下傾斜：

親愛的尼克：

我們兩天前收到你的信，很高興看到你在學校表現良好，特別是數學。會寫作很重要，因為交流思想的能力，將決定一個國家能否善加利用另一個國家的思想。

跟你最親的親人大都是好作家，這讓我如釋重負。我應該要把寫作學好一點的，但我們太容易說，交給媽媽就好。

14《Phaedrus》，主要討論愛、修辭術與辯證法。

我知道我寫的東西不容易讀，但我的腿部神經有問題，手也會抖。我想你看我寫的信大概不容易懂，但如果還有一絲幸運的話，我會跟你保持聯繫。

這裡的天氣已經變了，從又濕又冷變得乾燥，天空蔚藍。我希望能這樣下去。好成績也要保持下去。

愛你的爺爺

ps. 謝謝你的禮物。

父親的心肺都非常強健，所以當一九九五年四月某一天，他開始不吃東西時，母親得振作精神應付再兩、三年的終章。他不吃東西或許是因為吞嚥困難，也或許，憑著碩果僅存的意志，他決意讓他不想要的第二童年落幕。

我飛抵鎮上時，他的血壓只剩七十，再低就測不出來了。這一次，母親也來機場接我直奔養護所。我看到他側身蜷在一張薄被單裡，呼吸很淺，眼睛鬆鬆地閉著。他的肌肉消瘦，但臉頰光滑而平靜，幾乎沒有皺紋，他的手完全沒變，和身體其他部分相比大得離奇。我們沒辦法確定他是否認得我的聲音，但我到後沒幾分鐘，他的血壓回到一二〇／九〇。我當時擔心、甚至此刻仍在擔心，對他來說，我的出現是不是讓事情變得更艱難——他已經來到準備就死的時刻，但恥於在兒子面前做出這麼祕密或令人失望的舉動。

母親和我進入「看」和「等」的循環，一個人睡，另一人在旁守護。一小時一小時過去，父親一動不動地躺著，向死亡前進；但當他打呵欠時，那是**他**的呵欠無誤。而他的身體雖如槁木，仍綻放屬於**他**的光采。就算他的自我還活著的部分愈來愈少、愈來愈破碎，我仍堅持把他看成一個整體。我仍愛他，確切而獨一無二地愛著在床上打呵欠的那個男人。我怎能不基於這樣的愛來型塑那個男人的故事——那個當我試圖拿濕棉棒幫他清理口腔時，仍能憑藉完好的意志力撇過頭去的男人？到我走進自己墳墓的那一刻，我都會這樣堅持：父親是下定決心求死，盡他所能照他的意志離開人世。

而我們，則下定決心不讓他孤單地走。這或許大錯特錯，或許他期盼被拋下、期盼一個人。不過，我待在鎮上的第六晚，當他躺著、呼吸著解放他的大呵欠時，我在一旁守護，讀完一整本輕小說。一位護士過來聽了他的肺部，告訴我他一定沒抽菸。她建議我回家睡覺，她會從樓下派一名特別護士來看他。顯然，那間養護中心有一位常駐的死亡天使，擁有特殊天賦，能在親人走開的那個晚上說服瀕死者：死掉，沒有關係。我拒絕那護士的提議，自己進行這項儀式。我彎下身子探看父親，他身上散發淡淡的醋酸味，除此之外乾淨而溫暖。我告訴他我是誰，告訴他不管他現在得做什麼，我都可以接受，他應該放下一切，做他需要去做的事。

那天傍晚，外頭颳起聖路易初夏的大風。我在炒蛋時接到母親從養護中心打來的電話，要我趕快過去。我不知道自己為什麼以為時間很充裕，但我把炒蛋配著一些土司吃完了才出門。到了養護之家的停車場後，我坐在車裡，打開收音機，正播放著當季熱門的那首藍調旅人合唱團的歌。那是最能讓我開心的歌。養護之家周圍的白橡木隨風搖曳，愈見灰白。我覺得自己快樂得要飛起來了。

而他還是沒死。暴風雨在那天晚上席捲養護中心，撲倒一切，只剩急診室有照明，母親和我只得坐在黑暗中。我不喜歡回想當時我是多麼不耐煩地等待父親呼吸中止，心裡多願意擺脫他。我不喜歡想像他躺在那裡的時候有什麼感覺，他的掙扎在他腦中形成什麼樣朦朧或鮮明的感受或情緒。但我也不願意相信，那裡什麼事也沒發生。

快十點時，燈剛復亮，我和母親在他房門口跟一位護士說話。我注意到他把手伸向喉嚨。我說：「我覺得事情來了。」那是臨終喘息——心臟停止跳動後，他抬起下巴，以便把空氣吸進肺裡。他似乎緩緩、深深地點了頭表示肯定。然後一切歸於平靜。

我們吻別了他，簽下腦部驗屍同意書，開車穿過淹水的街道後，母親在我們的廚房坐下，不尋常地接過我拿給她的純傑克丹尼爾威士忌。「現在我明白了，」她說：「當你死了，就是真的死了。」這是真的，但以阿茲海默症的慢動作模式，父親此刻並沒有比兩小時前、兩星期前或兩個月前死得更多。我們只是失去最後一個部件，完整生命的部件之一。關於他，不再有新的記憶。現在，我們只能說我們已經說過的故事。

二〇〇一年

帝國臥室

《紐約時報》刊出〈史塔報告〉全文的那個星期六早上，我獨坐公寓試著嚥下早餐時，我覺得自己的隱私——而非柯林頓或陸文斯基的隱私——遭到侵犯。

隱私啊隱私，美國人迷戀的新玩意。它被推崇為最基本的權利，被行銷成最嚮往的商品，且一星期被宣判死亡兩次。

早在琳達・崔普[1]按下答錄機的「錄音」鍵前，時事評論者就警告我們「隱私遭到挾持」、「隱私岌岌可危」、「我們現在所知的隱私，到二〇〇〇年恐不復存在」。他們說，「老大哥」和他的小弟（一般人），都透過電腦網路盯著我。他們說，不比蜘蛛大的安全監視器正在每一個陰暗的角落盯著、嚴厲的女性主義者正在監看臥房行為和茶水間的對話、基因偵探可從一小滴唾液分析我整個人、偷窺狂會在普通的攝影機上加裝濾鏡，以便**透視人們的衣物**。然後是從獨立檢察官辦公室湧出的八卦醜聞，汨汨地滲過官方和商業管道，浸透國家意識。套用哲學家湯瑪斯・內格爾[2]的說法，陸文斯基醜聞案象徵隱私「面臨災難性侵蝕的高潮」；作家溫蒂・柯米納[3]則說，它代表「極權政體下的隱私和個人自主被徹底漠視。」化身為史塔檢察官的「公領域」，終於壓倒（擰碎、牴破、踐踏、侵犯、蹂躪）了「私領域」。

上述對隱私的恐慌，有著傳統美式驚懼的一切指責與偏執，唯獨欠缺一個要素：真正害怕的大眾。美國人主要是在抽象層面在乎隱私。有時，消息靈通的社群會團結起來自我防衛，就像網路使用者用「反對加密晶片」的電子郵件轟炸白宮；有時，特別離譜的新聞報導會引發全國強烈抗議，例如Lotus軟體公司試圖銷售載有美國近半人口財務資料的光碟時，就掀起滔天巨浪。但總的來說，即便面對像反毒戰爭這種大規模侵害，美國人仍被動得很，我也不例外。我讀了社論，試著要自己激動，但辦不到。多數時候，我發現自己感受到的，與隱私專家要我感受的恰恰相反。這種情形光上個月就發生兩次。《紐約時報》刊出〈史塔報告〉全文的那個星期六早上，我獨坐公寓試著嚥下早餐時，我覺得自己的隱私——而非柯林頓或陸文斯基的隱私——遭到侵犯。我喜歡與公共生活保持距離，遠觀比較壯觀。壯麗的場面和距離感，我兩者都愛。如今總統面臨彈劾，身為好公民的我有責任繼續了解事證，但報上的事證卻包含兩個人的撫摸、吸吮和相互自欺。當那些證據降落在我的土司和咖啡旁邊，我感受到的不是對口是心非、假裝遮掩某種私密興趣的憎惡，我沒有被單純的性事冒犯，我不擔心未來自己的權益有可能被侵害，總統的痛苦並不如他聲稱的那樣令我感同身受，揭露公務人員的惡行也沒讓我反感；雖然我是註冊的民主黨員，但我對這則新聞的厭惡，與看到巨人隊在第四節慘遭逆轉的深惡痛絕，屬於不同層次。我感受到的是我個人的感受。我被打擾了，被硬塞東西了。

兩天後，我接到一家信用卡公司來電，請我確認最近兩筆在加油站和一筆在五金行刷卡的費用。諸如此類的詢問在今天很常見，但這是我的第一次，而那一剎那，我覺得自己暴露無遺。但同時，我也很有被伺候的感覺——某個素不相識的人對我感興趣，特地打電話來。不是那位年輕男客服員在乎我，聽起來他正看著一本薄薄的手冊念台詞。他顯

---

1 Linda Tripp，前美國總統柯林頓緋聞案的關鍵人，她用答錄機錄下好友陸文斯基（Monica Lewinsky）在電話中透露與柯林頓偷情，後將錄音帶交給獨立檢察官史塔（Kenneth Starr）進行調查。

2 Thomas Nagel（1937-），美國哲學家，亦為美國人文與科學學院院士及英國國家學術院院士。

3 Wendy Kaminer（1949-），美國律師及作家。

然不喜歡這份工作，仍勤奮不懈，這種壓力似乎讓他口齒不清。他趕著把話說出口，愈說愈急，彷彿那些話無意義得令他難堪或惱火，但話仍持續凝聚在他的齒間，他只好停下來，使勁用嘴唇一一汲取。他說，是電腦，電腦定期檢查你的消費模式……今晚還有什麼他幫得上忙的嗎？我決定，如果這個年輕人想捲動螢幕查看我的消費，細細思量我那兩次油箱加滿和一桶乳膠漆的重要性，我可以接受。

所以問題來了。在〈史塔報告〉問世的那個星期六早上，以古典自由主義的角度來看，我的隱私不容置疑。我獨自在家，沒被鄰居探看和打擾，沒被新聞提到，而且絕對有忽視那篇報告的自由，去做能快活地**咬文嚼字**的週六填字遊戲。我可以選擇這樣，但那篇報導的存在卻大大侵犯了我的隱私感，使我幾乎鼓不起勇氣碰觸它。兩天後，我在家裡被一陣電話鈴聲打擾，對方要求我提供母親的本姓，因而意識到，我日常生活種種數字化的細節正被陌生人詳加檢閱；但不到五分鐘，我又將整件事拋到腦後。我在看似安全時覺得被侵犯，又在看似被侵犯時覺得安全，我不明白為什麼。

一八九〇年，路易斯・布蘭戴斯[4]和山繆・華倫[5]將隱私權定義為「獨處的權利」。乍看之下，它似乎是美國生活的基本原則。行動派人士為此大聲疾呼，要求生育自主，反對跟蹤，要死亡權，反全國醫療資料庫，要更強大的數據加密標準，反狗仔隊，主張資方不得監看員工的電子信箱，反對要求員工做藥物檢測。但如果看得更仔細些，隱私原來是價值觀的柴郡貓[6]——沒什麼實質意義，但有非常迷人的笑。

法律上，隱私的概念一團混亂。從跟蹤、強姦到偷拍和非法入侵，侵犯隱私是許多罪行在情感方面的要義，但沒有一條刑事法規明令禁止抽象上的侵犯隱私。民法因州而異，但大多遵循法學家威廉・普洛瑟[7]四十年前的分析，他將侵犯隱私歸納出四種行為：**侵擾**我的生活安寧、發表我與公眾無關的**私人情事**、會**歪曲**我的形象的宣傳品、以及未經我的許可**冒用**我的姓名和照片。這是個脆弱的集合。這些侵擾看起來更像刑事上的非法入侵罪、歪曲像誹謗罪、冒用像竊盜，而在外來侵害消除後依然存在的傷害，則被優美地記錄成「施加情緒困擾」，以凸顯侵犯隱私行為之不必要。真正在基礎面支持隱私的，是古典自由主義的「個人自主」或「自由權」概念。這十幾二十年來，許多法官與學者選擇以「隱私的範疇」代替「自由的領域」，但這只是新瓶裝舊酒，並未創造新的理論；只是把舊東西重新包裝，重新上市。

不管你打算賣什麼，豪宅也好，世界語言課程也好，貼上「隱私」這個微笑標章都有幫助。去年冬天，由於持有一號銀行的Visa白金卡，我有機會加入一項「隱私守衛」計

---

4 Louis Brandeis（1856-1941），美國律師，曾獲威爾遜總統提名為美國最高法院大法官，是第一位擔任此職的猶太裔人士。

5 Samuel Warren（1852-1910），美國律師，與路易斯・布蘭戴斯大學畢業後合創律師事務所。

6 The Cheshire Cat，是《愛麗絲夢遊仙境》中一種有特殊笑容的貓，即使身體消失，仍能留下露齒的笑。

7 William Lloyd Prosser（1898-1972），一九六〇年在《加州法學評論》（*California Law Review*）發表〈隱私〉（Privacy）一文。

畫，依其文宣，它能「**讓你知道**你的雇主、保險業者、信用卡公司和政府機構掌握了哪些個人紀錄」。前三個月免費，所以我簽名參加了。接下來在郵件中出現的是書面作業：「信用紀錄調查」和其他調查的申請表、信封，以及一本看來不怎麼高級、讓我記錄調查結果的本子。我頓時了解我沒有在乎我的駕駛紀錄之類的東西，在乎到等它一個月。而當我打電話給「隱私守衛」要求取消會員，對方拜託我不要取消時，我才了解，這項「服務」的重點在於利用我的時間和精力，來幫助一號銀行減少詐騙損失。

就連法律上涉及隱私的議題，也很少因為不必要的曝光或侵入就真正傷及情感。例如全國性的〈基因隱私法〉就以「我的ＤＮＡ所透露的性格和未來的健康，多於其他醫療資訊」的概念為前提。事實上，到目前為止，ＤＮＡ能透露的祕密不過是心雜音、家族糖尿病史，或太過喜愛水牛城辣雞翅罷了。一如其他醫療紀錄，雇主和保險業者濫用遺傳資訊的可能性固然令人膽寒，但這與隱私問題幾乎無關；主要的傷害是職場歧視和提高保費之類的事。

與此類似，網路安全的問題主要在於具體細節。美國行動派人士口中的「電子隱私」，其實就是歐洲人說的「資訊防護」。我們的詞彙聽起來比較刺激，但他們的才精確。如果有人在網路上竊取你的美國運通卡卡號和到期日，或你的邪惡前男友在搜尋你的新住址，你需要的是加密軟體試圖保證的那種堅固確實的保密。但，如果你是在和朋友講電話，你只需要隱私的**感覺**。

資訊防護的社會劇通常這樣演：駭客、保險公司或電話行銷人員能進入敏感的資料庫，公眾利益的看門狗大聲吠叫，新的防火牆於是建立。正如多數人並不聞病菌色變，但把病毒研究留給疾病管制中心一樣，多數美國人對隱私議題都只感到一定程度的興趣，卻認真地把監管工作交給專家。目前我們的問題是，那些監護人已經開始說恐慌的語言，同時不把隱私當成眾多競爭價值之一來看待——而是凌駕一切的唯一價值。

小說家理查・鮑爾斯[8]最近在《紐約時報》專欄版宣稱隱私是「正在消失的幻覺」，因此，數位通訊加密作業努力奮鬥的結果，和冷戰[9]一樣出色。鮑爾斯將「隱私」定義成「生命未登記的部分」，而在我們留下的數位足跡中，他看到「每個人活著的每一天將成為布魯姆日[10]、被詳盡完整地記錄，熟練地敲幾下鍵盤便能重現的時刻」正在逼近。想到我們每個人的祕密恐怕會被簡化成簡單的資料串，當然是很可怕的事。然而，鮑爾斯如此嚴重地將信用卡詐騙和竊聽手機電話比作熱核焚化，說明了隱私恐慌的傳染性。畢竟，鮑爾斯或其他人想的、看的、說的、期待的、計畫的、夢想的、覺得羞愧的東西，要「登記」在哪裡？數位版的《尤利西斯》除了主人翁的購買清單和其他交易紀錄，什麼也沒有，篇幅頂多四頁吧——難道布魯姆的一天真的沒有其他東西嗎？

8 Richard Powers（1957-），美國小說家，美國國家書卷獎得主，作品有《回音製造者》（*The Echo Maker*）等。

9 The Cold War，指一九四七至一九九一年間，自由世界（以美、英為首）和共產世界（以蘇聯為首）之間的長期政治對抗。

10 布魯姆（Leopold Bloom）是詹姆斯．喬伊斯（James Joyce, 1882-1941）大作《尤利西斯》（*Ulysses*）的主人翁，整部作品是描述他在一九〇四年六月十六日當天發生的一切。

何況，當美國人真心誠意地犧牲隱私時，是為了獲取健康、安全或效率上的實質利益。多數的合法侵犯如愛滋病通知、機場X光、梅根法案[11]、酒駕攔檢呼氣檢測、學生運動員藥檢、保護胎兒的法令、保護植物人的法令、遠端監控汽車排氣、縣立監獄搜身，甚至包括史塔揭露總統的墮落，基本上都是公共衛生措施。我怨恨華盛頓廣場的監視攝影機，但對地鐵月台上的滿懷感激。對我來說，我的電車通行紀錄會被濫用的風險，和我獲得的保護相比顯然微不足道。八卦小道會讓我成為《第一修正案》[12]受害者的風險也是一樣；全國人口有兩億七千萬，任何個人資訊變成舉國皆知的機率趨近於零。

法學家勞倫斯．雷席格[13]形容美國人像「牛」一樣執著於這點，進而默許他所謂的個人生活「蘇維埃化」。但隱私的玄妙之處在於：它通常由我們的念頭決定。對街公寓有個鄰居每天都花很多時間檢查她的毛細孔，我看得到她做這件事，她無疑有時也看得到我；但只要我們兩個沒有**覺得**被看，各自的隱私就原封不動。當我利用美國郵政系統寄明信片時，我也隱約知道，郵件處理員可能會看，或許大聲念出來，甚至取笑，但我安全無虞，不會受到任何傷害——除非我倒楣到極點，我在美國真正認識的那一位處理員剛好看到那張明信片，拍了額頭，說：「噢，天哪，我認識這傢伙。」

我們的隱私恐慌不光是被誇大而已，它還建構在謬論上。愛倫．艾德曼和卡洛琳．甘迺迪在《隱私的權利》[14]中總結了隱私擁護者的普遍看法，例如「現在的隱私權不比從前」。許多書籍、社論和脫口秀不時明言暗示這種論調，使得美國人，無論實際上態度有多被動，現在都恭順地告訴民調人員，他們非常非常擔心隱私問題。但，幾乎從任何史觀來看，這種主張都顯得怪誕。

一八九〇年，一般住小鎮的美國人幾乎在每個生活層面都被監視。不僅每一筆交易都要「登記」，而且是在認識他本人、父母和妻小的店員面前登記，也會被店員記在腦海裡。走路去郵局，行蹤也會被鄰居掌握和分析。他很可能是跟兄弟姐妹甚至爸媽睡同一張床長大。除非家庭富裕，他的運輸工具（火車、馬、自己的兩條腿）不是公共的，就是會讓他暴露於眾人眼前。

反觀今日，在一般美國人居住的近郊和遠郊，人丁單薄的核心家庭佔據偌大的房屋，每個人都有自己的臥室，甚至浴室。和我生長的六、七〇年代的郊區相比，今天的公寓大樓或有門禁的社區更利於隱姓埋名。認識鄰居不再是鐵律。社區愈來愈虛擬化，成員不是不露面，就是穩穩掌控要呈現的面貌。運輸多半靠私人載具：最新款的運動休旅車空間如客廳寬敞，還配備車用電話、ＣＤ播放器和電視螢幕；在深色玻璃，即「我看得見你但你

---

11 Megan's Law，美國性犯罪者資訊公開法的俗稱。

12 The First Amendment，禁止美國國會制訂任何法律以妨礙宗教信仰自由、剝奪言論自由、侵犯新聞自由與集會自由、干擾或禁止向政府請願的權利。該修正案於一七九一年十二月十五日通過施行。

13 Lawrence Lessig（1961-），美國法學教授、史丹佛大學網路與社會研究中心創立者，提倡減少版權、商標及科技應用的法律限制。

14《The Right to Privacy》，作家Ellen Alderman和身兼作家、律師、外交官的Caroline Kennedy（1957-）合著。

看不見我」的汽車版隱私守衛裝置之一的這一頭，你可以穿睡衣或比基尼，管他有沒有人知道，有沒有人在意。或許政府侵入家庭的比例略高於一百年前（社工照顧老殘窮人、衛生官員要求預防接種、警察詢問家暴事件），但這些侵犯，遠不及它們前代的小鎮式窺探。

「獨處的權利」呢？非但沒有消失，反倒急遽增加。它正是現代美式建築、造景、運輸、通訊和主流政治哲學的**本質**。美國人對隱私冷感的真正原因大得幾乎看不見：我們正全速**沉沒**於隱私的汪洋。

因此，受到威脅的不是私領域，而是公領域。已經有很多人表示，史塔的調查可能會讓未來有意擔任公職者感到洩氣（只有狂熱份子和廢物還有興趣），但他們只說了一半。華盛頓的公共世界，既為「公共」，就屬於每一個人。我們全被邀請以我們的選票、愛國情操、發起的運動和輿論來參與。人口集結起來的力量，讓我們堅信公共世界比私領域每一凌亂的個體來得更巨大、更持久、更莊嚴。但，正如一名藏身教堂塔樓的狙擊手可以清空整個城鎮的街道，一件真正令人作嘔的醜聞，也會損害以上信念。

如果隱私取決於對「不可見」的期望，那麼定義公共空間的，就是對**可見**事物的期望。我的「隱私感」不但會把「公」隔絕於「私」之外，**也會**阻止「私」進入「公」的大門。一旦覺得兩者的界線遭到破壞，我心裡那隻邊境牧羊犬就會苦惱地大叫。這就是為什麼公共空間遭到侵犯的感受，與隱私遭到侵犯如此相似。我走在人行道時，旁邊有個男人隨地小便（貨車司機尤其可能拿「不可以憋，一定要解」的膀胱管理哲學來辯白），雖然表面上，是那個拉鍊開著的男人的隱私攤在大眾面前，但我才是那個覺得受侵犯的人。暴露狂、性騷擾者、碼頭上的吸屌客和在長途客運上袒胸露背的人，全都同樣藉由暴露自己來侵害我們的「公共」意識。

既然許多人認為真正嚴重的公開曝光是在電視上播出，我們似乎可以說，電視空間是最主要的公共空間。但人們在電視上說出口的許多事，絕不見容於真正的公共空間，例如陪審員席，甚至城市的人行道上。電視可說是十億間客廳和誘人臥室的交錯延伸。你很少聽到有人在地鐵高談闊論（比如談論大小便失禁），但這在電視上已經發生好幾年了。電視缺乏羞恥，而沒有羞恥，公私便無分際。去年冬天，一位女主播直直看著我，以親密女性親人的語氣，把愛荷華州的一群嬰兒稱為「美國的七個小寶貝」。二十五年前，在Geritol藥品和拜耳阿斯匹靈的廣告間看到丹．拉瑟[15]的水門案報導很奇怪，彷彿尼克森總統即將遞出的辭呈就在我的藥櫃裡。現在，插在Promise乳瑪琳和菁英遊輪廣告之間的新聞，本身就是一件被玷污的酒會禮服——電視成了臥室地板，如此而已。

在此同時，沉默成了一種過時的美德。人們現在很願意講他們的疾病、租金、抗憂鬱藥物。性史在第一次約會就已洩露，勃肯鞋和熱褲在便服星期五滲透辦公室，視訊把會議室帶進臥室，「較柔和」的現代辦公室設計把臥室搬進會議室，銷售員單方面直呼顧客的名字，我得先和服務生建立人際關係他們才肯拿食物來。語音機器把重音放在「我」，播

15 Dan Rather（1931-），前哥倫比亞廣播公司CBS晚間新聞主播。

送著「**我**很抱歉，**我**無法辨識您撥的號碼」；網路愛好者更用詞不當地將蝕刻矽晶片稱作「公共論壇」；沒刮鬍子的與會者可以盤腿坐在凌亂的床單上與人交流。網路世界是對隱私的威脅嗎？它是隱私耀武揚威的醜惡奇景。

真正的公共空間是歡迎每一位公民出席，排除或限制純隱私的地方。近年來美術館參觀人數迅速增加的原因之一，就是展覽館仍有公共空間之感。在離開凌亂的床單後，徜徉於有約制性的端莊和寂靜，暫別不斷在眼前轟炸的消費主義，多麼美妙！優閒漫步，享受看與被看，多麼愜意！每個人都偶爾需要可以散步的地方——當你想向世界宣告（不是親朋好友的小世界，而是廣大的世界、真正的世界）你買了一套新西裝、你戀愛了，或者忽然發現不駝背可讓你身高足足多兩公分的時候，去那裡就對了。

遺憾的是，百分百公共的場所瀕臨絕種。所幸我們仍有法庭和審判席、通勤火車和公車站，以及零星分布的小鎮主街（是真正的主街而非帶狀購物中心）、若干咖啡館，以及若干城市人行道，否則對美國成人來說，唯一的半調子公共空間只剩下工作的世界了。在工作的世界，特別是商業上流階層，服裝規定及行為準則仍強制執行著，個人洩密會被處分，形式仍是通則。但這些儀式只適用於公司員工，而當他們老了、殘了、退化了或工作可以委外之後，也可能被趕走，放逐到凌亂的床單上去。

美國公共生活最後一個面積廣大、城牆陡峭的堡壘是華盛頓特區。因此當史塔報告猛然撞來時，我無法不覺得被侵犯、被強硬填塞。這是隱私的侵犯，沒錯，是私生活粗暴地進犯最公共的公共空間。我不想在華盛頓的新聞裡看到性。性，放眼別的地方比比皆是：情境喜劇裡、網路上、防塵套上、汽車廣告、時報廣場的廣告牌上，全國性的景觀裡就不能有一樣東西與臥室無關嗎？我們都知道強人的休息室裡有性，威風凜凜的背後有性，法官的長袍底下有性；但我們難道不能成熟一點，假裝一下嗎？不是假裝「沒有人在看」，而是假裝「**大家**都在看」？

近二十年來，企業領導人和橫跨大部分政治光譜的政治人物，包括金瑞契[16]的共和黨人和柯林頓的民主黨人，都在頌揚公營機構私有化的好處。但有哪個詞比「私有化」更適合描述陸文斯基事件，以及後續闖入的大揭密（海倫．切諾維斯、丹．柏頓和亨利．海德的婚外情[17]）呢？如果你好奇私有化的總統可能是什麼樣的面貌，拜史塔先生之賜，現在你看到了。

在丹尼斯．強森的短篇故事〈比佛利之家〉[18]裡，年輕的敘事者白天在護理之家工作，照顧無望的殘障人士。院中，有一個特別不幸的病患，一直無人探視：

不斷的痙攣迫使他把輪椅推到旁邊歇息，目光沿著他的鼻樑，緊盯著骨節突起的手

16 Newt Gingrich-Hage（1943-），美國共和黨員，曾於一九九五至一九九九年間擔任眾院議長。
17 Helen Chenoweth（1938-2006）、Dan Burton（1938-）、Henry Hyde（1924-2007）皆為共和黨籍國會議員。
18 Denis Johnson（1949-），美國小說家，〈比佛利之家〉（Beverly Home）收錄在一九九二年出版的短篇小說《耶穌之子》中（*Jesus' Son*）。

指。病是突然襲擊他的。他沒有人探視，妻子正要跟他離婚。他才三十三歲，我相信他說的，但很難猜出他說的那些自己的事是指什麼，因為他其實不能說話了，只能反覆用雙唇夾住伸出的舌頭，發出呻吟。

他再也不必假裝了！大家都知道他狼狽不堪。在此同時，我們其他人仍繼續互相捉弄著。

在空間橫跨東西岸、鋪著粗毛地毯的帝國臥室裡，我們可能全都狼狽不堪，不過可省下裝模作樣的麻煩。但誰想一直住在睡衣派對的世界裡呢？如果沒有可以反襯的事物，隱私便失去價值。「在此同時，我們其他人仍繼續互相捉弄著」，這也是好事。我們有擺出「群眾臉孔」的必要，一如我們需要隱私來卸下群眾臉孔。我們既需要不像公共空間的家，也需要不像家的公共空間。

一個星期六晚上在第三大道散步時，我感到失落。在我周遭，迷人的年輕人正弓著背玩他們的StarTac和諾基亞，玩得出神，彷彿在細究一碰就痛的牙齒、調整助聽器，或擠壓拉傷的肌肉；個人科技開始變得像人際障礙。我上人行道真正的目的是希望人們看到我並讓我看，但連這麼卑微的願望，都被手機使用者和他們討人厭的隱私阻撓了。他們說著「那個要配北非小米飯嗎？」和「我正要去百視達」之類的事，這樣廣播早餐菜單並不違反哪條法律。我沒有「公共場所守衛」可以買，沒有高檔的公共生活保護區可以遁入。孤獨，無論在廣場區的套房還是凱茲基爾山的小木屋，都相對容易獲得。隱私既是商品又是權利，享有雙重保障；公共廣場則什麼保障都沒有。就像原始林，公共廣場數量稀少且無法取代，應由眾人共同管理。私領域的要求愈高、愈擾人心神和灰心，維繫公共廣場的工作就愈加困難。誰有時間和精神支持公領域呢？有哪個辭令能與美國對「隱私」的愛競爭呢？

天黑回到公寓，我沒有馬上把燈打開。這些年來，這已成為我一種反求諸己的預防措施，不要一下子讓客廳燈火通明、害鄰居有曝光之憂，雖然我唯一看得到他們在做的活動，是看電視。

今晚我那極為注重皮膚的鄰居跟她丈夫在家，他們似乎正著裝準備出席宴會。那個女人——從百葉窗和窗框間的縫隙看得到她修長的身影，正在穿浴袍、別髮夾、坐在鏡子前。頭髮油亮、穿著西裝褲和白T恤的男人，則站在另一個房間的沙發旁看電視，看起來不怎麼投入。最後女人從臥室消失。男人穿上白襯衫、繫上領帶，坐上沙發的椅臂，仍看著電視，現在比較專注了。女人穿著無肩帶的黃色洋裝回來，看來完全變了一個人。多美妙的轉變啊，私與公之間的距離，多麼美好！我看到珠寶、夾克和手提包的快速往返動作，然後這對盛裝打扮的夫婦便進世界冒險去了。

一九九八年

自尋煩惱？

（原載於《哈潑》雜誌）

唯獨有人在某處期望你大聲說話時，沉默才是有用的聲明。一九九〇年代的沉默似乎只能保證我會孤獨。後來我才恍然大悟，我對小說的絕望不是過氣所致，而是孤立使然。

我對美國小說感到絕望始於一九九一年冬。當時我飛到雅多，在紐約北邊的藝術家殖民地寫我第二本書的最後兩章。我剛和妻分居，在紐約市過著自己逼自己過的孤獨生活，白天長時間在白色小房間裡，整理十年來的共有財產，晚上則到俄語、北印度語、韓語和西班牙語平均分布的大街散步。但，即使置身皇后區最深處，新聞仍能透過電視機和我訂的《紐約時報》接觸到我。這個國家正心醉神迷地備戰，迴盪著喬治．布希那句話：「至關重要的原則問題面臨危機。」布希的支持率高達百分之八十九，民眾對戰爭的質疑幾不可聞，在我看來，美國正無可救藥地脫離現實：幻想著屠殺伊拉克無名百姓的光榮，幻想著有源源不絕、可供長時間通勤用的石油，幻想著擺脫歷史定律。而我，也在幻想著逃脫。我想躲開美國。但當我來到雅多，發現它並非避風港的時候（《紐約時報》每天送來，殖民地的人們也一直在聊愛國者飛彈和黃絲帶），我開始思考，我真正需要的是修道院。

一天下午，在雅多的小圖書館，我拿起寶拉．福克斯的短篇小說《絕望的人們》[1]來讀。「她將逃離一切！」是小說主角蘇菲．班伍德抱持的希望。家住布魯克林、沒有子女的她，丈夫是一名保守的律師，婚姻不幸福。蘇菲以往會翻譯法文小說，但現在她意志消沉到連閱讀都沒辦法。她不聽丈夫奧圖的勸告，拿牛奶給一隻無家可歸的貓咪喝，貓咪卻咬了她的手來回報她的善意。蘇菲頓時覺得「受重傷」——她的「無端」被咬，就跟約瑟夫．K在《審判》中「無端」被捕一樣[2]。但當傷口消腫，知道可以不必打狂犬病疫苗時，她反而頭昏眼花起來。

蘇菲想順利完成的「一切」不只是能以真性情對待那隻貓而已。她想要在這條街（在這條到處都有遊民攤開四肢躺在自身嘔吐物上的街）、在這個國家（這個正在越南打一場骯髒戰爭的國家）讀龔固爾的小說和吃**法式香料煎蛋捲**。她想擺脫與奧圖共度未來的痛苦，她想繼續作夢。但小說的邏輯不會讓她如願，她反倒被迫接受這種個人與社會的平衡：

「上帝啊，要是我得了狂犬病，就跟外面那些東西一樣了。」她大聲說，覺得如釋重負，彷彿終於找到平衡之道：一面繼續在這屋裡安靜、空洞地度日，一面看著那些在她的生活圈邊緣照亮黑暗的、彷如預兆的怪異人們。

一九七〇年初版的《絕望的人們》，以一個帶有預言意味的暴力行為收場。承受不了婚姻破碎的壓力，精神崩潰的奧圖從蘇菲的寫字檯抓起一個墨水瓶，往臥室牆壁砸去。曾印出奧圖讀的法律書籍和蘇菲翻譯作品的墨水，此刻成了一抹無法辨讀的污漬。牆上的黑

1 Paula Fox（1923-），美國兒童文學作家，曾獲國際安徒生文學獎、美國國家書卷獎。同時也寫作小說，《絕望的人們》（*Desperate Characters*）即為其中一本。

2《審判》（*Der Prozess*）是卡夫卡（Franz Kafka, 1883-1924）寫的長篇小說。主角約瑟夫・K在一天早上被叫醒，莫名其妙地被捕，歷經漫長的審判過程，最終在一天夜裡被祕密處死。小說揭露人類生來即面臨的困境，努力沒有方向，也不會有結果。

線既是毀滅的印記，也是解脫的預兆，曾經躁動的孤獨感戛然而止。

《絕望的人們》將破碎的婚姻與破碎的社會秩序畫上等號，正好說到我在那年一月經歷的渾沌地帶。我的婚姻破裂究竟是好事，還是可怕的事？我感受到的憂傷是我的靈魂生病導致，還是社會生的病施加於我？知道身邊有人跟我深受同樣的苦，還在遠方看到光亮（福克斯的書出版了，被收藏了；以至於我隨意從架上抽本書，就能從中找到陪伴、慰藉和希望），這感覺，猶如宗教的恩典。

但，就在我以讀者身分獲救於《絕望的人們》時，我也以小說家的身分，對連結個人與社會的可能性深感絕望。今天，偶然拿起《絕望的人們》的讀者，將同時被班伍德世界的陌生感和熟悉感撼動。經過四分之一個世紀，福克斯在書裡披露的文化危機，只變得更廣大、更嚴重而已。但當前的危機（電視如瓦釜雷鳴、公共對談被電子技術裂解等）並未在那本小說裡出現。班伍德夫婦的通訊方式無非是書、電話和信件。預兆不會經由有線電視變頻器或數據機源源不絕地流入，只會乍現於他們生活範圍的邊緣，讓他們朦朧一瞥。現在似乎已成稀世古玩的墨水瓶，在一九七〇年仍是行得通的象徵。

那年冬天，家家戶戶縈繞著彼得．阿奈特及湯姆．布洛考[3]遠從巴格達和沙烏地阿拉伯傳回、鬼魅一般的畫面——家家戶戶的居民不太像個體，反倒像集合演算系統，將媒體軍國主義轉換成百分之八十九支持率。在這樣的冬天，我不由得想：如果活在這時代的奧圖．班伍德崩潰了，他八成會踢臥室裡的電視螢幕吧！但這種說法可能不夠精確。奧圖．班伍德，如果活在九〇年代應該不會崩潰，因為這世界不再對他施加壓力。在電子民主時代，身為厚顏無恥的菁英、書面用語的化身和真正孤獨的男人，他屬於瀕臨絕種的動物，與一切毫不相干。數百年來，印小說用的墨水在饒富意義的敘事裡確立了性格不同、各有主觀的個體。蘇菲和奧圖在臥室牆上瞥見的那團預言性的黑漬，代表的是文學真正意圖的崩解。怪不得他們會絕望。那時仍在六〇年代，他們渾然不知自己被什麼襲擊。

圍城持續著——已經持續了很久，但被包圍的人完全不當回事。

——《絕望的人們》

我一九八一年大學畢業時，還沒聽說「社會小說已死」的消息。我不知道菲利普．羅斯[4]早就驗過屍，說「美國人的本性」是「令人驚愕……作嘔……惱怒……還對自身貧乏的創造力覺得難堪」的東西。我愛上文學，也愛上一個女人，我被她吸引，部分原因是她是優秀的讀者。對於我想寫的那種不肯妥協的小說，我有很多種模式，甚至有種模式已經找到大批讀者，就是《第二十二條軍規》[5]。約瑟夫．海勒想出一個超越現實的辦法，拿現代戰爭的不合邏輯來隱喻美國人已徹底改變的本性。他這本書已經完全滲入全民的想像

3 Peter Arnett和Tom Brokaw皆為採訪美伊戰爭的美國新聞記者。

4 Philip Milton Roth（1933-），小說家，美國國家書卷獎得主，一九六九年以《波特諾伊的怨訴》（*Portnoy's Complaint*）成名。

中，因此我的《韋氏大學辭典》第九版至少賦予這個書名五種有細微差別的意義。容易被忽略的是：在《第二十二條軍規》後，沒有哪一部小說能對文化構成如此深刻的影響；一如越戰以來，沒有哪個議題能讓這麼多與社會疏遠的美國年輕人群起呼應。大學時我的腦袋曾被馬克思主義啟動，相信「壟斷式資本主義」（我們這麼稱呼）充滿小說家可以拐騙美國人去面對的「負面時刻」（我們這麼稱呼），只要能用夠撩人的敘事，包裝破壞力十足的炸彈，這件事就行得通。

我開始寫第一本書時，懷抱著二十二歲的夢想，想改變世界。書在六年後完成時，我唯一仍抱持的微小希望、能名留青史的希望，是上KMOX電台的廣播節目「聖路易之聲」，我是在母親的廚房裡聽它冗長而詳盡的作者訪問長大的。我的小說《第二十七個城市》描述一個中西部城市的天真——在一個冷漠且注意力分散的年代，於聖路易拓展市政的沉痛與辛酸；我期待能與KMOX午間談話節目的其中一位主持人共度四十五分鐘，想像他從我身上套出我埋伏在書裡的主題思想。對氣急敗壞打電話進來想知道我為什麼憎恨聖路易的聽眾，我會用那種已經不天真、天不怕地不怕的聲音回應說，他們看來像是恨的東西，其實是愛之深責之切。聽眾裡會有我的家人：我母親，認為寫小說是不用負擔社會責任的職業；以及希望哪一天翻開《時代》雜誌，會看到我在裡面被人評論的父親。

直到《第二十七個城市》在一九八八年出版，我才明白我有多天真。媒體一直把焦點擺在我很年輕，這完全出乎我意料。錢也一樣，拜出版社樂觀地大力宣傳所賜（他們預估這本本質黑暗、不按牌理出牌的閒書大概可以賣幾兆本），我賺到足夠的資金支應我寫下一本書。但最大的意外（確切證明我有多不留意自己在《第二十七個城市》裡提出的警告），是我的小說固然在貶責文化，卻無法攻擊現實世界的文化。我意在挑釁，卻得到六十篇專文書評。

我上KMOX電台的經驗也很有指標意義。主持人是皮膚曬成威士忌色、梳著令人心碎的遮禿髮型的短期雇工，顯然連第二章都沒看完。他在砰砰作響的麥克風底下輕拂書頁，彷彿希望情節能被手指的皮膚吸收。他問我每個人都問的問題：廣獲好評的感覺怎麼樣？（感覺很棒，我說。）這本小說是自傳嗎？（不是，我說。）身為在聖路易長大的孩子，藉由這趟很炫的新書巡迴宣傳回到故鄉，有什麼感想？莫名的失望，但我沒說出口。我已經了解金錢、炒作、搭豪華禮車到《時尚》雜誌拍照，不只是附加福利而已；它們是最主要的獎賞，也是慰藉，對你與文化已經無關的真相聊表安慰。

現今小說對美國主流文化的影響力，究竟比《第二十二條軍規》出版的年代薄弱多少，是不可能判斷出來的。但壯志凌雲的年輕小說作者忍不住指出：在《今日美國》近來針對「美國文化生活的二十四小時」所做的調查中，有二十一小時與電視有關、八小時

5《Catch-22》，約瑟夫．海勒（Joseph Heller）的著作。Catch-22是一條陸軍軍規，規定「只有瘋了的人才可以不出任務，且必須由本人親自提出申請」。但是，一旦申請由本人提出，就證明你沒瘋，所以結論是無論如何都要出任務。書中還提出許多類此自相矛盾的循環辯證。Catch-22已被收入美國辭典，形容面臨不合邏輯或矛盾，又必須要擇一而行的情況。

與電影有關、七小時聽流行音樂、一小時讀小說（《麥迪遜之橋》）。還有，像《星期六評論》之類、在約瑟夫・海勒如日中天時期大量診斷小說的雜誌，已經完全絕跡，現在《紐約時報書評》每星期只刊登兩篇完整的小說評論（五十年前小說與非小說的比例是一比一）。

我唯一熟悉的主流美國家庭就是我成長的家庭，我可以跟各位報告，父親雖不愛閱讀，也多少認識詹姆斯・鮑德溫[6]和約翰・齊福[7]，因為《時代》雜誌讓他們上封面，而對我父親來說，《時代》雜誌是最高文化權威。過去十年，這本曾兩度用紅框圍住詹姆斯・喬伊斯臉孔的雜誌，已將封面奉獻給史考特・杜羅[8]和史蒂芬・金。這些當然是可敬的作家，但是沒有人懷疑，為他們贏得封面的是他們合約的規模。美金已經成為衡量文化權威的標準，而像《時代》這類不久前仍有志塑造全民喜好的媒體刊物，現在反過來以反映全民喜好為己任。

《第二十七個城市》出版後，我在文學美國裡找到自我，但它和我成長的聖路易有奇妙的共同點：一座曾經美好的城市，被白色的飛機和超級高速公路穿腸剖肚，逐漸枯竭。若把嚴肅小說比作城市，讓它蕭條中心地區的警鈴大響的，是由大眾娛樂建構的繁榮新郊區。城市內部殘餘的生命力大多集中在黑人、西班牙人、亞洲人、同性戀和女性的社區，他們接收了白人異性戀男性逃離後空出的建物。「藝術創作碩士計畫」為沒有全職工作的人提供住屋和以工代賑制；一些特立獨行、熱愛城市的藝術家繼續藏身舊倉庫；而來訪的讀者可以在週末參觀若干治安良好的文化遺跡：童妮・摩里森[9]的聖堂、約翰・厄普代克[10]的管弦樂團、福克納[11]之家、霍頓博物館和馬克吐溫公園等。

九○年代初期，我就跟小說的內部城市一樣萎靡不振。我的第二本小說《強震》是個長篇複雜的故事，描述道德動盪世界裡的一個中西部家庭，而這一次，我不再像《第二十七個城市》那樣，用反諷和輕描淡寫來掩蓋我的炸彈，反而直接靠修辭扔出瓶裝汽油彈。但結果如出一轍：又是一張全是A和B的成績單，只不過給分的是書評而非老師（年紀還小時，我既渴望老師的認同，又不以此為滿足），不錯的收入和不恰當的沉默。在此同時，妻子和我在費城復合。我們花了兩年繞了三個時區，試著找尋一個舒適宜人、花費不高、不會讓我們覺得彼此像陌生人的地方。最後，經過深思熟慮、徹底研議，我們在另一個蕭條的城市租了一個太貴的住家。而我們持續淒慘的狀態似乎毫無疑問

---

6 James Baldwin（1924-1987），美國作家。身為黑人和同性戀者，鮑德溫的不少作品關注二十世紀中期美國的種族問題和性解放運動，代表作有半自傳體小說《向蒼天呼籲》（*Go Tell It on the Mountain*）等。

7 John Cheever（1912-1982），美國小說家，被認為是二十世紀最重要的短篇小說作家之一，代表作有《約翰·齊福故事集》（*The Stories of John Cheever*）等。

8 Scott Frederick Turow（1949-），律師、作家，小說多被改編成電影，如《無罪的罪人》（*Presumed Innocent*）。

9 Toni Morrison（1931-），第一位榮獲諾貝爾文學獎的非裔美國女作家，代表作有《所羅門之歌》（*Song of Solomon*）等、《寵兒》（*Beloved*））。

10 John Updike（1932-2009），美國小說家、普立茲獎得主，代表作有「兔子四部曲」等。

11 William Cuthbert Faulkner（1897-1962），美國文學史上最具影響力的作家之一，意識流文學代表人物，著有《喧嘩與騷動》（*The Sound and the Fury*）等。

地證明，這世上**沒有**地方適合小說寫作者居住。

在費城，我開始做無謂的計算，把我前一年讀過的書籍冊數，乘以合理預期我還會活著的年數，那三位數的相乘結果似乎暗示著死亡還沒那麼近（雖然這未必令人興奮），反倒凸顯了閱讀的慢工細活，與現代生活運動機能亢進之間的不協調。忽然間，我那些曾經愛閱讀的朋友彷彿都不再閱讀，而且毫無歉疚。我問一個以往主修英文的年輕朋友最近在讀什麼書，她回答：「你是說**線性**閱讀嗎？比如從頭到尾讀一本書？」

文學與商業市場之間，從來沒有流失過這麼多的愛。消費經濟喜愛能以高價賣出、損耗迅速或能經常改良、且每次改良都能增添些許實用性的商品。在這樣的經濟體制下，永居新品寶座的不僅是品質較差的商品，還是**名不符實的**商品。文學經典作品價格不貴，可無限次重複使用，最糟的是無法改良。

蘇聯解體後，美國政治經濟已著手鞏固戰果，擴大市場、保衛獲利，並瓦解少數僅存批評家的士氣。一九九三年，鞏固的徵象隨處可見。我看到發福的小貨車和大屁股卡車取代汽車成為首選的郊區交通工具——那些Ranger、Land Cruiser和Voyager是為了確保美國石油比泥土還便宜而發動的戰爭中，真正的戰利品，而那場戰爭看來就像持續一千小時、販賣高科技的購物節目，是一場透過商業電視散播的消費戰爭。我看到吹葉機取代耙子。我看到CNN在機場休息室挾持旅客，在超市結帳區扣押購物者。我看到486晶片取代386，接著又被Pentium取代，以至於雖然締造了新的規模經濟，初階筆記型電腦的價格卻從來沒有跌到一千美元以下。我看到賓州大學贏得百視達盃錦標賽。

在我試著把文學閱讀神聖化的時候，我也愈來愈憂鬱，晚飯後除了癱在電視機前什麼也做不成。我們沒裝有線電視，但我永遠找得到好看的：職棒費城人隊對上教士隊、美式足球老鷹隊打孟加拉虎隊，影集《外科醫師》、《歡樂酒店》、《凶殺組》。自然地，電視看得愈多，我的感覺就愈糟。如果你是小說家，連你都不喜歡閱讀，又怎能期待別人讀你的書？我相信我**應該**要閱讀，一如我相信我**應該**要寫第三本小說，而且不是隨隨便便的第三本小說。我一直有個偏見：把小說人物放進動態的社會環境裡，能豐富你要說的故事；這類小說的驕傲就在於它橫跨私人體驗和公共背景的廣大範圍。但，有哪個背景比電視的浮光掠影更有活力呢？

於是我的第三本書全面停擺。我在折磨那個故事，將它拉撐，以便容納更多發生在現實世界、衝擊小說寫作事業的事。我想寫出的透明、優美、拐彎抹角之作被灌進更多、更多議題。我研究了當代藥理學、電視、種族、監獄生活和其他十多個領域；我該怎麼在諷刺網路宣傳和道瓊工業指數的同時，又留空間給複雜的人物和場景呢？隨著構思時間愈拉愈長，文化變遷得愈來愈快，我愈來愈恐慌：要怎麼設計一艘可以一邊浮於歷史，一邊創造歷史的船呢？小說家有愈來愈多話要跟讀者說，讀者閱讀的時間卻愈來愈少——要正面攻擊一個陷入危機的文化，偏偏危機就在於不可能正面攻擊文化，這時候該往哪裡找尋動力呢？那些日子過得痛苦。我開始覺得，整個「文化參與」類型的小說模式一定有哪裡不對勁。

十九世紀，當狄更斯、達爾文和狄斯雷利[12]互相拜讀彼此作品時，小說是社會教化的卓越媒介。民眾對薩克萊[13]或威廉·迪恩·豪威爾斯[14]的新書期待之殷切，不亞於今天聖誕節檔期電影激發出的熱情。

社會小說衰微的一大顯著原因，是現代科技遠比社會小說更有社會教化的影響力。電視、廣播和照片都是生動而即時的媒體。在《冷血》[15]之後，報章雜誌也成了饒富創意的小說替代品。由於掌握大批觀眾，電視和雜誌因而能迅速蒐集大量資訊。嚴肅小說的作者很少負擔得起快速往返的新加坡之旅，或像《急診室的春天》和《紐約重案組》等電視連續劇那樣，延攬大批專業顧問為其真實性背書。資質平凡又想描述非法移民困境的作家，若選擇小說做為媒介就很蠢；想攻擊感性氾濫現象的作家也是。連我母親都因為太常聽到而反感的《波特諾伊的怨訴》，或許是最後一部會出現在鮑伯·杜爾[16]的雷達上、被他視為「墮落的夢魘」的美國小說。現今的波特萊爾們[17]都是嘻哈藝術家。

小說，就本質上來說是孤獨的：獨力撰寫，閱讀也是單獨進行。我會對蘇菲·班伍德感覺親切、像提到好友一樣把她掛在嘴邊，是因為我將自己的恐懼和疏離感投射到我建構的她身上。如果我只透過電影認識她，蘇菲就會是「其他人」，被我觀看的螢幕、電影的膚淺，以及麥克琳的明星丰采隔開（一九七一年《絕望的人們》改編成電影上映，由莎莉·麥克琳[18]飾演主角蘇菲·班伍德）。最多，我只會覺得更了解麥克琳一點。

但更了解麥克琳一點就是這個國家要的。我們生活在自由的暴政中。O·J·辛普森、提摩西·麥克維[19]和比爾·柯林頓逐日揭露的事蹟呈現出強烈的偶像面貌，將我們不被電視轉播報導的生活降格成附屬的影子世界。為了名正言順地要求我們注意，大眾文化及資訊的機構不得不每天、甚至每小時提供「新」的東西。雖然出色的小說家不會刻意挖掘趨勢，但很多人覺得有責任關注當代議題，然而，他們此刻面對的文化，幾乎所有議題都會在差不多的時間內枯竭，再也引不起關注。如果有哪位作家想說一個從一九九六到九七年都適用的社會故事，她可能發現自己再也找不到穩固的文化標的。在她創作小說期間能反映現實的物事，到小說寫完、修改、出版、上市、被讀者讀到時，九成九已經過時。

以上種種都無法阻止文化評論者，特別是湯姆・沃爾夫[20]指責小說家不再描寫社會。

---

12 Benjamin Disraeli（1804-1881），英國保守黨政治家、作家和貴族，曾兩次擔任首相，著有《薇薇安．格雷》（*Vivian Grey*）等。

13 William Makepeace Thackeray（1811-1863），英國小說家，重要作品為《浮華世界》（*Vanity Fair: A Novel without a Hero*）。

14 William Dean Howells（1837-1920），美國小說家，代表作是《賽拉斯．拉帕姆的發跡》（*The Rise of Silas Lapham*）。

15 美國作家楚門．葛西亞．卡波堤（Truman Garcia Capote,1924-1984）於一九六六年出版的報導文學小說《In Cold Blood》。

16 Bob Dole，美國共和黨籍議員，曾於一九九五年公開斥責片商製造「墮落的夢魘」。

17 原指法國詩人及散文家查爾斯．波特萊爾（Charles Baudelaire, 1821-1867），作者用以比喻年輕一輩的文學創作者。

18 Shirley MacLaine，曾獲奧斯卡最佳女主角獎的美國女演員。

19 Timothy James McVeigh（1968-2001），被控違反十一項美國聯邦法律，包括一九九五年奧克拉荷馬市爆炸案造成一百六十八人喪生。

20 Tom Wolfe（1931-），美國作家和記者，文風潑辣，擅長使用俚語、俗語和自創詞彙，捕捉時尚文化和普羅大眾的生存樣態，嘲諷美國社會，代表作有《名利之火》（*The Bonfire of the Vanities*）、《完美之人》（*A Man in Full*）等。

在沃爾夫一九八九年發表的「新社會小說」宣言中，最惹人注目的一點（甚至比他離奇地對一九六〇到一九八九年間出版的許多精采社會小說一無所知，還有過之而不及），是他無法解釋為什麼他認為理想的新社會小說家不應該幫好萊塢寫劇本。所以我們值得再說一次：就像照相機拿木樁釘入肖像畫的心臟，電視也殺死了實地報導社會的小說。真正忠貞的社會小說家，或許仍找得到巨石的裂縫來插入他們的岩釘。但他們也了解，無法再像豪威爾斯、辛克萊[21]和斯托[22]那樣仰賴素材，只能依靠自己的敏銳度，同時期望不會有人把小說當新聞來讀。

至少，菲利普．羅斯在一九六一年看到了大部分事實。他指出「如果一個小說作者感覺他不真住在自己的國家（無論從**生活**、或他踏出家門所經歷的事情），那一定是嚴重的職業障礙。」他有點哀怨地問：「小說家能寫的主題還有什麼？地景在哪裡？」然而，從一九六一年到現在，這根螺絲釘又拴得更緊了。今天，電視雖然篡奪了報導提供者的角色，也以刻版取代了想像力，但我們廢退得比電視影響的還要嚴重。在羅斯發表評論前後寫作的芙蘭納莉．歐康納[23]堅決認為，「小說的職責」是「透過舉止體現神祕」。一如愛倫坡從他的〈烏鴉〉這首詩中汲取詩學，歐康納也是老王賣瓜，但幾乎毫無疑問，「神祕」（人類如何逃避或正視生命的意義）和「舉止」（人類行為的具體細節）一直是小說作者最在意的事。而今當今小說家害怕的是，支配世界的科技消費主義正大力消滅這兩者的意義。

針對羅斯明確提出的問題，以及小說家與全國性媒體格格不入的感覺，歐康納的反應是再次強調，最好的美國小說一定是地域性的。這話聽來有幾分尷尬，因為她的偶像亨利・詹姆斯是個世界主義者。但她真正的意思是，明確性是小說的根本，而特定地域的習慣、禮俗，永遠能為其耕作者提供肥沃的土壤。

至少在表面上，美國的地域性仍欣欣向榮。但事實是，現今大學校園有個時髦的說法：「美利堅」已不存在，只有「美國各地」。一名紐約黑人女同性戀者和一名南方喬治亞浸信會教徒的共同點，只有英語和聯邦所得稅。但很有可能，這個紐約人和喬治亞人每晚都看《大衛深夜秀》，都掙扎於要不要買醫療保險，都有份飽受產業出走威脅的工作，都上折扣超市給他們的孩子買《風中奇緣》的周邊商品，都被商業廣告搞到憤世嫉俗，都玩彩券，都夢想成名十五分鐘，都服用血清素再吸收抑制劑[24]，也都帶著罪惡感迷戀鄔瑪舒曼。今天，世界地方風情豐富的橫向劇情發展，已被單一縱向劇本取代；充滿地方特色的戲劇，已屈服於商業一般性。前兩代東歐作家必須全力與政治極權主義搏鬥，今天的美

---

21 Upton Sinclair Jr（1878-1968），美國左翼作家，曾獲普立茲獎，著有《屠宰場》（*The Jungle*）等。

22 Harriet Beecher Stowe（1811-1896），美國作家，代表作為《湯姆叔叔的小屋，卑賤者的生活》（*Uncle Tom's Cabin; or, Life Among the Lowly*）。

23 Flannery O'Connor（1925-1964），被譽為福克納之後最具影響力的美國南方作家。代表作有《好人難遇》（*A Good Man Is Hard To Find*）、《智血》（*Wise Blood*）等。

24 憂鬱症藥物，包括樂復得、百憂解等。

國作家也面臨類似的文化極權主義。忽視它會落入懷舊，但正視它，又會有小說主旨一再重複的危險——科技消費主義是詭雷……科技消費主義是詭雷……

同樣令人沮喪的是「舉止」這個詞的命運。粗魯、推卸責任、欺瞞和愚蠢是真實人類互動的寫照，是人們聊天的題材、失眠的因素。但在廣告和購買的世界裡，邪惡與品行無關。這個世界的邪惡包括高價、不便、缺乏選擇、缺乏隱私、火燒心（胃灼熱）、掉髮、路面濕滑。這不意外，因為所有值得打廣告來宣傳解決方案的問題，都是花錢可以處理的問題。但金錢無法解決舉止惡劣的問題（在漆黑的電影院裡喋喋不休的人、以恩人自居的小姑、自私的性伴侶），除非花錢搭建各項隱私庇護所。而這樣的隱私正是所謂的「美國人的世紀」想要的。首先是大規模郊區化，接著是家庭娛樂臻於完美，最後是虛擬社群之創造；它最驚人的特色在於，社群內的互動完全是選擇性的——只要使用者不再對社群體驗滿意，就可以終止。

已經有很多人指出以上種種趨勢會使幼兒期無盡延伸。比較少人著墨的是，這些趨勢如何改變我們對閱讀興味的期待（書一定要帶給我們收穫，我們不必帶什麼給書），以及閱讀興味的具體樣貌。小說家面臨的問題不只是一般男女面對面相處的時間少得可憐；畢竟，書信體小說的豐富傳統，以及魯賓遜的遭遇，都與當今市郊單身漢的孤獨相當接近。真正的問題在於，小說內容充滿了形形色色的舉止，因各式各樣的衝突而成長茁壯，但一般男女整體生活結構已經逐漸改變，變得可以避開那些衝突了。

這裡，我們確實面臨著幾乎整個嚴肅藝術的廢退問題。假設「痛苦」（我們每個人都不是宇宙中心的痛苦、我們的欲望數量永遠超過達成方式的痛苦）界定了人是不是真正活著，假設宗教和藝術是從歷史觀點來看，比較被人類喜愛的痛苦撫慰方式，那麼，當科技和經濟體系、甚至商業化的信條都高度發展，到足以讓我們每一個人都成為小我選擇與滿足的宇宙中心時，藝術會發生什麼事？例如，對於帶刺的粗劣舉止，小說的回應方式是讓它們滑稽可笑；讓讀者和作者一起笑，不再因刺痛而感到孤單。這不是件容易事，需要下一些工夫。但如果社會體系從一開始就為你省去針刺之苦——過濾你的電話、靠數據傳輸來社交、用金錢決定一切的私人企業世界（員工得必恭必敬，否則飯碗不保），小說還有社會任務需要達成嗎？

長期來看，社區主義[25]崩潰可能產生各種嚴重的後果。但即便只看眼前，這個出奇繁榮、健康的世紀裡，社區主義的崩潰正把對治「痛苦」的古老方法變得毫無用武之地。至於社會原子化[26]可能產生的孤獨、茫然和失落感（或許可歸併入歐康納說的「神祕」中），則已經壯大到被列為疾病的程度。疾病有病因：腦部化學作用異常、童年時遭性虐待、福利皇后[27]、父權制、社會功能障礙；也有療法：樂復得、回復記憶療法、「與美國

25 同時注重「個人權益」與「個人對社會之義務」的政治觀點。

26 指社會裡的每個人都成為孤立的個體，宛如一顆顆原子。

27 前美國總統雷根曾於一九七六年共和黨總統初選時提到芝加哥有位「福利皇后」（Welfare Queen），她有本事向政府申請到十五萬美元的福利津貼，甚至擁有一部豪華的凱迪拉克轎車，藉此諷刺民主黨政府亂發放福利養懶人。

有約」[28]、多元文化主義、全球資訊網。無論是局部治療或更好的持續性局部治療，就算沒有療法，光是知道自己有病也是一種安慰——什麼都比神祕來得好。科學從很久以前就開始攻擊宗教，但要等到應用科學以科技之姿崛起，同時改變了小說的需求和小說撰寫的社會背景，我們這些小說作者才充分感受到科學的影響。

即便現在，當我小心翼翼探勘曾有的絕望時，也很難坦承我有這些疑慮。在出版界，「坦承疑慮」常被稱為「發牢騷」，作品不暢銷的作家抱怨文化固然可悲又自大，暢銷作家抱怨文化更惹人厭。對於像作家這樣維護隱私且競爭激烈的人種而言，默默承受似乎是最安全的方針。不管你有多厭惡你察覺到的預兆，最好還是散播信心，希望信心會傳染。當一個作家公開指稱小說氣數已盡，他的新書肯定賣不好；對他的名譽來說，這樣的抨擊就像在鯊魚環伺的水域流血一樣。

更難啟齒的是我有多憂鬱。隨著憂鬱在社交上的恥辱愈來愈輕，美學上的污名卻愈來愈重。不僅是憂鬱已蔚為流行到庸俗的地步，更重要的是大家普遍認為我們生活在二元文化中：你不是健康就是生病，不是機能健全就是機能失常，非黑即白。因此，如果灰色地帶被摧毀是你憂鬱的成因，你不會想加入陣營說自己憂鬱。你會覺得是這個世界病了，拒絕在這樣的世界運作才是健康的。你會接受臨床醫師所稱的「悲觀現實主義」。《伊底帕斯王》這樣唱：「哎呀，世世代代的人們啊，我說你們的生命不過是影子罷了！凡人贏得的快樂不過是表象，假象過後快樂就消失啦！」你，畢竟只是原生質，總有一天會死。透過無論是藥物、療法或強化意志力之類的方式邀請你拋開憂鬱，就像邀請你轉身不看所有黑暗思想，面對美麗新「麥當勞世界」的腐敗、幼稚與自欺一樣。而社會小說家留給世人的唯一東西就是這些洞察，他們希望不光呈現世界的細節，還要呈現它的本質，把光照向現實旋流中那些無視道德的眼；他們相信，人類值得擁有比由價格誘人電子商品填滿的、更好的未來（儘管現在許多人正聯手打造這個由電子誘惑構築的世界）。別說「**我好憂鬱**」，你要說「**我是對的！**」

但所有證據都顯示：你已經變成一個無法相處，聊起來也不愉快的人。而身為小說家的你，愈覺得自己是悲觀現實主義碩果僅存的寶庫，是被悲觀現實主義安撫的社會所剩無幾的激進批評者，你的作品背負社會報導的擔子就愈巨大。你問自己，何必自尋煩惱寫這些書？我沒辦法假裝主流大眾會聽我的新聲音，沒辦法假裝自己能推翻什麼，因為任何解讀得出我顛覆性訊息的讀者，都不需要再聽（當代藝文界不斷提醒我們，藝文工作者對著唱詩班佈道是一件多麼蠢的事）。我受不了「嚴肅小說**對我們有益**」的說法，因為我不相信這世界的毛病有醫治之道；就算我信，我這個感覺上就是個病人的傢伙，又端得出什麼解藥呢？無論如何，很難把文學想成藥，因為閱讀文學只會加深你與主流的疏離感，加

28　一九九四年期中選舉，共和黨提出包括當時眾議員金瑞契起草的財政責任在內的政綱，稱為「與美國有約」（Contract with America），主張預算平衡、給予總統擇項否決權（line-item veto）和福利改革等，結果共和黨獲眾議院多數席次，新任議長金瑞契積極推動減少政府支出，與白宮衝突不斷，造成一九九五至九六年柯林頓政府形同空轉。

深你的憂鬱;遲早，心裡想著治療的讀者會把閱讀這件事指為疾病，就像蘇菲・班伍德有「百憂解候選人」之稱。無論她的痛苦多華麗、多滑稽，無論那些痛苦展現多麼深刻的人性，喜愛她的讀者都還是會納悶，找心理醫師治療會不會是最好的做法。

於是，我不接受「文學更崇高」的觀念，因為菁英主義並不切合我的美國人天性，也因為，就算對「神祕」的信念還不至於讓我對好作品的認定產生懷疑，但我對「舉止」的信仰卻讓我難以向身為麥克・克萊頓[29]粉絲的哥哥解釋，我正在寫的作品就是**比他的好**。儘管法國後結構主義者對「文本的愉悅」[30]的讚頌在哲學上無懈可擊，但他們也幫不上忙。因為我知道，無論《絕望的人們》的隱喻多豐富，語言多不落俗套，我第一次讀它時的感受，絲毫沒有無盡水平聯想帶來的感官歡愉，只有脈絡分明和要命貼切的感覺。我知道我喜愛閱讀和寫作是有理由的。但每一句辯解，每一次防衛，似乎都會溶解在當代文化的糖水裡，不用多久，連早上起床都有困難。

很快以兩句話形容小說家：我們不喜歡太深入探究讀者的問題，我們不喜歡社會科學。但這就尷尬了：因為我黑暗中的明燈——無意中發揮最大功效、讓我重回寫作之途的人，正是一位研究美國嚴肅小說讀者的社會科學家。

領麥克阿瑟獎學金的雪莉・布萊絲・海斯是語言人類學家，也是史丹佛大學英文及語言學教授；她時髦、嬌小，有一頭白髮，對寒暄閒談似乎不太有耐性。整個八〇年代，海斯常出沒於她所謂的「強制過渡區」——人們被「限制」，無法求助於電視或其他消遣的地方。她搭過二十七個城市的大眾運輸工具。她潛伏於機場（至少在CNN到來之前）。她帶著筆記本進書店和濱海度假村。每當看到人閱讀或購買「內容實在的小說」（主要指大眾平裝本），她就上前耽誤他們幾分鐘。她參加夏天的作家會議和創作課程以便拷問年輕人。她親自採訪小說家。三年前她採訪過我，去年夏天我和她在加州帕羅奧圖共進午餐。

當小說家真得設想讀者的時候，我們喜歡想像有「普通讀者群」——一大群不拘一格、受過不錯教育的人，能被有分量的書評或積極的行銷作為引誘他們款待自己一本嚴肅的好書。我們竭盡所能不去注意的事實是：在教育程度相近或生活複雜度差不多的成人中，一部分人讀很多小說，其他人則讀得很少，甚至沒有。

但這逃不過海斯的法眼，雖然她強調並未在美國做過民調，她的研究仍強有力地破除了「普通讀者群」的迷思。她告訴我，一個人要維持對文學的興趣，有兩個條件不可或缺。首先，閱讀有意義作品的習慣，必須要在他年紀非常輕的時候被「深刻地塑造」。換句話說，雙親中至少要有一個人常閱讀嚴肅書籍，並鼓勵孩子效法。在東岸，海斯發現這現象伴隨著強烈的階級味。特權階級的父母鼓勵閱讀，是來自路易斯．奧欽克洛斯[31]所謂

---

29 Michael Crichton（1942-2008），美國暢銷作家、導演，人稱「科技驚悚小說之父」，作品包括《侏羅紀公園》（*Jurassic Park*）等。

30 羅蘭．巴特（Roland Barthes）在《文本的愉悅》（*The Pleasure of the Text*）中指出，讀者在處理一個文本時，可自由地拋棄符號的指示，藉其偏好的認知參與，在感官或身體的反應中產生多義或多元詮釋。

的「應得權利」觀念：正如文明人應懂得鑑賞魚子醬和優質勃艮地紅酒，也應該懂得欣賞亨利．詹姆斯。階級在美國其他地區的影響較輕，特別是信新教的中西部地區，在那裡，文學被視為一種淬鍊心智的方式。海斯說：「要成為優秀的人，淬鍊之一便是不要虛度空閒時間。你必須同時藉由『敬業地工作』和『明智運用空閒時間』來展現自己。」在南北戰爭後的一個世紀，中西部是數千個小鎮文學社團的大本營，海斯發現，在那些社團中，警衛的妻子可能和醫師娘一樣活躍。

不過，光有愛讀書的爸媽還不足以造就終生奉獻的讀者。海斯說，年輕讀者還需要身邊有氣味相投的人。「養成閱讀習慣的孩子會開始拿手電筒在被窩裡讀書，」她說：「夠聰明的爸媽會阻止孩子這麼做，藉此『鼓勵』。此外，孩子可能找到同樣愛看書的同儕，兩人會把這當成祕密守著。以書會友的情況可能遲至大學才發生。因為高中時，愛看書的人得犧牲不少社交活動。很多原本孤獨地讀著書的孩子上了大學突然發現：『哇，這裡原來還有其他人愛看書。』」

海斯說著她的發現時，我不禁回想起國中時找到兩個朋友可以討論托爾金[32]的興奮。我也在想，對此刻的我來說，沒有什麼比讀者更性感了。但這時我猛然想起，我跟海斯說的第一個先決條件不符。我告訴她，我不記得小時候爸媽讀過哪一本書，除了大聲念故事給我聽之外。

海斯不到一秒便回答：「沒錯，但還有第二種讀者：社交孤立型，也就是從小覺得與身邊每個人都截然不同的孩子。這在訪談中非常非常難發現，因為人們不喜歡承認自己小時候很孤僻。情況是，你把與眾不同的感覺帶進想像世界，那是你無法與身邊眾人分享的世界，因為那是虛構的。因此你生命中的重要對話，是和正在讀的書的**作者**進行。他們雖然人不在場，卻成為你的共同體。」

聽到這裡，自傲迫使我將年輕的小說讀者與年輕的書呆子劃清界線。只對事實、科技或數字覺得安心的典型書呆子，特徵不是不善交際，而是**反**社交。閱讀在某方面確實比較像書呆子的消遣——它不但能滿足孤立感，還會使之變本加厲。但小時候「孤僻」不代表你長大以後必定嘴巴臭、人緣差。事實上，那可能讓你在人群中超級活躍。只是某些時候你會覺得有股折磨人、近乎痛悔的需求，好想獨處，好想讀點書，好想與那個共同體重新連結。

據海斯的說法，社交孤立型讀者（她也叫他們「抗拒型」讀者）遠比習慣塑造型更可能成為作家。如果童年時期就透過寫作與內在社群交流，作家長大後往往會持續地認為，寫作對他的連結感至關重要。而作品內容扎實的作家被視為反社會的那些特質，無論是詹姆斯．喬伊斯的放逐，還是J．D．沙林傑[33]的隱居，都主要源自社交孤立，因為那是流連想像世界的必備條件。海斯看著我的眼睛說：「你是社交孤立型，急欲和內容扎實

31 Louis Stanton Auchincloss（1917-2010），美國作家、律師，作品主要探討紐約上層社會的行為舉止和道德問題。
32 J. R. R. Tolkien（1892-1973），英國作家、詩人、語言學家，作品包括《魔戒》（*The Lord of the Rings*）等。
33 J. D. Salinger（1919-2010），美國小說家，《麥田捕手》（*The Catcher in the Rye*）作者。

的想像世界交流。」

我知道她說「你」的時候是冷靜客觀的，但卻覺得她彷彿看到我靈魂深處。她對我純屬偶然的形容令我雀躍（雖然那一點都不詩意），而我的雀躍證實了那些形容的真實性。只因為被辨識出真實面貌，只因為沒有被誤解：忽然間，我明白了這就是我寫作的理由。

一九九四年春天我十分孤僻，一心只想賺點錢。在妻子和我最後一次分手後，我在一家小型文學院教大學生寫小說。雖然花了太多時間在那上面，我卻很喜歡那份工作。這些在《羅伊與馬汀喜劇秀》首映時都還沒出生的學生，技藝和企圖心都令我振奮。但我也很沮喪地得知，幾位我認為頂尖的作家發誓絕對不再教文學課。一天晚上，一個學生跟我說，他的當代小說課整整花了一小時辯論萊絲莉．瑪蒙．席爾柯[34]有沒有恐同症（恐懼同性戀）。另一晚，我走進教室時，三個女學生正笑著數落一本她們被迫為「女性與小說榮譽研討會」而讀的女性主義烏托邦小說。

現正肆虐英文系的醫療樂觀主義堅稱，小說應分成兩大箱：「病症」（一九五〇年以前黑暗時代的權威作品），與「能讓世界更健康快樂的藥」（女性和來自非白人或非異性戀文化的作品）。然而，當代的小說作家少有作品在大學被納入這種樂觀用途，要怪他們自己。仍在文化上佔有權威席次（對大學以外有吸引力、家人之間會聊到）的美國小說，多半由女性寫成。見多識廣的書商估計，百分之七十的小說是女性購買，因此近年來有那麼多跨界小說、那麼多找得到讀者的好書是由女性撰寫，並不足為奇。珍．斯邁莉[35]和蘿絲蓮・布朗[36]的作品裡，虛構的母親冷靜、嚴肅地看待她們的子女。虛構的女兒聽華裔母親（譚恩美）[37]或契帕瓦族祖母（露意絲・厄德利）[38]的話。虛構的自由女性和她親手殺害的亡女靈魂交談，而她殺她，是為了救她脫離奴役的處境（童妮・莫里森）[39]。這些小說的黑暗，不是憑當代批評理論的啟蒙就可以消除的政治黑暗，而是不易治療的悲痛的黑暗。

女性及文化弱勢族群的小說在今日如此蓬勃，證明以傳統社會小說的命運來判斷美國文學的生命力，是一種沙文主義。的確，我們可以主張，與主流文化漸行漸遠，反倒讓美國的文學文化**更健康**。眾所周知的「美國」文化，不過是一群白人男性異性戀菁英維繫地位不墜的手段，它的式微正是一個衰竭傳統應得的懲罰（例如約瑟夫・海勒在《第二十二條軍規》中對女性的描寫就令人不敢恭維，讓我不願意推薦學生看這本書）。美國經驗確實可能盤根錯節到沒有哪一本「社會小說」（像狄更斯或斯湯達爾[40]那種風格）能全盤反

---

34 Leslie Marmon Silko（1948-），美國原住民作家，作品包括《儀式》（*Ceremony*）等。

35 Jane Smiley（1949-），美國小說家、普立茲獎得主，作品包括《褪色天堂》（*A Thousand Acres*）。

36 Rosellen Brown（1939-），美國作家，作品包括《之前與之後》（*Before and After*）等。

37 Amy Tan（1952-），華裔美國作家，成名作為《喜福會》（*The Joy Luck Club*），描述舊金山四個華人移民家庭的故事。

38 Louise Erdrich（1954-），美國印第安人小說家、詩人。代表作為《愛藥》（*Love Medicine*），描述契帕瓦印第安保留區兩個家族四代之間的恩怨。

39 出自《寵兒》一書的情節。

40 Stendhal（1783-1842），法國批判現實主義作家，作品包括《紅與黑》（*Red and Black*）等。

映，現在或許需要十本從十種不同文化觀點切入的小說才夠。

不幸的是，也有充分證據顯示，今天的年輕人深深覺得被他們的種族或性別認同囚禁——電視已經令我們慣於接受自我刻版的表徵，而不敢越界說話。隨著小說作者逃進大學創作課避難，這個問題更趨惡化。由藝術創作所學生編輯的典型小規模文學雜誌（藝術創作所學生知道自己要有作品被刊登，才能獲得或保住教職），議題不外下列三種短篇故事的變形：「我的兒時記趣」、「我在某大學城的生活記趣」和「我的海外留學記趣」。在大學任教的小說作者確實發揮了教授文學的重要功能，有些也一邊教書一邊創作優秀作品，但身為讀者的我，十分懷念更多小說家在大都市居住、工作的日子。我哀悼回歸自我、哀悼大題材小說衰微，與哀悼郊區崛起的原因一樣：我喜歡在一個令人激動的經驗裡納進數量最多的差異和對比。就算社會報導不再是小說的關鍵功能，反倒像偶然出現的副產品（雪莉．海斯的觀察證實了嚴肅讀者不是為了得到教誨而閱讀），我仍喜歡像城市一樣生氣勃勃、多彩多姿的小說。

♣

海斯研究的價值，也是我這樣大量引述她的話的原因，在於她一步一腳印地用實證方式去研究沒有人研究的主題，也賦予閱讀問題一套中性、可存活於我們價值中立文化環境的詞彙。讀者並沒有比非讀者「好」、「健康」或「病態」。我們只是剛好同屬一個有點奇怪的群體。

海斯認為「內容充實的小說」的界定特徵之一是「**不可預測性**」。她會採用這個定義，是因為發現她訪問過的數百位嚴肅讀者，大都必須以某種方式應付個人生命中的不可預測。為有困擾的民眾提供諮詢的治療師和牧師，傾向閱讀題材比較硬的書。人生未依預期路線行進的人也一樣，包括出身商賈世家但沒有做生意的韓國人、上大學的貧民區子弟、來自保守家庭的出櫃男同志，以及人生境遇和母親迥異的女性。最後一個群組尤其大。今天有數百萬美國女性，她們的人生完全不像她們從母親身上想見的人生，而這些女性，在海斯的模組中，極有可能被內容扎實的小說打動。

海斯在訪談時發現，嚴肅讀者們幾乎「一致同意」文學「讓我變成更好的人」。她連忙要我放心，他們不是把文學當成自求多福的解決之道，「閱讀嚴肅文學會撞擊嵌在生命中的境遇，讓他們非處理不可。而在處理的同時，他們更深刻地了解自己，也更能承受無法完全預期人生的無力感」。讀者們一再告訴海斯同一件事：「閱讀讓我維持某種**扎實感**——道德和智識的完整。『扎實』不只是『這本書很有分量』的意思，而是讀那本書讓**我**變得扎實。」海斯補充，這種扎實感很常透過言詞傳達，而且可以持續很久。她說：「這就是為什麼電腦無法給讀者扎實感的原因。」

海斯說，她的受訪者幾乎異口同聲地將扎實的小說描述成「公民、大眾唯一能寄予希望，處理人生道德、哲學和社會政治課題的地方，其他地方都把那些過度簡化；好比從阿卡曼儂[41]以後，我們一直必須處理忠於家庭與忠於國家之間的衝突。但強有力的小說拒絕提供簡單的答案，拒絕把東西漆成黑與白、把人二分為好與壞，與流行心理學截然不同。」

「不過，宗教倒是想像力很扎實的作品。」我說。

她點點頭。「讀者們正是這樣說：讀好小說就像讀宗教文本中一個意境豐富的章節。宗教和優質小說的共通點是答案不在那裡，那裡不是結局。你每讀一次，文學作品的語言都會給你不同的感受。但不可預測性的意思不是相對論式的，它凸顯的是作家不斷回到根本問題的堅持。家庭與國家之間的分歧，妻子與女友之間的不相見容。」

「活下去與非死不可的對立。」我說。

「一點也沒錯，」海斯說：「文學的不可預測性中，當然有某種程度可以預測，那是所有扎實作品的共同特色。而**那種**可預測性正是讀者們告訴我，他們緊抓不放的東西——在偉大的人類冒險事業裡有人相伴的感覺。」

「有個朋友一直跟我說，閱讀和寫作最終都與孤獨有關。我開始改變想法了。」

「沒錯，它是叫你不要孤立自己，」海斯說：「也叫你不要聽什麼沒有出路、沒有存在意義之類的話。意義在於持續，在持久存在的重大衝突裡。」

從帕羅奧圖飛回來的途中，在環球航空持股的空勤組員們強制執行的過渡區裡，我婉拒了收聽《妙家庭》和《E！》一小時特別節目用的耳機，但我看了。沒有聲音，《E！》變成不誠懇笑容流體力學的示範。它讓我看到什麼叫偽造，讓我渴望起文學非強迫式的情感；文學，不會企圖向我推銷任何東西。我在大腿上打開珍奈．法蘭姆描寫精神病院的小說《水中的臉》[42]，但我的目光，直到過了兩個半小時、眼前無聲的螢幕終於空白之後，才真正盯住那些不得歡心卻出奇貼切的句子。

可憐的諾琳還在等郝威爾醫師跟她求婚，雖然他跟她說過的話始終是：妳好嗎？妳知道妳在哪裡嗎？妳知道為什麼來這裡嗎？——那些通常難以被詮釋成情感證據的句子。但當你生病，你會發現自己身在全新的認知場域，會做出豐富大量的詮釋，那些詮釋供應你每日的糧食，是你唯一的食物。所以當郝威爾最後娶了職能治療師，諾琳就被送往精神病房了。

期待一本小說能擔起我們整個社會精神失常的重量，協助解決我們這個時代的問題，在我看來是詭異的美式妄想。寫出如此貼切的句子，來庇護想從現實逃離的讀者，這還不夠？還能說文學的力量不大嗎？

---

41 Agamemnon，希臘神話中邁錫尼國王的兒子。曾帶領特洛伊之戰，因觸怒女神而將親生女兒做為獻祭。戰爭結束後，回到家的阿卡曼儂被妻子和情夫勾結殺害，最後兒子為此謀殺復仇。《奧瑞斯特斯三部曲》（*The Oresteia*）便是根據這個故事寫成。

42 Janet Frame（1924-2004），紐西蘭最負盛名的女作家，作品包括《水中的臉》（*Faces in the Water*）、《天使詩篇》（*An Angel at My Table*）三部曲等。

四十年前，海明威的《老人與海》轟動全國的時候，電影和廣播節目仍被視為「次級」娛樂。在五〇及六〇年代，當影片成了「電影」，要人們嚴肅看待後，電視便成了新的次級娛樂。最後，到了七〇年代，隨著水門案聽證會和《一家子》[43]上演，電視也成了文化素養不可或缺的一部分。一九四五年，受過高等教育的紐約單身男女一年要讀二十五本嚴肅小說，今天大概只有時間讀五本。而隨著這種「習慣塑造型」讀者日漸凋零，小說讀者的中堅份子逐漸以「抗拒型」為主，他們因為必須閱讀而閱讀。

對人數眾多的小說家來說，那群中堅份子是非常小的競爭目標。為維持生計，作家也必須躋身大部分「習慣塑造型」讀者的五本書單上。每一年，像期待中樂透一樣，少數優秀小說家拿到六位數甚至七位數的預付版稅（因而給歡慶「美國文學蓬勃發展！」的熱情人士補充了彈藥），其中一些作家也確實打進排行榜。前兩年安妮．普露的《真情快遞》[44]賣了近一百萬本；一九九四年的精裝文學暢銷書，戈馬克．麥卡錫的《穿越》[45]，排名《出版人周刊》年度暢銷排行第五十一名（第五十名是《星艦迷航記》）。

安東尼．蘭恩近期在《紐約客》雜誌發表的兩篇文章中說，儘管當今暢銷排行榜上的小說大多乏味、可預測、寫得不好，但五十年前的暢銷書同樣乏味、可預測、寫得不好。蘭恩的論述有效地摧毀了人們對電視前黃金時代（即美國大眾還能埋首於文學作品的時期）的見解；他說得很明白：半個世紀以來，美國的大眾品味沒有變壞，**真正**改變的是書籍出版的經濟學。一九五五年的暢銷榜首《初戀》[46]在書店賣了十九萬本。一九九四年，美國人口成長不及一倍，約翰．葛里遜的《終極審判》[47]賣了三百多萬本。如今出版成了好萊塢的附庸，大賣的小說是大規模行銷的商品，電視的可攜式代用品。

市場對文學小說的反應始終如一，正是在對作家行使有效的戒律，提醒我們娛樂大眾的責任。但大學若是有抱負小說家的磐石，那麼現代美國市場就是峭壁——它將藝術家分為超級明星、明星和無名小卒；它洞見觀瞻地看出，沒有什麼比名人更能使產品動起來。如果你個性適合，是有可能透過取笑、反諷來成功地自我推銷。年輕作家馬克·雷納[48]的小說就是在推銷年輕作家馬克·雷納；他上過三次《大衛深夜秀》。但要多數小說家以公眾人物之姿跑巡迴宣傳、上電台脫口秀、被印在邦諾書店的提袋或咖啡杯上，推廣原屬私密的閱讀經驗，他們會有某種程度的不自在。把書面文字視為至高無上的作家，本質就不適合上電視，我們不妨回想，過去有多少廣獲好評的小說家，選擇在這個普遍對宣傳機會趨之若鶩的國家裡捍衛隱私。沙林傑、羅斯、麥卡錫、唐·德里羅[49]、威廉·加迪

43《All in the Family》，一九七一至一九七九年間於哥倫比亞電視台播放的知名影集。

44 Edna Annie Proulx（1935-），美國記者、作家，第二本著作《真情快遞》（*The Shipping News*）獲普立茲獎和美國國家書卷獎，短篇小說〈斷背山〉（Brokeback Mountain）則被李安改編為電影，聲名大作。

45 Cormac McCarthy（1933-），美國知名小說家，作品有《穿越》（*The Crossing*）、《長路》（*The Road*）等。

46《Marjorie Morningstar》，赫爾曼·沃克（Herman Wouk, 1915-）著，他曾獲普立茲獎。

47 John Grisham（1955-），美國暢銷作家，作品包括《終極審判》（*The Chamber*）、《黑色豪門企業》（*The Firm*）等。

48 Mark Leyner（1956-），美國作家，小說中充滿滑稽可笑的情節。

49 Don DeLillo（1936-），美國作家、小說家，著有《白噪音》（*White Noise*）、《毛二世》（*Mao II*）等。

斯[50]、安．泰勒[51]、湯瑪斯．品瓊[52]、辛西亞．奧茲克[53]和丹尼斯．強森，都幾乎不接受訪問、不授課也不巡迴，有幾位甚至連拍照都不肯。海斯所說的各種社交孤立戲碼無疑在他們身上上演。但對其中幾位來說，緘默是其藝術信念不可或缺的要素。

加迪斯一九五四年的第一部小說《承認》中，作者的替身大喊：「他們想從那男人身上得到作品中得不到的東西？他們在期望什麼？他都已經完成作品了，還剩下什麼？藝術家不就是他作品的渣滓，跟著作品轉的空殼嗎？」加迪斯和品瓊等戰後小說家及羅伯特．法蘭克[54]等戰後藝術家，回答上述問題的角度和諾曼．梅勒[55]與安迪．沃荷截然不同。一九五四年，在電視尚未取代電台成為流行媒介之前，加迪斯就發現，無論自我推銷的作為短期看來有多炫目的破壞力，藝術家若衷心抗拒由不誠懇的大眾行銷來打造形象的文化，他就當不成偶像，甚至要付出默默無聞的代價。

有很長一段時間，為了效法加迪斯，我採取強硬手段，堅持讓作品自己發聲。其實我沒有被各方邀約轟炸，但我不肯授課，不幫《紐約時報》寫評論，不寫關於寫作的東西，不參加宴會。在崇尚名人的年代公開談論超出小說範圍的事，在我看來是種背叛；意味著我對小說的溝通和自我表達功能欠缺信心，因而增加了大眾從想像世界逃往字面意義的速度。我深信英雄就該沉默，叛徒才會聚眾喧嘩。

但唯獨有人在某處期望你大聲說話時，沉默才是有用的聲明。一九九〇年代的沉默似乎只能保證我會孤獨。後來我才恍然大悟，我對小說的絕望不是過氣所致，而是孤立使然。憂鬱，彷彿是對普世腐敗與你墮落人生的忠實描寫。但「寫實」只是掩蓋憂鬱本質的面具，憂鬱的真面目，是壓倒性的、與他人的疏離感。你愈相信你的墮落之路獨一無二，就愈害怕與世界交涉；你和世界來往得愈少，就愈覺得其他繼續與世界來往的人，笑臉是如此虛假。

作家對讀者向來容易產生這種疏離感。畢竟，要與虛幻的閱讀社群交流，非獨處不可。但，當那個虛幻社群不再人口密集、交流頻繁；當文學頻頻遭電子與學術攻擊；當你的隔閡感變得普遍而非特有；當商業版對世界陰謀的報導，同時把你和你的同類排除在外；當沉默的代價看來不再是默默無聞，而是馬上被遺忘，疏離感就會變得深刻、迫切且危險得多。

我知道一個在全國性雜誌上寫自白書的人，宣稱「對史普尼克[56]之後出生的作家而

---

50 William Gaddis（1922-1998），美國小說家，《承認》（*The Recognitions*）獲選為《時代》雜誌百大小說。

51 Anne Tyler（1941-），美國知名小說家、普立茲獎得主，作品包括《意外的旅客》（*The Accidental Tourist*）、《生命課程》（*Breathing Lessons*）等。

52 Thomas Ruggles Pynchon Jr（1937-），美國近年諾貝爾文學獎候選人呼聲很高的小說家，作品有《V.》、《萬有引力之虹》（*Gravity's Rainbow*）、《第四十九號拍賣物》（*The Crying of Lot 49*）等。

53 Cynthia Ozick（1928-），美國小說、散文作家，作品包括小說《普特梅薩的故事》（*The Puttermesser Papers*）等。

54 Robert Frank（1924-），美國藝術攝影師，代表作為《美國人》（*The Americans*），擅長以敏銳的眼光看穿事物表象，直指現代都市生活的本質。

55 Norman Kingsley Mailer（1923-2007），美國小說家，作品以剖析美國社會及政治病態問題為主，尤以描述暴力及情慾著稱。代表作是以第二次世界大戰為背景的小說《裸者與死者》（*The Naked and the Dead*）。

言，名實相符的隱遁無論在心理或財務面上皆非選項」，可信度或許沒有多少。或許我已經變成那個聚眾喧嘩的叛徒。但當我後來跟著我的書走出家門、幫報章雜誌寫點東西，甚至跑幾場聚會時，我覺得比較不像向世界介紹自己，反倒像讓自己認識世界。我一踏出絕望的泡泡，就發現幾乎我遇到的每一個人都與我有許多相同的恐懼，有些作家的恐懼更是跟我**完全一致**。

以往，文學生活等同於文化時，隱逸於城市不是不可能，因為無論白天或夜晚，你只要走出家門，就可以找到群眾的安慰。而今郊區時代，電子文化上漲的水位反令每個讀者、每名作家都變成孤島，我們恐怕得更積極地讓自己確信仍有社群存在。過去我不信任大學的創作系所，認為那裡的安全是人工化的結果，一如我不信任讀書俱樂部，因為那裡對待文學像對待十字花科蔬菜，非得加一匙「社會化」的鹽才嚥得下去。隨著我探求自己的社群意識，現在我沒那麼不信任它們了。我把小說在十九及二十世紀初期的強大影響力視為歷史的偶然——沒有競爭對手使然。現在，作者與讀者之間的距離縮短了。我們沒有奧林匹亞山眾神明對山下民眾說話，卻有可與猶太民族相匹敵的大流散。讀者和作者對孤獨的需求是一致的，也都要在愈益短促的時間裡追求扎實感——透過出版品，向內尋找寂寞的出口。

網路願景家們提出過一個很受歡迎的觀點：文藝文化是非大眾的，閱讀好書主要是有錢有閒白人男性的消遣，所以，我們這個共和國度沉溺於電腦還比較健康。但雪莉・海斯的研究顯示（或者你隨機去一趟書店就會發現），網路願景家在撒謊。閱讀其實是種族多元、對社會抱持懷疑的活動。現今擁有強大筆記型電腦的富裕白人男性，才是這國家菁英階級裡最顯眼的一群。「菁英」這個詞才像棍棒，痛毆無力購買科技來構築生活的人。

對我們現在所謂「文學」的不信任或痛恨，向來是社會願景家的標誌（不論是柏拉圖、史達林或今天的自由市場技術專家），這讓我們不由得想：除了娛樂，文學也有某種反社會功能。畢竟，小說有時確實能引爆政治辯論，或捲入其中。而既然作家會向社會要求「表達意見的自由」這個小恩惠，遇到宗教或政治狂熱時期，詩人和小說家往往就不得不充當良知的代言人。文學的反抗性在美國尤其強烈，藝術地位低下促使抗拒型小讀者長大後成為遺世獨立的作家。更重要的是，賺錢向來是美國文化的重心，且賺大錢的人絕少很有趣，因此，美國小說裡最令人懷念的角色通常活在社會邊緣：哈克・芬[57]、珍妮・克勞馥[58]、哈佐・摩茲[59]和泰隆・斯洛索普[60]。最後，到了在晚餐後讀本小說象徵某種文化「拒絕！」的年代，這種對抗感更加強烈。

---

56 Sputnik，蘇聯於一九五七年十月四日發射的地球第一顆人造衛星。

57 Huck Finn，馬克吐溫小說《頑童歷險記》（*Adventures of Huckleberry Finn*）的主人翁。

58 Janie Crawford，佐拉・尼爾・赫斯頓（Zora Neale Hurston, 1891-1960）著作《他們眼望上帝》（*Their Eyes Were Watching God*）的主角，本書是黑人文學中第一部充分展現女性意識覺醒的作品。

因此，我們太容易忘卻各時代優秀藝術家曾一再重申的主張，如詩人奧登[61]說「藝術無法讓任何事情發生」，也太容易忽略「小說**可以**對它**必須**影響的信念產生影響力」的常識。納博科夫[62]相當稱職地總結了每個小說家都可能背書的政綱：不要審查制度、要好的全民教育、國家元首的肖像不要比郵票大。若超出這個範圍，我們的待議事項便開始徹底分歧。讓我們團結一致的信念不是小說什麼都能改變，而是它可以**保存**什麼。要保存什麼取決於作者，可能像「我的童年記趣」那麼私密。但隨著國家被大眾文化分心、催眠得愈來愈厲害，那些原本致力於教職的作家們風險都變高。無論是否想過這個問題，小說家都在保存一個精確、生動運用語言的傳統，保存看穿表面深入內涵的習慣，或許還保存了對私體驗和公眾背景間既獨立又互相滲透的理解力，或許還保存了「神祕」及「舉止」。最重要的是，他們要保存讀者和作者的社群，而這個社群的成員辨識彼此的方式，是他們一致認為，這世間的一切並不簡單。

雪莉・海斯用「不可預測性」這個溫和的詞來形容此一複雜的信念；芙蘭納莉・歐康納稱之為「神祕」。福克斯則在《絕望的人們》書中這樣寫：「在平凡生活的甲殼與籠統協議裡滴答作響的，是混亂失序。」對我來說，把小說家的世界觀形容得最貼切的字眼叫「**悲劇性**」。為什麼會有人以悲傷的敘事為樂，尼采《悲劇的誕生》至今仍是難以搖撼的理論，一種看透人生黑暗及不可預測的「戴歐尼修斯」式的眼光，與「阿波羅」明晰、優美的形式結合，創造出一種在強烈中帶有宗教意涵的體驗[63]。即使對說什麼也不信眼睛看不見的事物的人來說，以形式上的美學來描繪人類的困境，仍可能是救贖（雖然我擔心小說家過度使用救贖這個詞，勢必會惹來嘲笑）。

在《伊底帕斯王》中也能找到不少寓意，比如「當心神諭」、「預期不可預期」或「結婚太急，後悔莫及」；這些寓意無非向我們證實，宇宙是有潛在秩序的。但賦予伊底帕斯人性的，當然是他不留心神諭的部分。兩千五百年之後，雖然蘇菲．班伍德「不該」試圖自絕於周遭患狂犬病般的社會，她還是這麼試了。但隨後，如福克斯所寫：「成人生活的外殼，它的**重要性**，一眨眼就被真實的、專橫的、荒謬的事戳得粉碎。」

我想澄清的一點是，我所謂的「悲劇性」，只是在形容小說提出的問題比回答的多，小說裡的衝突不可能化為烏有（事實上，衡量小說作品悲劇觀點最可靠的指標，是喜劇事件）。稱嚴肅小說為悲劇，是為了凸顯它與深入我們文化的「樂觀辭令」之間的距離。每個上台的政權都得撒一個謊：這政權已經讓世界變得更好；當今美國政權鼓舞人心的技術

59 Hazel Motes，芙蘭納莉．歐康納小說《智血》的主角，書中敘述退伍士兵哈佐一生信仰、反叛又皈依宗教的內心掙扎。

60 Tyrone Slothrop，湯瑪斯．品瓊小說《萬有引力之虹》的主角，本書探討種族主義、殖民主義、偏執狂等多種主題，被視為美國後現代主義的經典之作。

61 W. H. Auden（1907-1973），英國詩人，後入籍美國，為二十世紀重要文學家之一。

62 Vladimir Nabokov（1899-1977），俄裔美國作家，評論家、翻譯家、鱗翅目昆蟲學家。作品《蘿莉塔》（*Lolita*）描寫一位四十歲的鰥夫愛上第二任妻子十二歲的女兒，是二十世紀最具爭議性的小說之一。

63 戴歐尼修斯（Dionysus）和阿波羅（Apollo）分別為希臘神話的酒神和太陽神，酒神代表人的感性，太陽神代表人的理性，尼采認為藝術、文學的創造就是理性與感性互相激盪產生出來的火花。

官僚統合主義也不例外。悲劇寫實主義能保存適當的認知：進步一定有代價、沒有什麼能永續不墜；就算世界上的善勝過惡，差距也微乎其微。我懷疑藝術一直特別難抓住美國人的想像力，是因為我們的國家沒有真正發生過什麼可怕的事。唯一降臨我們身上的真實悲劇是奴隸制，因此南方傳統文學（和西岸陽光、富裕、平靜的文學相比）豐饒多彩、才人輩出應該不是偶然。至少表面上，對絕大多數白人來說，美國史除了成功還是成功，而悲劇寫實主義能保存這路徑：通往「上帝的選民」美夢背後的那坨爛泥，通往科技安逸底下的人類困境，通往流行文化背後的悲痛——通往所有在我們存在邊緣閃爍的預兆。

> 沒有希望的人不僅不寫小說，更重要的是，他們不讀小說。他們不凝視任何事物，因為沒有那股勇氣。拒絕接受任何類型的體驗，便是邁向絕望之路，而小說，當然是一種會產生體驗的方式。
>
> ——芙蘭納莉・歐康納

憂鬱，若為臨床上的憂鬱症就不是隱喻，它是家族遺傳，會對藥物和諮商起反應。無論是否由衷相信世上有一種疾病永遠不可能痊癒，一旦你得了憂鬱症，你遲早會棄械投降地說：我不想再這麼難過了。因此，要從憂鬱寫實主義移轉到悲劇寫實主義——從被黑暗壓住動不了，改由被黑暗支撐——似乎必須先相信憂鬱有治癒的可能。但這個「治癒」絕非易事。

整個九〇年代初期，我都深陷於「雙重獨一情結」：不僅覺得自己和身邊每個人都不一樣，也覺得自己所處的年代迥異於先前任何年代。因此對我來說，要重拾悲劇觀點，需要雙重的對外聯繫：既要與讀者和作者的社群重新連結，也要重新找回歷史感。

要概括掌握歷史的黑暗面，也就是「比賽沒到結束就不算結束」這個神祕的戴歐尼修斯式信念，是可能的，就算沒有足夠的阿波羅式細節來體現它的安慰。例如一年前，我絕不會想斷言這個國家「一直」被商業支配。我只看到今日商業的醜陋，還認為早年的美國比較忠實、較不貪腐、對小說事業沒那麼不友善，後來發現不是那麼一回事，自然怒不可扼（我知道這是一句無力的告解，我沒修過美國史或美國文學就混到大學畢業，也不能拿來當藉口）。不過，與梅爾維爾[64]的人生相較，二十世紀晚期作家的自憐顯得滑稽。他的生平看來多麼熟悉：第一本小說讓他成名，然後痛苦地發現他的眼光是如何不合大眾胃口，愈來愈清楚在感情用事的共和國裡沒有容身之地，糟透了的財務困難，被出版社遺棄，最出色、最有企圖心的作品乏人問津，據說得了精神病（他的憂鬱，他的**憂鬱症**），最後退隱，純粹為自己的滿足感而寫作。

在讀梅爾維爾的傳記時，我好希望他能從再前一個世紀找到與他相近的例子，讓被詛咒的感覺沒那麼強烈。我也希望在他努力、掙扎地扶養妻子莉茲和他們的子女時，能對自己說：嘿，如果情況繼續惡化，至少我可以教寫作。在他的時代，梅爾維爾大約靠寫書賺

64 Herman Melville（1819-1891），《白鯨記》（*Moby-Dick*）的作者。下一段提到的扉頁大字，拼錯了梅爾維爾的姓。

了一萬零五百美元；這收入即便在今天，也完全無法讓他鬆口氣。美國文庫版的梅爾維爾選集第二冊在初版時，扉頁以二十四級的斗大字體印了這個名字：HERMAN MEVILLE。

去年夏天，在我開始熟悉美國歷史，和讀者、作家們談話，反覆思索海斯所說的「社交孤立」後，我心底愈來愈明白，我的情況不是一種病，而是一種本性。我怎麼可能**不**感到疏離呢？我可是**讀者**呢。我的本性一直守候著我，而現在它熱情歡迎我。我突然意識到自己有多渴望打造並棲息在想像的世界裡。那份渴望，感覺起來像要命的孤寂。我怎麼可能認為自己必須為了適應「真實」世界而接受治療？我不需要治療，這個世界也不需要，真正需要治療的是我的理解：我在哪裡？沒有這份理解，沒有對真實世界的**歸屬感**，就不可能在想像的世界茁壯。

我對小說的絕望，核心處存在著一種矛盾：既覺得我應該對文化喊話，為主流大眾提供新聞紀實；又想寫我最親近的事，沉迷於我愛的角色和場域。寫作及閱讀已成為嚴峻的責任，但報酬微薄，如果做起來毫無樂趣就兩者都沒有必要做。我一放下對那些無中生有、純屬妄想的「主流」的義務，第三本書就動了起來。現在，我很訝異我竟然不信任自己這麼久，並感受到一股澎湃洶湧的責任，要有力地打擊所有侵犯閱讀和寫作樂趣的勢力——彷彿只要在小小的替代世界裡把自己安頓好，我就可以將之前就想忽略的、較遠大的社會描寫拋在腦後。

逐漸想通之際，碰巧收到唐．德里羅的信；我之前是在愁苦中寫信給他。以下是他回信的部分內容：

小說是小說家在某段時間內做的全部事情。如果我們今後十五年不寫大部頭社會小說，那或許意味著我們的感性變了，削弱了那一類作品對我們的說服力，但我們不會因為市場枯竭而停筆。作家是領路人，而非隨從。動能活在作家的內心，而非讀者的數量之中。如果社會小說還活著，但僅勉強殘存於文化的裂縫與凹槽中，或許它會被更嚴肅地看待，就像即將消逝的奇景。作品數量會減少，但強度反而提升。

寫作是個人自由的一種形式，讓我們從眾多各式各樣的身分中解脫出來。最後，作家寫作不是為了成為次文化的亡命英雄，而是要拯救自己，以獨立個體的姿態活下去。

德里羅還補充：「如果嚴肅閱讀凋零到趨近於零，那或許表示我們用『身分』這個詞討論的事，已觸及終點。」

妙就妙在，這句補充我讀著讀著竟燃起熊熊希望。悲劇寫實主義竟出現副作用，將它的追隨者變成合格的樂觀主義者。「很遺憾，」歐康納曾寫道：「小說作家應該永遠與窮人同在這件事變成滿足的來源，因為那實質上意味著，他永遠找得到和自己一樣的人。他對貧窮的關注，是對人類貧窮本質的關注。」就算矽谷有辦法在每戶美國人家裡安裝虛擬實境的頭盔，就算嚴肅閱讀凋零到趨近於零，在我們的疆界之外仍有飢腸轆轆的世界，有在電視上口沫橫飛的政府挽救不了的國債，以及戰爭、疾病和環境惡化等末世騎士。如果實際薪資繼續下滑，「我的童年記趣」的郊區就提供不了多少保護。如果多元文化順利讓我們成為部族各自為政的國度，那麼每一個部族都將失去受害心理的安慰，被迫面對人類的局限——人生的桎梏。歷史猶如狂犬病患，我們都跟蘇菲·班伍德一樣急欲躲藏。但沒有泡泡可以永遠不破。無論好事還是壞事，悲劇寫實主義者終究沒有提出見解，他們只呈現見解。一個世代以前，在密切關注下，寶拉·福克斯同時在碎裂的墨水瓶裡看到毀滅與救贖。當時世界正要終止，現在仍在終止中，而我很高興回到它的懷抱。

一九九六年

信件裡迷途

美國人對郵局的依戀是純粹的懷舊，這反映出美國人的矛盾：我們的內心，其實並不喜歡我們的欲望創造出來的東西。

芝加哥郵政早在民眾看到徵兆之前就開始衰敗了，早在那些不死的信件紛紛從城市每一個角落冒出來、迫使當局頻頻致歉之前。北區，上百袋數個月以前的郵件屯積在一部郵務車的後車廂；南區，兩百磅重的新信件在某高架道路底下焚燒；西區，一千五百多封信在某戶人家門廊下挖得不深的墳墓裡腐朽；還有一車信件和包裹，藏在某郵務士郊區公寓的壁櫥中。衰敗的樂章始於一九九四年元月二十日星期四下午兩點左右，一個名叫黛波拉．杜伊爾的女子打電話給當地郵務站經理，說她家從上星期四就沒收到信了。

這麼多年下來，杜伊爾早已習慣上城郵務站服務品質不佳這件事，延誤個兩三天不足為奇。但整星期沒見到一封信，即便是在元月酷寒的一個星期，似乎太過分了。電話裡，站經理湯瑪斯．尼可跟杜伊爾解釋，他的郵務士是因為車子沒辦法發動才沒送信。他說，如果杜伊爾想先取回她的信，可以來站裡找他拿。尼可大概認為杜伊爾不會真在零下十幾度的天氣出門，但她一掛上電話，便直直往車子走去。

芝加哥上城郵務站服務的人口，就多樣化來說，堪稱集當代美國城市居民之大成。專業和退休人士住在密西根湖畔的高樓和豪宅，短期居民和毒蟲在勞倫斯和拜恩摩爾大道來來去去，而在高架鐵道兩側，亞裔和東歐移民，與像杜伊爾這種一輩子中產階級的芝加哥人分享巷弄。多年以來，所有居民唯一共有的是60640的郵遞區號——以及也包括深植心中，親赴上城郵務站時的不愉快經驗。大廳聞起來像地下鐵的月台。辦事員似乎活得不怎麼開心，但會在尖峰時段休息喝咖啡，還會把標示「小心輕放」的包裹扔向遠處的籃子。顧客去領個包裹起碼要預留一小時。

杜伊爾一到郵務站，就要求跟尼可說話。辦事員告訴她他不在站裡。她打從心底不相信，於是用大廳的收費公用電話撥了郵務站的號碼。尼可接了。接下來發生的事是典型的芝加哥場景：氣憤的郵局顧客槓上藉故推託、愛莫能助的郵局經理。諸如此類的場面，最好的結局是經理保證未來會改進；最壞，經理對顧客飆粗口。

但在這個特別的午後，正當杜伊爾和尼可在電話上吵得不可開交時，一個身材高䠷、精神奕奕的女人大步邁進上城郵務站大廳，問有沒有她幫得上忙的地方。她自我介紹，說她叫蓋兒．坎貝爾。杜伊爾解釋了她的問題，坎貝爾便走進郵務站後頭消失了。幾分鐘後她帶著杜伊爾一星期的郵件回來，也給了杜伊爾她的傳呼器號碼和住家電話，請杜伊爾如果再遇上郵遞方面的困擾，儘管打電話給她後，就又消失在郵務站後方。

美國郵政，美國最普及的實體郵件投遞系統，在大城市遇上麻煩。去年冬天，也就是杜伊爾碰到坎貝爾時，全國有百分之八十八的家庭覺得他們的郵遞服務「好」、「非常好」或「出色」，但紐約、華盛頓等級城市的滿意度只有七十幾，芝加哥更以百分之六十四敬陪末座。超過三分之一芝加哥人的評價是「差」或「還可以」，而不滿意的程度在市區北部擁擠、富裕的湖濱地區更高——十年來那裡的服務每況愈下，消費者的挫折感已累積到頂點，不挫折的人看起來才可笑。

瑪莉蓮．凱茲的經歷是典型的芝加哥恐怖故事，只是持續的時間比較不尋常。一九八六年，擔任媒體及政治顧問的凱茲和丈夫在木蘭大道（上城區安定、不擁擠的地段）買了一間屋齡九十年的房子。兩人住那裡的前三年，家裡常突然收不到信。有一回凱茲在兩星期內打電話到上城郵務站四次，才得到站經理的解釋。他的說法是，凱茲的郵務士說她家是空屋。

服務馬上恢復，但仍斷斷續續。凱茲的郵件就算送來也是晚到，還常大量夾帶鄰近住戶的郵件。這讓她和5500湖木街區的鄰居往來分外密切。她的房屋保險被中止了，醫療保險也是，因為從來沒收到帳單。一九九〇年八月，她在離家度假十天前收到電信單位通知，因為沒有繳款，家裡的電話將被停話。收假回來，發現五月、六月、七月和八月的電話帳單在家裡等她。幾個月後，她發現沒收到《紐約客》雜誌，打電話給訂戶服務部，才知道上城郵務站寄出她已經搬走的通知。

一九九二年冬天，凱茲親自在附近十六個街區挨家挨戶遞送一份針對郵政服務的問卷，結果得到宛如連禱文般，與她經驗相似的抱怨，外加最新的戰慄。「郵差喝酒、舉止怪異、在送信時和奇怪的朋友鬼混」、「女郵差帶小孩一起送信，還叫小孩投遞」、「郵差晚上騷擾我們，跟我們要錢」。

凱茲把她的意見調查結果寄給芝加哥郵政局長，過了六個月仍未收到回覆，於是她請市議員瑪麗・安・史密斯協助。史密斯的服務處從一九八八年開始處理郵政申訴，新任局長吉米・梅森承諾她，說會在十月二日前回應凱茲的民意結果，但直到嚴冬，史密斯才總算為凱茲和鄰居們排到與梅森會面。梅森請她們協助監督郵遞。凱茲說她不想監督，只想收到信。梅森說改善需要時間，在過渡時期，他答應重漆上城街角已被當地青少年畫得亂七八糟的郵筒，也會提供社區藍色油漆來保持郵筒清潔。在凱茲看來，這簡直賴皮到極點，「我們不只可以幫他們送信和監督，也可以自己油漆。」

雖然瑪麗・安・史密斯繼續安排「市民會議」，逼各級郵政官員做出各種承諾，但上城的郵務始終沒有改善。最後，去年冬天，經過六年折衝，史密斯得出結論：她在當地能鼓動的力量都無法讓美國郵政傾聽民意。她呼籲市議會財政委員會就劣質郵政服務對經濟的衝擊舉辦公聽會，然後她放棄了，「我們盡力了，」她說：「我真不該把時間花在這上面。」

在此同時，凱茲已改將重要郵件交給聯邦快遞寄送，並辦妥支票直接存款手續，也把貴重文件通通寄到她位於商業區的辦公室。就像開車上下班和送子女讀私立學校以避開公營單位提供的服務，現在她也盡可能使用電話、傳真和電腦，好閃過郵政系統。她也放棄了。「沒有人要負責，」她說：「顯然郵局並不在乎。」

對瑪莉蓮・凱茲、瑪麗・安・史密斯、黛波拉・杜伊爾和其他人，例如十年來一直在批評芝加哥郵政營運的伊利諾州第九區美國眾議員席德尼・葉慈來說，和郵局打交道最令人洩氣的一點是：沒有任何相關人士能解釋，郵件為什麼會送不到。凱茲偶爾會聽到藉口（例如上城區經理曾告訴她，郵政工會阻止他懲處失職郵差），但對於她的調查所揭露的弊端，從來沒有得到說明，連一句場面話都沒有。官員在市民會議上都很誠懇，但會後一概沉默。彷彿他們不只是不在乎，而是根本不知道郵局有問題。

當杜伊爾在上城站大廳遇見蓋兒・坎貝爾時，她找到一位顯然在意的官員。同一天晚上，在家和坎貝爾通電話時，她意識到自己還找到一個知道郵局有問題的官員。坎貝爾侃侃而談，掩不住怒氣，而杜伊爾隨即明白（「隨即」到隔天一大早就打電話給選區議員派崔克．歐康納），郵局內部的挫敗感已經累積到跟外部不相上下了。一達成這樣的「平等」，資訊便開始流通。

郵政服務，雖然永遠有人中傷，卻是聯邦政府在全國民眾日常生活中最固定也最受喜愛的面貌。我的「美國人意識」就有一小部分來自於我知道，我們仍有工業化國家中最好的郵政服務、最低的郵資和最醜的郵票（義大利的郵局就是義大利的樣子，德國的郵局就是德國的風貌）。而且，以官僚機構來說，郵政服務執行了相當困難的作業，值得稱許。如果美國每戶人家每星期都得跟勞工部或海軍部打六次交道，我懷疑那些郵局驚悚故事會因而顯得微不足道。雖然郵政總局局長馬文．魯尼恩喜歡把他年營業額五百億美元的部門叫作「美國第八大企業」，他卻得在私人企業執行長不需面對的限制下做事，包括對國會的委員會負責、維持雇用與升遷的多元性（要特別照顧退伍軍人及殘障者），以及最重要的，提供大眾固定費率的一流服務。郵政服務具體實現了民主的夢想。任何公民，甚至包括刑事犯和孩童，都能以同樣低廉的價格與他人交流。這種為全民服務的理想正是維繫這種機構運作的精神，畢竟，它大多存在於大政府、大企業和地方政治相交的危險十字路口。若非這個理想，華盛頓早就把業務通通賣掉了。

芝加哥居民和郵局之間的緊張關係，某種程度上是全民服務的必然結果。我注意到，每當我和郵局員工講話時，都覺得自己透明得不自在，且處於知識的弱勢。員工不必知道我個人與郵件有何特殊關連，比如我虔誠地在寫私人信件時墊複寫紙，或我過去五年換了十六次住址（光是去年我在費城就有四個住址），或小時候我曾蒐集一九六二年道格．哈瑪紹[1]郵票眾所皆知有瑕疵的三種款式，或者我認為郵件磅秤真是不可或缺的小物。郵局員工對我的認識，一如對其他每一個人的認識：我是顧客。

就跟天主教牧師一樣，郵務系統對我們比較熟悉，我們對它比較陌生。歐普拉[2]讓這個問題成為心印[3]——郵局員工幹嘛拿槍互射？雖然到處可見，郵局仍是美國最令人費解的工作環境。它是國境內的異境，有自己一套互動衛星電視網，員工藉此接收華盛頓朗方廣場傳來的消息和告誡。

很多員工會將郵局的生活與私生活徹底分開。住在芝加哥較落後社區的辦事員和郵務士告訴我，他們不會對鄰居透露自己的職業，因為在郵局工作會讓你貼上「有錢人」的標籤，成為搶劫的目標。一名高階行政官員告訴我，他已經學會只說自己在「政府」工作，要不然人們會問他為什麼上星期三沒有收到信。

當郵局員工一起外出時，他們會聊誰為了升遷跟誰上床，哪個搬運工被發現「自然」死在員工休息室的沙發上。他們會推測馬文．魯尼恩接受電視台訪問時眼睛完全不眨的原

1 Dag Hammarskjöld（1905-1961），瑞典政治人物、作家，曾於一九五三年任聯合國秘書長，一九六一年喪生於一起離奇墜機事件，同年獲追頒諾貝爾和平獎。

2 Oprah Winfrey（1954-），美國新聞主播、脫口秀節目主持人，《時代》雜誌百大人物。

3 心印，禪宗語，以簡短而不合邏輯的問題，讓思想脫離理性的束縛。

因，猜想是不是治療背痛的藥物所致。他們沉迷於狗的知識，而且好心告訴我：如果不幸被一幫流浪狗襲擊，要對著最先吠叫的那隻噴霧。他們說了一個郊區郵務士的故事給我聽，說他為了躲避某間倉庫一隻凶惡的德國牧羊犬，整個夏天都要往裡面扔香蕉皮和牛奶盒。

一個炎熱的六月上午，我站在芝加哥西區克拉金郵務站破舊但舒適的工作區，一個名叫賴瑞．強森的郵務士剛結束把郵件投入「箱子」的工作：那是一張隔成許多小格子的工作台，他投遞路線上的每兩個住址共用一個狹縫。整理一天的郵件大概要花掉郵務士一個半小時到四小時，清晨五點半就要上班。「做這份工作不需要花太多腦筋，」強森告訴我：「只要識字就行。」他又笑著補充說，在郵局裡，你不能把識字視為理所當然。強森體格魁梧，藍色的制服長褲穿得很低；他三十五歲，但疲態讓他顯得比實際年齡老。他給我一罐噴霧劑（他自己的那罐一星期會有兩三次派上用場），我跟著他到他的車子旁，一部傷痕累累的勃艮地林肯轎車，他必須拿撬胎棒架起後車箱的蓋子，再塞進一捆又一捆郵件和一個鞋盒大小的包裹。在芝加哥，不是所有郵務士都配有郵務車。

強森上班時在站裡的時間比在街上多，但街上才是他尋得工作意義之處。他一邊裝載第一段路程的郵袋，一邊跟我說他不跟同事交際。「他們話太多了，」他說：「愛把私事掛在嘴邊。」強森和多數男性郵差一樣有兼差，他在一座新教教堂當牧師。會眾不知道他送信，他的郵差同事也不知道他講道。但在街上，等在門前和他互道「早安」的老太太認識他。她們把信交給他寄，給他錢託他買郵票，還告訴他鄰里街坊的小道消息。他指著一棟屋子跟我說，屋主在上個星期六過世了。

這天算是輕鬆的送信日，在一個勞動階級地區，強森除了一些醫院帳單和沃爾格林量販店的傳單，沒什麼要塞進投信口和信箱。他的工作就是跑腿和專注。如果放任心神渙散——搞不清楚街尾那戶人家今天早上會不會把那隻瘋狗關起來，他就會忘記投遞雜誌或型錄（在分類架上與信件分開放），而得走回頭路。我們步行穿過早上長長的光影，穿過尖峰時間過後空空蕩蕩的住宅區，他的襯衫顏色因汗濕而變深。在家養病的孩子和在家工作的作家了解這種空蕩。它會帶來與世隔絕的疏離感，對我來說，這種感覺向來會隨郵差接近又遠去的腳步聲而加劇。要當郵差，就得一連好幾個小時處在這種空蕩裡，得一一打擾五百座被遺棄的草坪，一座接一座。我請強森告訴我在他九年送信生涯裡碰過最有趣的一件事。他想了一會兒，說沒碰過什麼有趣的事。

或許關於郵政工作最重要的一點是，從業人員認為它容易賺錢且穩定；六年一聘的郵務士年薪超過三萬美元，而且除非真的鑄下大錯，不會被開除。另一個重要的事實是，這種工作可能令人提心吊膽而不愉快。郵局既是擺脫窮人住宅區的跳板，也是每況愈下、孤單如「錄事巴托比」[4]者的庇護所（梅爾維爾將巴托比情感受創的原因，歸咎於他在「處理死信的郵政部門」做事）。經理唯恐辦事員和郵務士不高興，因為很多郵局員工都是身

4 出自梅爾維爾的小說《錄事巴托比》（*Bartleby the Scrivener*），主角巴托比在紐約一間律師事務所擔任文書工作，以公司為家，被老闆遺棄後仍在原大樓徘徊，遭新房東報警而被捕入獄，最後在牢裡絕食身亡。

懷武器技藝的退伍軍人，而幾乎每一個人都擔心懲罰性勤務——調到大夜班、高犯罪率路線或北達科他州。組織極度仰賴由上而下的軍事化紀律來執行生產力，而這種紀律的反面就是欺騙和怨恨。只要知道可以躲過懲處，有些郵務士會停在加油站前看棒球轉播，有些會在卸貨平台吸大麻喝威士忌。再往官僚更高層，藥物更如家常便飯，經理們告訴我他們有煩寧、利福全、樂復得、百憂解、克憂果等處方。有個晚上我陪三名行政官員喝兩杯瑪格莉特，他們都因員工不願克盡職責而挫折。他們說，一旦進入郵局待遇好福利佳的世界就很難離開，就算你討厭它。

「很多人說我們錢多事少。」其中一人說。

「我們在芝加哥再也找不到工作了，」另一個年近五十的女人說：「我們不是在芝加哥郵局上班嗎？還要**找**工作？我想我或許可以在某個地方當服務生，但他們會非常嚴密地監視我。」

「就跟愛滋病毒篩檢呈陽性反應一樣。」第三個人告訴我。

在衰敗的芝加哥郵政中扮演要角的蓋兒．坎貝爾既為郵政世界，也為自身的完美主義著迷。她身材頎長、面貌姣好，有雙大眼睛和會說話的表情，濃密的赤褐色頭髮不是夾起來就是梳成娃娃頭。她顯然智慧過人，手勢豐富，情感濃烈，能激發人們全心投入。她幫過的顧客都形容她是助人的天使。室內設計師羅伯特．波普告訴我：「在郵局我從沒見過半個坦率正直的人，蓋兒．坎貝爾例外。她是稀世珍寶，如陽光照耀。」坎貝爾的其他崇拜者儘管同樣熱情，卻也承認，對她這樣為郵政服務極力奉獻而不安。她曾翻遍一間處理站找幾張誤寄的機票，曾把包裹帶回她位於上城區的公寓，一早起床在自家大廳交給顧客。她常常每星期工作七十個小時，但只拿四十小時的薪水。她的工作與個人認同之間幾乎沒有分野，她自稱「郵怪」。她的丈夫是郵務士。

雖然坎貝爾的經歷在細節上是特例，但仍符合專業郵政員工的模式：宛如遼闊世界的局外人，在服務裡找到使命，在軍事權威裡找到家。坎貝爾一九五〇年生於加拿大，在艾德蒙頓和穆斯喬成長。文化上，她仍自視為加拿大人，而她表示自己有非洲、愛爾蘭和美洲原住民血統。一九六二年，她全家搬到芝加哥南方一個叫哈維的小鎮。成績優異的坎貝爾不到十六歲就完成高中學業，隨即入伍從軍，在越南服役兩年。休假在家時，她參加公職考試，拿到九九・六分（滿分一百）。她一退伍就向哈維郵政局長報到。「我是郵務系統的童養媳，」她說：「我只知道郵局的事。」

坎貝爾當了十五年郵務士。一九八七年她升任郵件處理員，此後步步高陞。一九九一年擔任芝加哥自動與機械化部門總監，下轄兩百名員工與十三位主管。接下來一年半，她調任處理系統的調解員、訓練師兼稽查員。但一九九二年秋天，郵政官僚體系改組，撤除幾個郵件處理業務的中級職務，阻擋了她的晉升之途。她決定尋求稍微降職、轉進投遞業務的機會；她打算接受投遞業務訓練，擔任一年中級職務，再試著跳回郵件處理的高層。於是一九九三年元月，她成為芝加哥南區海德公園郵務站的投遞主任。

同年冬天，美國郵政的企業客戶，包括一個名為「芝加哥票據交換所」的當地金融集團，對他們的服務提出嚴正抗議。由於害怕把客人嚇跑，集團始終沒有公開申訴內容，但在種種事件中，他們對位在中央郵局的郵政信箱特別苦惱，因為他們的機構及企業投資人會把大額支票寄到那裡。美國郵政官方曾公開保證，郵政信箱的郵件百分之九十會在標準時間內投遞（在芝加哥本地寄送的郵件，標準作業時間為一天，也就是隔天會送達。寄自西雅圖的郵件，芝加哥的標準投遞時間為三天）。但一九九三年冬天，郵政信箱準時投遞的百分比只有六十出頭。

面臨多方圍剿，美國郵政五大湖區經理歐瑪．羅傑斯組成有八名成員的「服務改善團隊」，負責鑑定處理系統與配送系統的問題，並積極修正。羅傑斯有些任命是基於政治考量，其他則依據專業。後者就包括蓋兒．坎貝爾，她成了團隊的實際領導人。

她發現的問題無窮無盡。她發現郵務士把塑膠桶綁在推車上沿街送信，因為沒有人幫他們申請背包。她發現郵務士把未寄送的信件塞回街角的郵筒，等著被重新收集和處理。她聽到一名站長對郵政信箱鎖被破壞的顧客咆哮：「給我滾！」她發現天冷時郵務士會在車裡從中午坐到晚上七點半，再帶著所有信件回站，加班四小時。她前往歐海爾機場的航空郵件中心，發現飛機沒有照合約裝載郵件就離境。她前往位於商業區的NBC大樓，發現一袋一袋送達的郵件就擱在人人都拿得到的地方。她在市內各地隨機把測試用的信件投入街角的郵筒，追蹤它們何時被取出和蓋郵戳，結果好幾封信淪落明尼亞波利的死信部門。

諸如此類的發現及報告，都讓服務改善團隊不受芝加哥各郵務站經理喜愛。一九九三年十月，郵政局長吉米．梅森跟團隊碰面，要求他們讓報告溫和一點。他說，他們不該這樣語多批判，而應致力與站經理合作；身為局外人，團隊成員根本不了解站經理面對的壓力。

在坎貝爾聽來，這就跟推卸責任沒兩樣。她的人生早與郵局密不可分，簡直視之為自我的延伸。「骯髒」的郵局就如骯髒的廁所一樣令她作嘔。於是，她非但沒有緩和語氣，反而措辭更嚴厲。十一月十五、十六日，在後續拜訪湖北葛瑞斯蘭合併區郵務站期間，她列出在郵務士出發送信後，被「吃掉」（即「忘了帶」）的郵件總長度。5706號郵箱被「吃」了七十七呎。其他出問題的郵箱則分別為八十五、一百和九十三呎。在5709號郵箱底下，團隊發現兩大袋已收集但未處理的郵件，郵戳日期是一星期前。十一月七日，在湖景站，坎貝爾發現七月時被扣留下來度假的郵件仍在等待投遞。在1342號郵箱，她發現十月來的優先郵件和一封九月來的國稅局通知。還從1346號郵箱翻出六月來的通用磨坊牌穀物試吃包。

整個一九九三年，坎貝爾都在向惱怒的顧客保證，吉米．梅森會認真整頓芝加哥的郵務。她樂觀如昔，仍相信她會因長時間工作和團隊促成的進步而獲得拔擢。但不是她從一開始就誤會梅森，就是芝加哥改變了他。據坎貝爾的說法，十一月底，他在會議上向全市的站經理保證，服務改善團隊會在年底前離開，到時他們就不必擔心再被騷擾。

但就在同一個星期，一個名叫傑瑞．史蒂文斯的男子前往葛瑞斯蘭站查問他的商業信件，那封信一連四天沒有出現。他直直闖入工作區，看到堆積如山「被吃掉」的郵件。撥打申訴專線九十分鐘後，他接到葛瑞斯蘭站經理的電話，先為服務不佳致歉，後出言威脅：如果他再闖進工作區，會將他逮捕。史蒂文斯馬上打電話給《芝加哥太陽報》，記者查爾斯．尼可德穆斯很快地將一系列對北區郵務的憤怒申訴彙編成軼事。

報導在十二月十三日一刊出，五大湖區經理羅傑斯下令幕僚人員稽查湖北各郵務站，並要求郵政檢查局展開平行調查。檢查局是繫著長皮帶的忠實看門犬，它什麼都查，從員工偷竊、藥物使用到儲蓄貸款詐騙和網路色情無所不查。坎貝爾曾和檢查員合作過，覺得他們可以信賴，於是不動聲色地把她的報告寄給他們。吉米．梅森還來不及撵走服務改善團隊，郵政檢查長已請該團隊協助稽查事宜。

新報告於一九九四年二月初完成時，梅森和團隊每一個成員碰面討論他所謂的「向上提升」。坎貝爾告訴他，她認為自己會是出色的上城區站經理，因為那是為她的鄰里服務。梅森說她沒有相關背景，但可以讓她在當時上城區經理湯瑪斯．尼可底下當主任。她說不用了，謝謝。一個星期後，梅森再次派她去海德公園當投遞主任。

早在一九六六年十月，芝加哥郵局就成為「面臨危機的公共機構」的象徵。當年它遇到非常棘手的問題。積累了上千萬封的郵件淹沒廣大而老舊的中央郵局。火車車廂和郵務車堵死了建築的所有通道。將近三個星期，該市的投遞完全癱瘓，數百萬件寄往他處的信件和包裹全部延誤。

兩年後，郵件組織總理委員會（俗稱卡普爾委員會）將停工歸咎於設備過時和保養不善，以及林林總總的管理問題，包括芝加哥市郵政局長懸缺六個月；「數量多得超乎尋常的資深主管在一九六五年底退休」，員工士氣低落；「病假率為全國平均的兩倍」及「郵政效率紀錄在全國墊底」。不變的是：以上幾項正是一九九四年芝加哥郵政危機的診斷結果。

位於西范布倫街433號的芝加哥中央郵局現年六十一歲，仍是全國最大的獨棟郵政機構，也是重要資訊不再仰賴這所有方式傳送的紀念碑。芝加哥河碧綠的河水輕拍它的地基。它的地下第二層通向聯合車站的月台，火車已經幾乎不來載運郵件；八線道的艾森豪高速公路則直接穿過它的側翼。在安靜、洞穴狀的大廳，黃銅大圓浮雕刻寫著一九三三年以前郵局利用的五種運輸選擇：帆船、輪船、飛機、驛馬車和鐵路。獨棟的集郵中心販售蜂鳥和自黏式的松鼠和各形各色love、LOVE、*Love*——美國郵票像緬懷王室一樣，紀念著活潑愉快但不切實際的概念。

再過不久，中央郵局的功能就要被一分為二：一是對街正在興建、造價兩億五千美元的新「工廠」，二是位在芝加哥西北隅、規模較小、即將落成啟用的工廠。不過現在，這間老工廠仍在處理「第二城」的大部分郵件。傍晚六點，男女員工在永遠幽暗且彌漫柴油味的地下裝載碼頭埋頭苦幹，把一個一個塑膠桶裡的郵件從集運郵車裡拿出來，送到樓上的「瀑布」——輸送帶加滑運道系統，進入的郵件必須像要產卵的鮭魚一樣逆流而上。覆蓋毯子的滾軸將不適合自動化處理的郵件（折彎的、太厚的、破損的）分入特別處理籃。自一九六六年起，自動化與機械化已大幅加快郵件處理的速度，但在這段期間，郵件總數也增加超過一倍。一疊一疊四呎高、封有收縮膜的《電視指南》，數不盡的方塊商業品，都懶散地坐在棧板上。主管配戴著「有問題找我」的徽章。這裡有發展停滯地區那種灰濛濛的感覺。傍晚的陽光穿透煙熏的窗子灑在磨損的拼花地板和政府提供的灰色家具上。辦事員不急不徐地把托盤從出口點拿到入口點。從這間工廠「垂直」得駭人的程度，可見它有多老舊；當年，較高樓層的運貨坡道是設計讓載貨馬匹走的。

帶我參觀芝加哥郵政系統的官方導覽員是性情開朗、個頭嬌小、說話圓滑的溝通專家黛波拉．霍金斯。中央郵局裡，我們每進入一個地方，她都受到前同事熱烈歡迎，對於「郵政大家庭」的話題，更是口若懸河。她說到郵局的保齡球隊、高爾夫球隊和籃球隊。「氣氛非常活絡，」她說：「這裡有服務五十年以上的員工，這裡是他們真正的家。他們活著就是為了來郵局工作。」

如果這家人合作得那麼愉快，芝加哥郵局的顧客滿意度為什麼老是那麼低？霍金斯和其他家族成員給了我很多種說法，幾乎都把民眾拖下水。一、顧客不了解並非每戶人家都是郵差路線的第一站。二、顧客永遠記得那一次不好的經驗，而忘記平常不錯的經驗。三、顧客時常搬家，而且不是誤用就是沒填住址變更卡。四、顧客不相信公寓的門牌號碼，還常搬到同一棟大樓但沒有變更住址。五、顧客不肯把姓名寫在信箱上。六、移民人口用外國的體例書寫信封。七、都市重劃後，北區人口成長得比郵務站擴張得快。八、愈來愈多人把公司行號設在自己家裡，增加郵政負擔。九、顧客信封寫得太潦草，自動分揀器無法判讀。十、媒體渲染負面消息。還有，不管怎麼說，十一、其他許多大城市的郵政服務也一樣爛。

一方面，這些解釋反映出「矢口否認」的態度，嘴巴如此，心裡也是如此，這使得芝加哥郵政無視民眾連連抱怨，始終原地踏步。面對壓力時，一家人會更彼此依賴、砲口一致對外。有些郵局員工非但不承認有人表現很差，反而宣稱（第十二個解釋）「收到最多郵件的人」——換句話說，即美國郵政最重要的顧客——「抱怨最多」。

另一方面，有些人對民眾的不耐確實有他們的理由。我們使用聯邦快遞時，會接受服務條款的規定，必須用印刷體填寫制式表格。電子郵件地址少寫一個字母，信會寄不出去。對調兩個電話號碼的數字，會讓我聽到慷慨激昂的葡萄牙語。電子媒體會在你出錯時馬上告訴你，換成郵局你就得等待。我們應該都測試過它的人性吧？我寄信給住在紐約「上臼齒」的朋友（他們實際住在上尼亞克區），期待某個陌生人會心一笑，仍將信在四十八小時內送達。而十之八九，陌生人辦得到。肩負服務全民的使命，郵政服務就像城市的急診室得履行合約義務，收下每一個來到這裡的患者，不管你是喉嚨痛、懷孕，還是精神錯亂的家長。你或許得在燈光昏暗的走廊等上好幾個小時，醫護人員可能脾氣不好、拖拖拉拉，但最終你會獲得治療。在中央郵局的無法投遞部門（地址寫得難以辨認或不正確），我看到七萬多號的門牌、不搭軋的郵遞區號和街道、沒有收件人、沒有街道名、沒有城市名的地址；還有形容建築物樣貌的地址，用水溶性墨水書寫、被雨水浸濕而模糊的地址。技藝超群的職員一次研究一個孤兒。他們不是為他們找到了家，就是蓋上最富表達力的郵遞標記，那根硃砂紅的手指，把過錯歸於你這個寄信人。

不過，對於芝加哥的不幸，郵政大家庭也不是全部推給民眾。很多人提到一九九四年的凜冽寒冬（第十三個解釋）。也有人談到管理。黛波拉・霍金斯指出，過去七年芝加哥換了七個郵政局長，各有各的計畫，而從美國較溫暖、較郊區的地區調來的高階主管，通常缺乏解決芝加哥郵政弊病的熱忱，寧可早早退休。芝加哥的房地產尤其令人頭痛——郵件處理設備現代化已經延宕數年了，郵局看中某塊地，但城市計畫委員會有其他想法。

最後，也是看起來最合理的一點是，郵政家庭責怪馬文・魯尼恩重整美國郵政的做法。魯尼恩長期在汽車公司擔任高階主管，也曾執掌田納西河谷管理局，一九九二年七月入主郵政總局後，立刻對郵政官僚發動攻擊。他宣布要裁掉三萬名「管理」人員，並提供額外六個月薪資獎勵，給在一九九二年十月三日退休且合乎資格的員工。這項優退方案是自艾森豪徹底整頓五角大廈以來，聯邦機構最大幅度的組織重整案之一，結果廣受歡迎。申請截止時，共有四萬八千名郵局員工提早退休。問題是，只有一萬四千名是「管理」職，其餘都是資深郵務士、辦事員、郵件處理員和局長。

這次優退重創了芝加哥。像芝加哥這麼老舊的系統，極仰賴專業運作，而在一九九二年底，它失去了一千五百名最資深的員工，佔總人力近百分之十。一些原本隸屬於郵件處理和行政部門的人手被調往郵務站，卻沒有熟練的老鳥能培訓他們。整個一九九三年，郵務站明顯人手不足。由於管理階層無法再中止任何人的職務，它創立了「紙上停職」方案，行為不端的員工有三次停職機會，但一天薪水也不會少領。

以上種種對風紀的影響可想而知，比較微妙的則是對士氣的傷害。由於缺乏有效監督，賣力工作、中午過後即遞送完畢的郵差（應該強調：這樣的郵務士在多數郵務站都佔多數）唯一的獎勵，是得幫懶惰同事完成未完成的工作。但喝酒混過下午、天黑才送完路線的不良郵務士，卻可獲賜加班費。不當的管理創造出鼓勵偷懶、懲罰努力的制度，也就是華盛頓高層口中的「文化」。受這種「文化」影響的郵政人員對工作能閃則閃，唯獨每隔週四例外。每個月有兩個星期四，郵務士送完信就能領薪水，所以芝加哥全市都會在下午兩三點以前拿到信。

一輩子都住芝加哥、目前在伊凡斯頓工作的艾瑞奇・華爾奇，是眾多懷抱「服務就是報酬」信念的郵務士之一。他認為美國郵政管理階層未能體察郵務士的智慧、辛勞和奉獻，他說這就是郵務士會那麼挫折的原因。「很多人忍不住說：『我已經做完我能做的，所以要開始少做點了。我只要帶第一級和第二級郵件出去，也許多帶一兩袋大宗郵件。而且我要慢慢走，因為永遠有明天。』」

郵務站經理則抱怨，累贅的勞資協議和蓄意阻撓的工會妨礙他們貫徹風紀。工會職員，包括華爾奇在內（他是助理幹事），都對這個觀點提出質疑，他們認為是經理自己太懶惰、被蒙蔽或被文書工作淹沒，才沒辦法遵照規定。的確，管理者與工會之間理應對立的關係，卻演變成一個方便好用的藉口。工會的勢力在郵務站與日俱增的同時，也成為站經理未善盡管理之責的擋箭牌，於是生產力就在裂縫間溜走。

這種文化也滲透文官體系。芝加哥行政官員士氣低得驚人，仍在悲嘆一九九二年組織重整時上台的經理有多無能。大部分美國郵政員工都相信，事業升遷已被偏私污染；雖然任人唯親的做法很少明目張膽，但芝加哥郵局是名副其實的「家庭」——由阿姨、叔叔、姐夫和女友組成的大家庭。一個高級行政官員告訴我：「那些官升得比我們高的人，上面還要我們訓練他們。」

這位對她愚蠢的上司感到絕望的特別行政官員，最近在羅傑斯公園的海地社區向小販買了個巫毒娃娃。她還多付十美元，讓娃娃具有詛咒她上司名字的法力。她把附的三根珍珠大頭針分別插進娃娃的頭、心臟和肚子。隔天早上，辦公室裡因為她上司要調離芝加哥的消息沸騰不已。調職後不久，他便得到不明重病病倒了。

一九九四年二月四日一大早，在厄文公園路湖景郵務站的停車場，郵政家庭的機能障礙結出了壯觀的果實。一個發不動自己車子的郵務士開了同事郵務士1345號的車門，準備發動。他在後車廂看到一百袋未投遞的郵件——裡面共有四萬零一百封信，分屬四百八十四個不同地址。日期最早的一批，郵戳印著前一年十二月。

郵政檢查局請服務改善團隊清點這一百個袋子的內容，所以蓋兒．坎貝爾得知了這件事（他們用感光字元閱讀器處理）。她對1345號郵務士的瀆職毫不意外。她十一月的報告就提到他是缺乏效率、有「吃信」習慣的員工；而從十一月到二月間，所屬單位顯然完全沒有拿出具體做法，要求他改善績效。現在她決定把資訊傳遞給一個或許真的會用它的人。

她選的那個人是查爾斯．尼可德穆斯。自從十二月那篇《芝加哥太陽報》的報導刊出後，芝加哥人就一直拿郵政的奇聞妙事轟炸各家報社，但報社沒有足夠的硬新聞做後續報導。元月二十一日，尼可德穆斯接到市議員派崔克・歐康納的電話。歐康納說他的一位選民（就是黛波拉・杜伊爾）一直提到有位郵局員工願意講出事實並直指名姓。於是尼可德穆斯撲向採訪蓋兒・坎貝爾的機會。

當尼可德穆斯試著求證1345號郵務士故事的真實性時，郵局一再對他撒謊。甚至《芝加哥太陽報》都刊出該事件三篇連載的第一篇了，郵局發言人仍死鴨子嘴硬，稱那些郵袋不是意外被發現。這些謊言，以及芝加哥郵政顧客滿意度掉到史上新低的百分之六十四的新聞，促使《芝加哥太陽報》在二月二十日刊出一篇社論，要求撤換吉米・梅森。

就在社論刊出之際，坎貝爾已回到海德公園。即使開始與尼可德穆斯聯手，她仍希望五大湖區經理歐瑪・羅傑斯會跟她一樣，被他幕僚提出的報告嚇到。她的理想最終在芝加哥西南區的艾許朋郵務站破滅，她於二月底來這裡參加全市投遞管理會議。郵務站的一樓是一片淹到下巴的郵件海。「我打開門，脫口而出：『**天啊**，這不是郵局，是**倉庫**吧！』」她說。往二樓的路上，歐瑪・羅傑斯和五十名站經理及兩百多名主管跋涉過郵件海，一句話也沒說，彷彿它不存在。「那時我才恍然大悟，我一直在為不對的人工作，」坎貝爾說：「也才搞懂他們不是真的要改進什麼。」絕望至此，她把羅傑斯在十二月委託她做的最後稽查報告給了尼可德穆斯。報告在三月二日躍上《芝加哥太陽報》頭版（〈郵局探子發現一團亂〉），並帶來一連串豐富的後續報導：林肯公園站有總長八百呎的郵件哪兒也沒去；主管容忍員工在上班時間喝酒嗑藥；服務改善團隊被消音、解散了。

坎貝爾也將團隊的最後報告傳真至參議員保羅・賽門的華盛頓辦公室。已從派崔克・

歐康納那裡聽過坎貝爾的賽門，便與同屬伊利諾出身的參議員卡蘿．莫斯利博朗寄了一封聯名信給郵政總局局長馬文．魯尼恩，要求他親自巡察芝加哥。魯尼恩不敢直搗蜂窩，斷然拒絕。賽門又打電話到魯尼恩位於納什維爾的家中（魯尼恩搭噴射機往返華盛頓通勤），勸他考慮。最後魯尼恩派出他的左右手營運長約瑟夫．卡拉維歐和其他兩位全國級副總裁，為他的親自造訪鋪路。

魯尼恩到訪前的那個星期五，又發生了一件助長陰謀論的「意外」：兩萬封日期從一九七九年至一九九二年的郵件出現在芝加哥西南區一棟房子後面的垃圾桶。屋主是名已退休的郵務士，他坦承，當初因為無法準時完成投遞，他習慣性地把工作帶回家。同一個星期五，警方在一條高架鐵路下的通道發現重約兩百磅的新郵件正在焚燒。罪魁郵務士達妮西雅．布拉克後來解釋，由於卡拉維歐在全市隨機抽查，郵務士面臨不能把信留在站裡的強大壓力。在她看來，那條步道正是合理的貯藏處。至於火，布拉克推測是遊民放的。

當魯尼恩抵達時，芝加哥已充滿暴戾之氣。他的造訪在上城區布羅威兵工廠的「市民大會」達到高潮。官方說法，這會議的目的，是市議會財政委員會要聽取郵政服務不佳對經濟的衝擊。魯尼恩、梅森和芝加哥郵件處理主任塞萊絲汀．格林坐在桌前，活像是戰爭犯罪法庭裡的被告，面對著汪洋般的原告和稀稀落落的辯護者。當進步勞動黨員在場裡散發要求工作六小時拿八小時工資的傳單時，魯尼恩向芝加哥全體市民道歉，保證會派專門小組整肅一切。拿到擴音器的人開刻薄的玩笑，唱嘲諷的歌。瑪莉蓮．凱茲明確表達她的挫折感，黛波拉．杜伊爾則像播新聞快報一般講她失落的瓦斯帳單……這一段在電視一連重播好幾個月。

魯尼恩離開芝加哥後，一支由全國各地優秀管理者組成的二十七人小組抵達芝加哥，繼續進行服務改善團隊不被領情、乏人推廣的任務。他們彷彿首次征戰般做了大家耳熟能詳的承諾，媒體的關注暫歇。但吉米．梅森在局長寶座上的日子屈指可數了。

四月二十五日，《商業郵政評論》的發行人范．席格拉夫透露，塞萊絲汀．格林花了二十萬美元維修經費整修她的辦公室套房，包括硬木廚櫃、大理石浴室，還在七扇窗戶各裝一部冷氣。傳說這次整修消息之所以走漏，是因為格林的按摩浴缸排水管正巧流經兩層樓底下限時專送部的天花板。讓事情更糟的是一九九五年底，整間中央郵局人去樓空。格林的判斷錯得太離譜，華盛頓郵政管理階層不得不讓她去職。無三不成禮——五月三日他們也把歐瑪．羅傑斯和吉米．梅森調走。儘管羅傑斯被降職，但這三名高階主管的薪資和福利仍分文不少。羅傑斯被派往堪薩斯市，梅森調到南卡羅萊納，格林則去了芝加哥南部郊區，她先生在那裡管理郵件處理站。

隨著魯尼恩的特別小組在芝加哥展開作戰，高階主管調走，輻射塵的雲開始向東飄往華盛頓。在六月初舉行的國會聽證會上，郵政董事會成員（總統任命負責監督郵政總局的人員）表達了痛悔與憤怒。馬文．魯尼恩宣布另一項郵政官僚改組計畫，讓「投遞」與「處理」這兩個他在一九九二年拆散的部門破鏡重圓。這次改組除了惹來美國眾議員威廉．克萊猛烈砲火，痛批十位新上任的分區副總裁中僅有一個黑人外，顯然也耗盡郵政董事羅伯特．塞特拉基安的耐心，他私下號召其他董事聯手，在美國郵政整個分崩離析之前免除魯尼恩的職務。危機感在七月加劇，《華盛頓郵報》報導，郵政檢查員在馬里蘭市郊一間處理站的四部拖車裡發現數百萬封郵件，顯見這間處理站不是不能就是不願做好他們的處理日常工作。

上述每一起事件，都把芝加哥郵政更進一步推向衰敗的深淵。當黛波拉．杜伊爾遇上蓋兒．坎貝爾時，兩個世界的邊界就被衝破了。杜伊爾把坎貝爾介紹給尼可德穆斯，尼可德穆斯進一步讓芝加哥民眾認識郵政世界；而隨著馬文．魯尼恩從華盛頓駕到，《宗毓華目擊》節目從紐約來採訪，這些高層們看來不去職也難。

衰敗樂章的終曲在五月七日星期六上演。消防隊獲報，芝加哥西北郊區帕拉汀鎮區的一間公寓大樓電線走火，他們趕到現場後，竟發現往閣樓的通道硬生生被主臥室壁櫥裡滿牆信件和包裹擋住。一捆迷途的信掉到一位消防員腳邊，上頭寫著芝加哥北區的地址。這一大批信包含三千三百九十六封一級郵件[5]（還有一張從信封裡掉出來，沒簽名也還沒使用的信用卡）、一千一百三十八封二級郵件、三百六十四磅大宗商業郵件，以及一千一百三十六片光碟。公寓屋主是芝加哥厄文公園郵務站年資七年的資深郵務士羅伯特．畢佛利，他擔心沒跑完路線受懲處，便開始用他的二手捷豹把信載回家。而這事件最神奇的一點是，他的路線上，沒有住戶抱怨過郵件遺失。他被逮捕完全出乎厄文公園站意料。

郵政家庭告訴我，該事件純屬特例。他們說畢佛利是爛蘋果、神經病，他的行為不代表什麼，只反映他內心黑暗。大家庭說今年春天芝加哥的爛蘋果純屬偶然。一起事件被大肆宣傳，就會接二連三，很多曝光的劣行都不是新鮮事，與其他城市的情況並無二致。

當我把這些藉口背給蓋兒・坎貝爾聽時，她嚴肅地搖搖頭，態度依然強硬。她說，她在服務改善團隊一九九三年的一篇報告中，就曾指出畢佛利的路線「有問題」，塞滿舊郵件。她相信芝加哥一定還有其他沒被揪出來的羅伯特・畢佛利。在跟畢佛利的領班（「我見過最無精打采、滿不在乎的男士」）和厄文公園站的站經理面談後，她可以解釋沒人抱怨沒收到信的神奇現象了。「有人抱怨，」她說：「但我知道他們沒做紀錄。我請他們出示紀錄時，他們什麼也拿不出來。我提出那個問題，他們把腳蹺在桌上，不停聊著球賽。外頭有二十個人等待服務，窗口卻只有兩個辦事員。」

☘

這種系統失靈的問題，可以在全美最大城市和金融中心之一的主要通訊網持續十年。必須結合特立獨行的行政官員、媒體關注和國會代表的影響力，才能迫使系統處理失靈問題，不禁令人憂心美國郵政和美國城市能否永續生存下去。

在芝加哥一九六六郵政危機五年後，原來的美國郵政部改組為美國郵政總局，隸屬於聯邦的「公司」，總統和國會有監督權但無直接管轄權。卡普爾委員會決議，唯有成為獨

5　美國國內郵件分成四級：第一級指明信片、賀卡、支票和匯票等。第二級指報紙、雜誌。第三級又稱廣告郵件。第四級用來寄送重量不超過一磅的包裹。

立自營的企業，郵局才能具備足以在現代世界生存的靈活度。國會和總統都失去郵局的政治任命權，但也卸除了經營和支應赤字的責任。當民眾抱怨費率或服務時，他們不必再當箭靶，大可加入批評陣營。

芝加哥一九九四的郵政危機便展現了這項政策的結果。現今，大城市的主要居民換成二等公民。看到席德尼・葉慈（他曾在華盛頓跟杜魯門共事）等老國會議員頻頻搖頭懷念有任命權的時光，教人好不辛酸。郵政部長向來是授予總統所屬政黨黨主席的酬庸職，在一九七一年之前，所有大城市郵政局長的任命都是出於政治考量。如果遇上郵政服務不佳，你可以打電話給選區政客，一定會被重視。到九〇年代初，誠如葉慈觀察到的，你打電話給郵政總局長也沒用。坐擁一萬五千名員工的芝加哥郵局仍是強大的政治基地，分發職缺的方式就像昔日黨部主委分發培根肉一樣；但它除了自己，不必再伺候哪個主人了。當年的組織重整旨在保護郵政局長不被政治侵擾，允許有真才實學的員工嚮往高階職務，如今，它卻有效地將一座城市的郵局隔在選民之外。

在芝加哥，黨棍政治已失勢，種族政治崛起。逃得過公開評論，但逃不過暗中觀察的是：北區郵局在芝加哥獲派首位黑人局長後沒多久，白人顧客就變得惴惴不安，而黑人局長也得應付愈來愈刺耳的抱怨。二十世紀初，郵務工作是少數開放給受過教育黑人從事的、受人尊重的職業之一（理查・萊特的《外人》[6]一書中，主角克羅斯・戴蒙就跟西范布倫街433號的三名同事進行過沙特存在主義式的對話），至今仍是貧民區黑人的主要出路。到了七〇年代末，白人中產階級大舉湧向郊區，芝加哥郵局就以黑人佔多數；現在黑人的比例更將近九成。

郵局員工大多住在遙遠的南區，更使上城等郵務站發生的許多問題（缺勤率失控、員工流動率高、士氣低落）變本加厲。取得終身職的員工會馬上申請調回離家較近的地區，主管和經理也一樣，而他們向來把上城看得像西伯利亞一樣遠，結果便是北區人員永遠經驗不足。

種族問題引發的危機深入基層。湖的北面各站被視為「問題重重」，是因為申訴案件奇高。事實上，芝加哥其他郵務站同樣管理不善，但貧窮地區的住戶不是整天工作，就是很少收到福利金或社會保險支票之外的郵件。反觀北區，多是自由業人士和閒人，會發現郵件延誤或一星期沒收到《華爾街日報》。北區人也曾懷抱期待。在「戴利機器」運作的數十年間[7]，他們已經學會如何組織、如何申訴，但現在規則全變了。郵局，雖然看來仍像市公所業務，也曾經像市公所那樣運作，但現在不負責任了。

五月，在梅森、羅傑斯和格林（都是非裔美國人）調職後，美國有色人種協進會芝加哥分會譴責此次調動為種族主義，因為三名接替人選中有兩個白人，且格林的白人長官湯

---

6 Richard Wright（1908-1960），非裔美國人作家，被視為一九二〇至三〇年代美國哈林文藝復興運動（Harlem Renaissance）的主要成員，美國文學史上抗議小說的傑出代表。代表作有《外人》（*The Outsider*）、《土生子》（*Native Son*）。

7 理查・戴利（Richard Daley, 1942-）擔任芝加哥市長二十二年（一九五五至一九七六）之久，兒子小理查・戴利也擔任該職二十三年（一九八九至二〇一一）。

瑪斯．蘭夫特安然無恙。這樣的指控有個看似真實的言外之意：芝加哥數千名犧牲奉獻的黑人郵局員工能得到工作，是拜膚色而非能力所賜。但它也闡明了，在郵局長年不肯承認缺失的背後，是黑人擔心失去掌控權。蓋兒．坎貝爾指出，讓她成為「叛徒」的不是她公開背叛郵政大家庭，而是，套用一名經理的話，她「把白人帶進來。」她帶進的白人不只是取代羅傑斯的威廉．古德和頂替格林的大衛．菲爾茲，以及賽門、史密斯、葉慈等政治人物，還有白人媒體集團。許多美國黑人，和幾乎所有芝加哥郵局員工都相信，白人媒體對他們抱持偏見。

新任芝加哥郵政局長魯福斯．波特在就任頭幾個月避開了有關「家庭」的辭令，而選擇「積極進取」、「加強溝通」和「企業家精神」等企業用語。四十六歲的波特是加州人，曾任郵件處理人員，在夜校拿到碩士學位。到中央郵局四樓拜訪他後，我突然了解為什麼官階和吉米．梅森相等的塞萊絲汀．格林覺得有必要整修辦公室。芝加哥郵政局長的辦公室是一大片不規則延伸的長毛絨地毯，零星點綴著笨重的雕刻家具。身材矮壯的波特，姿勢挺拔地坐在椅子前緣，雙手交叉置於廣大的會議桌上。他以受訓軍校生那種簡潔有力的節奏回答我的問題。「積極進取是教不來的，」他說：「你能做的是營造一種氣氛、一個環境，讓人們感受到權力，那就是我們努力嘗試的方向。我們試著營造那種氣氛。」

多數人認為波特成功了。他精準地調走了坎貝爾在報告中鎖定的不適任經理，重建停職懲戒，並展現支付必要費用來提升芝加哥服務品質的意願。對長官備感挫折的郵政主管可能會在稻草娃娃上扎針，但績效不彰的官員會被調走，或許更該感謝波特的改革決心而非巫毒的力量。就連態度最強硬的坎貝爾都皈依了。「他正是芝加哥引頸期盼的不二人選，」她說：「我們不會敬陪末座太久了。」

不要吊車尾就好：這種半吊子的抱負，一定會沖淡波特盡心竭力喚起的樂觀。我請教郵政總局發言人法蘭克．布倫南，為什麼像芝加哥這樣的城市會被忽略這麼久，他回答說，他的組織過去和「小鎮美國」關係較密切，社區對共和政體的認同與連結，都包覆在它的小郵局裡。至於大城市，布倫南說，則是「進化美國」的一部分，日常人際的連結（郵局的任務）並不太在這裡發生。以這種角度來看，芝加哥郵局遭漠視，正反映出格局更大的、聯邦對各城市問題的挫敗。新任郵政總局營運長威廉．韓德森表示：「美國大城市沒有哪個議題是不難處理的，郵局也不例外。」韓德森相信，以交通擁塞和高樓大廈等形式呈現的高人口密度，無可避免地阻礙了平信的流動。「這就是我們面對的事實。每個人都對城市又氣又惱，我們也很氣惱。」

都市的障礙不僅在物流方面。八〇年代初，當長年受到壓抑的都市少數族群取得郵局掌控權，可以理解的是，許多成員無意打擊他們承襲的深層結構問題，只想獲取舊統治集團（好比塞萊絲汀．格林）長年享有的權力表徵。芝加哥郵局困境的癥結在於美國社會兩個階層之間的鴻溝，這在大城市裡尤其明顯，而時至今日，也幾乎只有全民使用的郵政服務系統堪稱兩道鴻溝之間的橋樑。與富可敵國和尖端科技共存的是第二代與第三代的城市下層階級，在他們眼中，獲聘到郵局上班恐怕不太像責任，比較像是聯邦津貼的延伸。坎貝爾不但氣憤郵政管理階層背離民心，也為芝加哥基層員工遭背叛而發怒。「他們**希望**有人教，」她說：「**想要**有人帶。但如果你找的人只會坐在辦公室裡喝咖啡，和隔壁郵務站的珍妮講電話聊天，是不可能得到成果的。」

無論大城市有多讓郵政總局惱怒，仍製造出大量付錢給全民服務的郵件。如果真像韓德森所說，大城市的結構注定會減緩服務效率，那麼一定有什麼會受到損害，不是城市就是郵政業務。顯而易見地，大城市已經受害。隨著生活品質降低和營運成本攀高，不良的郵政服務已協助驅使公司行號和富裕個人遷往郊區。這是一個會令忠貞城市居民感到沮喪的過程。瑪莉蓮・凱茲就說：「對我而言，城市是文化的命脈、民主的血液，因為那裡是少數真正有不同族群融合的地方。隨著社會更加階級化，有個現象已經發生：幾乎在每個公眾事業領域，城市都已變成二等公民。郵政服務在同屬伊利諾州的威爾梅特運作良好，在芝加哥就失靈。」

郵政總局本身並沒有受到飛威爾梅特班機的傷害，構成威脅的是「虛擬班機」——飛往替代品的資訊傳遞系統。商業往來信函是傳真與電子郵件衝擊最明顯的部分，郵政總局預估過去五年已衰退三分之一。所幸到目前為止，這方面的損失已被為數龐大的第一級與第三級廣告郵件彌補，而諸如威廉・韓德森等美國郵政推手的發言，聽起來仍信心滿滿：儘管副總統高爾熱情宣告了國家資訊的超架構正蓬勃發展，郵局的效用仍將屹立。「郵件是當今美國最有互動性的產品，」韓德森說：「你可以把信放在口袋，無論走到哪裡都能讀。這是互動的極致表現。」

問題在於，郵政總局會陷入嚴峻困境，不全是失去生意所致。一九九二年，馬文・魯尼恩第一次在國會亮相時，描述了郵資費率調升如何驅使廣告業者改採其他訊息傳遞方式，如電視或掛在門把上的傳單。「一旦我們提高費率，」魯尼恩說：「郵政服務將被外部單位私有化；不是我們自己民營化，而是外部單位。」

因為忠於全民服務，郵政服務有龐大的固定基礎建設成本。它不可能像大部分一般企業那樣萎縮或成長。因此，網際網路不必讓郵局過時，就可以使它陷入危機。「資訊超高速公路」只需要做為吸引力與日俱增的替代品即可。如果有夠多寄件人，無論個人或公司行號開始使用它，費率遽增與服務、郵件量驟減的經濟風暴就將席捲而來。一旦發生這種情況，國會有兩種選擇：給予補助，或讓郵局民營化。回到聯邦補貼郵資的老路需要坦承一件事：全民單一費率的服務是昂貴的理想，會花到納稅人的錢。因此，郵政服務不無民營化的可能，像威爾梅特和芝加哥環狀線等有利可圖的市場，會賣給競標出價最高者，而郵局仍是資金短缺的渣滓，得服務鄉下和城市的窮人。

☘

一個潮濕夏日的午後兩點半，我從環狀線沿超級高速公路西行。在市內時，我赴約的路程都不會超過二十五分鐘，無論搭捷運或步行。但在國家運輸基礎建設上，儘管衝勁十足，我仍得花將近一小時才來到市界。郊區的交通沒有比較好。汽車一部緊接一部在拓寬中、或進一步拓寬中（即便我們正行駛其上）的馬路上牛步向西。直到抵達我的目的地（卡羅溪地區一間新成立的郵件處理中心）之前，車子才順利穿越玉米田，掠過兩旁的工業園區和公寓。

美國郵政的生存希望繫於業績成長。要避免郵資不斷上漲、個人郵件數量消滅，必須靠寄到家裡的商業郵件收益來彌補。目前在美國，每五元的廣告費已經有一元花在直效郵件上，而威廉．韓德森相信，一旦各行各業了解寄送廣告並隨信附上帳單或回郵信封的好處後，數字還會攀升。他對近來信用卡的激增尤其感到興奮。

為追上逐步增高的郵件量，未來郵政服務也必須進一步自動化，而在卡羅溪，全面自動化已接近實現。工廠就像技術展示中心，輸送帶、送料斗和人行通道都漆成泡泡糖般鮮豔的顏色，控制室有親切的CRT螢幕，用手指就可觸碰有趣或遇上麻煩的節點，它會跟你互動。也有機器像洗牌一樣整理信封，依照郵務士的投遞順序分裝。有機器在每一封手寫地址郵件的背面噴上螢光條碼，拍攝地址，並將畫面傳到田納西諾克維爾讓工作人員讀取和鍵入郵遞區號，再傳回卡羅溪，於信封正面貼上黑色條碼。嘈雜聲不斷從理信銷票機、感光字元閱讀器、信件分揀機、機動化的騾車隊、掛鉤皮帶、扁平郵件分揀機和投遞條碼分揀機傳來；但那是平穩的嘈雜聲，支援的嘈雜聲。這間工廠只生產一種產品叫「秩序」。秩序造成的流體主要是白色的，愜意地順應有摩擦力的皮帶和機器人一般的夾扣。漂流著，呢喃著，它叫「郵件流」；不同於芝加哥中央郵局的郵件，它沒有醒目的個性。當我在一小包標示「無法投遞」的麻袋裡發現一個孤伶伶的泡棉信封袋時，竟莫名興奮起來。這封有點破損的郵件，收件人地址是阿拉斯加普拉德霍灣的一個郵政號碼，寄件人則寫著「德州，不明」。

離開卡羅溪，我開車經過數片大豆田，和一間Zima酒裝瓶工廠。在三千七百呎長、一家店面寬的單排商業區盡頭，我碰巧來到K郵務中心，一間窗明几淨的店面，不僅有郵筒、販賣美國郵票，也提供公證服務、普通紙傳真、桌上排版系統、打鑰匙、包裝紙和幽默的賀卡。經營者克里斯·凱特是奈及利亞移民，不但營業時間長，還提供各種你想得到的送貨服務。凱特告訴我他買下經銷權是因為他提供的這些服務能相輔相成，也有成長機會。他說他對美國郵政沒有怨言，雖然很少顧客選擇它來寄送包裹。

在凱特空調涼爽的店裡，看到它以節能模式運作、靜悄悄的米黃色設備，民營化的路——通往物美價廉與無理哄抬並存的破碎共和國——在我看來勢不可擋。這個概念也難以抗拒：美國人該去哪裡直接參與管理生活的系統？不是大廳懸掛星條旗的小鎮郵局，而是玻璃櫥窗裡懸掛螢光旗幟（「內售傳呼器」）的遠郊零售店。

但回到城市，再經歷一次不愉快的超級高速公路之旅，我又屈服於懷舊了。我想到瑪麗·安·史密斯愉快地描述聖誕卡：「金箔信封和燙金的寄件人地址」——那是一位前市議員從獄中寄給她的卡片。想到我自己也愉快地發現，黛波拉·霍金斯在成為溝通專家之前是中央郵局的辦事員，負責整理皮爾森地區的郵件，所以很可能親手處理過我寄給家住皮爾森的哥哥的信。想到伊凡斯頓的郵務士艾瑞奇·華爾奇說，他新路線上的顧客都很討厭之前那個郵差，所以也討厭他，「過了整整一年，才有些人開始把我當人看，不會在我向他們道早安時回我一聲『哼』，但我還是改變了他們的觀感。」我想到站在門廊的波蘭裔老太太，笑著從兼職牧師的那位非裔郵務士手中接過信封。想到我費城家中的信應該堆積如山了，一想到這個，不禁熱切期盼。

穿郵局制服的人之所以受歡迎，不只是因為他可能捎來情書或彩券中獎的支票。更因為美國郵政**給予**我們希望和信心。打從它跟著驛馬車來到偏遠的阿帕拉契拓居地，美國郵政就開始為寂寞的民族提供人類的慰藉。它和任何抵達這個國度的事物一樣神聖。在高架橋下焚燒郵件就像神父雞姦案一樣，痛擊了我們的純真；一旦聖典改以虛擬、電視傳播福音的方式進行，禮拜者就會被貶成消費者。跟我討論過這件事的芝加哥人之中，就連還不到絕望至極的人也建議：美國郵政該解散了。

八月一日，魯福斯．波特同意了蓋兒．坎貝爾長日以來的請求，調離海德公園郵務站。現在她是外部一級測量團隊的協調專員。當坎貝爾把她的新職責（監督一級郵件的收發投遞，但不能實際干預）告訴醫生時，醫生說：「他們在設法殺掉妳。」她最近自掏腰包，花了兩百七十八美元請一個名叫凱莉的女孩幫她輸入測量資料，而連這樣也無法令她滿意時，她便凌晨兩點起床，自己把資料輸進筆記型電腦。「如果我不做，」她說：「有誰會做？」

坎貝爾和我就「什麼在扼殺她」這點意見不同。因為真受其害，她開始尋找原因。她認為虛偽的經理和傲慢的工會是一丘之貉，將她顧客服務的理想棄之如敝屣。而我，與她不同的是，同時察覺到個人與結構兩種面向的痛苦。我看到一個視工作如命的女性，也看到一種經濟制度正在消滅坎貝爾居住的城市，它碰巧正是發明現代商品市場的城市。芝加哥的郵局是舊日責任制度的遺跡，位於華盛頓的上級與它漸行漸遠。要在企業私有化的世界生存，美國郵政現在企望成為另一種媒介：在收取費用和遞送產品的效率上，要與被擁護者堅稱兼具非線性、多元性的網際網路並駕齊驅。技術資本主義是枚詭雷，永遠和我們亦步亦趨。如果它不從外拆解美國郵政，就會從內竊奪它的靈魂。美國人對郵局的依戀是純粹的懷舊，這反映出美國人的矛盾：我們的內心，其實並不喜歡我們的欲望創造出來的東西。

當我終於回到費城家中，有厚達兩英吋的郵件在等我。威廉・韓德森如果知道我收到四份不同的信用卡廣告，而且每一封都是免費從我之前的地址轉寄來此，一定會很高興。也有我沒投票給他的州議員寄來的大宗郵件、我使用中的信用卡帳單、四期《洛杉磯時報書評》（信封上的黃色轉寄標籤催促我「通知寄件人新地址」）、一個印著艾德・麥馬宏[8]肖像的大信封、三包內容豐富的Val-Pak（我相信裡面一定有優惠地毯清潔劑和小凱薩送披薩等有趣的折價券），以及唯一一封孤獨的一級信，是我隻身在英國的朋友寄來的。雖然信一定是好幾個星期前就寄了，我仍迫不及待拆開來看。他問我，為什麼不寫作了。

一九九四年

8 Ed McMahon（1923-2009），美國喜劇演員及電視主持人，尤以《今夜秀》（*The Tonight Show*）最受歡迎。

艾瑞卡舶來品

我不禁懷疑：人生真的逃不開人際關係嗎？二十五年了，我仍然找不到與家庭、忠誠、性、內疚，或以上四者全部無關的工作環境。我開始覺得，我永遠找不到。

高中三年，我都在德國移民夫妻艾瑞卡和亞明．蓋爾經營的小公司幫忙包裝。公司名稱是「艾瑞卡舶來品」，位於他們聖路易市郊陰暗的房裡。一星期有幾天下午，我得把圖書館和神志清醒的芬芳世界拋在腦後，爬樓梯登上蓋爾家漆黑的前門廊，看向客廳，艾瑞卡和亞明和他們那隻餵食過多的雪納瑞，通常都攤開四肢，在老舊的木腳德國椅和沙發上打鼾。空氣裡瀰漫著濃厚的炸肉油脂味和點燃的菸味。餐廳桌上擱著德式午餐的遺骸：散落著奶油和香菜的盤子、一塊壞了一部分的生奶油蛋糕、一支摩塞爾葡萄酒的空瓶。艾瑞卡穿著有襯墊的家居服，前襟豁開，露出舊世界的胸罩或束身衣，繼續打鼾，亞明則起身過來帶我到地下室的工作台。

艾瑞卡舶來品和製作手工禮品的共產東德工廠簽有專賣約，品項包括瓷釉復活節兔子和小聖誕老人像、著色巧妙的彩繪木頭蛋、高級耶穌誕生場景雕塑、硬木製七巧板，和蠟燭驅動、各種尺寸、最高達三呎的聖誕旋轉木馬等，始終令美國中部各州禮物店趨之若鶩。因此艾瑞卡對她的客戶姿態甚高。她會送出破損品，或由亞明重新黏合的商品，草率到侮辱人。她用美國人難以辨讀的德式草寫體開發票，還亂砍失寵客戶的訂單，她說：「他們要二十份，拜託！我給他們三份就不錯了。」

我在地下室的工作包括組裝硬紙板箱，塞滿較小的盒子和細刨花，查核發票確認完成訂單，再拿用海綿沾濕的膠帶封箱。因為我的待遇比最低薪資高，也因為我喜歡解包裝的拓樸學[1]之謎，更因為蓋爾夫婦喜歡我，讚賞我的德語能力而給我很多蛋糕吃，你或許會大吃一驚，我非常討厭這份工作——我好羨慕那些在海滋客速食店操作油炸台，或在肯德基炸雞店清理集油槽的朋友。

我討厭它，部分是因為討厭自主權遭到專橫的侵犯：好好的星期六下午會因為艾瑞卡突如其來的吠叫徹底完蛋，「馬上過來！」她會在電話裡吼。我討厭海綿泡在那鍋滿是浮渣的水裡而滋生過度的霉。還討厭那隻雪納瑞和一切跟牠有關的事。討厭亞明做手工前非得先舔手指；討厭他用一根手指敲奧利維提打字機，列出給優比速的紙條。還有艾瑞卡強烈的體臭，和濃郁但無法掩蓋體臭的香水。討厭她生意庸俗、大量的那一面，季節一到便湧入的泡沫塑料鈴鐺和多愁善感的雪人，以及廉價塑膠玩具都會讓我太鮮明地想起，美國中西部醫院禮品店的美學荒原。

我羨慕那些在速食店廚房打工的朋友，主要是因為他們的工作在我看來完全**事務性**。他們從來不必看主管青筋暴露的肚子從家居服裡掉出來，不必看到被打翻的廉價香檳滲進她腳邊的地毯，碎掉的漢堡肉和香菜馬鈴薯也不會在工作地點的狗碗裡腐爛。更重要的是，他們的母親沒有對他們的雇主懷抱歉意。

高中畢業後一連好幾年，母親都會要我從大學回家時到蓋爾家「拜訪」，或在教堂禮拜後跟他們打招呼，暫時緩和他們的社交孤立。後來我去了歐洲，她也要我寄明信片給他們。而母親自己，一秉基督慈善與受虐的精神，有時會邀請蓋爾夫婦來家裡吃晚餐和打橋牌。打橋牌的時候，艾瑞卡總會辱罵亞明叫牌和出牌時的罪狀，愈罵愈大聲，多半用

---

1 數學的一個分支，主要探討各種幾何形體的性質。

德語，而亞明會滿臉通紅，粗聲粗氣地自衛。雖然母親堅信各人的責任各人擔，與旁人無涉，但若艾瑞卡打電話來時我在家，她仍會祭出那一眼就能看穿的花招：把電話拿給我（「強納森想跟妳打招呼！」）而在我試著把話筒交還給她時，她會要我跟艾瑞卡說她「下個禮拜」會回她電話。可憐的艾瑞卡和亞明，他們有血塊，他們骨折，他們突然住院了！他們向下沉淪的每一步都由母親忠實地記錄在寫給我的信中。現在大家都過世了，我不禁懷疑：人生真的逃不開人際關係嗎？二十五年了，我仍然找不到與家庭、忠誠、性、內疚，或以上四者全部無關的工作環境。我開始覺得，我永遠找不到。

二〇〇一年

篩菸灰

對於我個人，我審慎樂觀；但對於長年在「強烈譴責」與「野蠻原始人的否認」之間精神分裂的國家機關、法律制度，以及習慣於草帝國黑金茶毒的美國政府，我就沒那麼樂觀了。

香菸是這世界我最不願意去想的東西。我認為自己不是癮君子，跟四千六百萬有這習慣的美國人不一樣。我不喜歡菸味，不喜歡菸味象徵的侵犯鼻部隱私。外觀時髦的酒吧和餐廳（顧客們部分仰賴自衛般的毒霧來阻隔自己和他人）已開始讓我反感。我曾在前一晚吸菸者住過的旅館房間，以及男人拿難聞、充滿體臭味的雲斯頓香菸當瀉藥的公共廁所被毒氣攻擊（「雲斯頓抽起來很遜，就像我剛抽的那根」是我小時候聽過文法無懈可擊的打油詩[1]）。在紐約，有些時候人行道上似乎有三分之二的行人，都在汽車廢氣的渦流中拿著點燃的香菸；我不斷調整位置，讓自己處在上風處。為堵住公寓樓下鄰居的排氣，我用填隙槍密實地填封地板和護壁板之間的縫隙。位於內華達州，我去的第一間賭場，則宛如詛咒的場景：一排一排臉長一呎的中年女性一口一口抽著一呎長的肯特菸，不由自主地把銀幣塞進投幣口。每當有誰告訴我香菸很性感，我都會想到內華達。每當我在電影裡看到男女演員吞雲吐霧，我都會想像苯並芘和酚蹂躪柔嫩的上皮細胞和他們支氣管賣力工作的纖毛、一氧化碳和氰化物黏住他們的血紅素，然後他們被化學荼毒的心臟便絞起、拉緊。香菸是隨處可見、圍攻我們文化的妄念中的佼佼者，讓我們明白，我們的身體在這個充滿危險分子的世界裡有多脆弱。它們嚇得我魂飛魄散。

因為我幾乎厭惡香菸的每一種特性（連雪茄都別跟我聊），也因為我前一次抽菸應是五年前的事，且從來沒有菸灰缸，我很容易把自己認定成身無尼古丁的人。但如果叫我這個名字的男人不抽菸，為什麼他客廳的窗子上會有排氣用的箱型電扇？為什麼在每個工作日的尾聲，桌上的淺碟子裡，那支風扇前面，會出現一小撮菸屁股呢？

在我成長的文化保守家庭裡，香菸是最大的禁忌，甚至比性和毒品更令人擔心。我出生前一年，母親的父親因肺癌過世。他從一次世界大戰服役時開始抽菸，一輩子都抽得很凶。每個認識我祖父的人似乎都很喜歡他，而不論我對這個國家沉迷健康的現象有多嗤之以鼻（人人都想擁有天神般健美的身材，活到宛如上帝眷顧的歲數），不變的事實仍然是：如果外祖父沒有抽菸，我或許就有機會認識他了。

至今母親講到香菸仍難掩嫌惡。我從大學時開始偷抽，或許部分是因為她討厭香菸，經過這些年，擔心被發現的恐懼感油然而生，我相信那與男同志怕對雙親出櫃的心情十分類似。畢竟，我的身體是母親用她的身體創造的。有哪一種摒棄母親的舉動，比刻意毒害自己的身軀更偏激呢？坦承抽菸就等於宣布：這就是我，這是我的身分。不過，把「吸菸者」視為一種身分標籤的怪異之處，在於它會反覆。我可以決定從明天起不要當這種人，所以今天假裝不是這種人又有何不可？為了掌控自己的人生，人們會告訴自己，他們想成為的那個人的事。但吸菸者有個特權：偶爾他們會覺得戒菸的決心強大到彷彿已經戒成，手邊卻有難以辯駁的證據，證明那些故事不見得真確：菸灰缸裡有菸屁股，頭髮有菸味。

於是，身為吸菸者，我不僅已經不信任我的故事，也不信任**一切**佯裝有清楚重大道德寓意的描述。最近幾個月，美國人已經受制於新聞媒體每天諸如此類的要聞：「機密」文

1 原文是Winston tastes bad / Like the one I just had。

件洩露大菸草[2]公司的陰謀、產業科學家挺身控告前雇主、九個州和一個擁有六十家法律事務所的集團發動大規模責任訴訟，以及食品藥物管理局將香菸視為尼古丁供應品，列為管制。坊間盛行的「大菸草是邪惡禍害」自由派觀點，在《紐約時報》為理查・克魯格傑出的菸業新史《菸草的命運》[3]一書的評論做了總結——藉由責怪克魯格「客觀」、「公正」，克里斯多福・李曼赫普特[4]暗示菸葉在道德上足堪比擬奴隸制和納粹大屠殺。無論公正與否，克魯格本人不斷將「天使」這個詞與反菸害行動人士連在一起。在他的著作《菸草的命運》的序裡，他提出非此即彼的論點：菸草商若不是「本質與其他生意人無異的生意人」，就是「存心傷害無知者、不幸者、情感脆弱者和基因敏感者的道德麻瘋病患。」

我對這種二分法感到不舒服，或許反映了這樣的事實：不同於李曼赫普特，我還沒戒絕這個習慣。但綜觀各種全國性辯論，我在這裡感覺自己離主流最遠。儘管不信任美國企業，特別是一個積極買通國會議員的產業，我仍有一部分靈魂堅持為菸草加油。我畏畏縮縮地強迫自己看了最新一篇健康新聞：研究顯示，**抽菸女性有較高機率生出智能不足的嬰兒**。我猛一個撲向隱喻與八點檔連續劇的衝突精選輯，例如《紐約時報》上的這則：「這一連串重創曾所向披靡、市值四百五十億美元菸業的重拳，口供書是最新一記；該產業正面臨滔滔江水般的訴訟。」我對高吸菸比例族群（藍領工人、非裔美國人、作家和藝術家、離群青少年、精神病患）的同情，已擴充到納入為他們供應香菸的公司。我想：現在我們全都成了敗犬。戰時亦是謊話連篇時，我告訴自己，香菸戰爭最大的謊言就是道德方程式可簡化為一和〇。還是說，我也被菸草腐蝕了？

我是在黑暗的八〇年代於德國留學時開始抽菸的。當時雷根總統剛發表他的「邪惡帝國」演說，強納生・薛爾則出版了《地球的命運》[5]。柏林流傳著一句話：如果你在星期六早上醒來時發現世界末毀滅，下個星期你就安全無虞。當時的假設是，北大西洋公約組織在星期五晚上最疲睏，所以華沙公約組織會選那時候大舉越過富爾達溝，激得北約大發雷霆將其擊退。既然我估計我活過那十年的機率只有一半，抽菸帶來的附加風險就似乎無關緊要。事實上，香菸蘊含著一種動人的末日情懷。它滲透身體的方式有如核武擴散的夢魘一般：無名無姓、富死亡氣息、飛彈狀的圓柱體。香菸是現代戰爭的固定配件，是士兵最好的朋友，而當戰爭片眼看就要在我自己的客廳上演時，抽菸便成為我無助地以公民身

2 Big Tobacco，是個帶有貶意的詞，用來指菸草產業，特別是美國前三大香菸公司，包括菲利普莫里斯美國公司（Philip Morris USA）、雷諾菸草公司（R.J. Tobacco Company）和羅瑞拉德公司（Lorillard Tobacco Company）。

3 指Richard Kluger著的《*Ashes to Ashes*》。

4 Christopher Lehmann-Haupt（1934-），美國記者、評論家、小說家。

5 Jonathan Schell（1943-2014），美國作家，以反對核武聞名。作品包括《地球的命運》（*The Fate of the Earth*）、《真實戰爭》（*The Real War*）等。

分參與冷戰的象徵。

香菸環伺的現象引發諸多焦慮，其中最適切、卻也自相矛盾的，莫過於對死亡的恐懼。什麼樣的老菸槍想到肺癌時不會感受到排山倒海的恐慌，反而立刻點菸來壓抑恐慌？（這是冷戰的邏輯：我們害怕發生核武戰爭，所以讓我們建構核武吧！）死亡會切斷自我與世界的連結，而既然我無法想像自己不存在，或許在對死亡的預想中，真正駭人的不是個人意識滅絕，而是世界滅絕。因此，對全球核武浩劫的恐懼，便與我個人對死亡的恐懼作用一致。香菸的潛在致命性反成了慰藉，它讓我更親近末日，熟悉它駭人的輪廓，讓時時潛伏的死亡沒那麼詭譎，也沒那麼具威脅性。時間會在抽菸時停止——抽菸時，你鮮明地呈現在自己面前，不再渾渾噩噩、不由自主地匆忙。這就是為什麼死刑犯會得到最後一根菸，也是為什麼當鐵達尼號下沉時（故事這麼說），穿晚禮服的紳士們要在船尾吞雲吐霧——確定自己真的來過人世，離開就容易得多。誠如歌德在《浮士德》裡所寫：「存在是我們的責任，哪怕只有一會兒。」

香菸是近代的使者，是工業資本主義和高密度城市的至交。群眾、運動機能亢進、量產、令人麻木生厭的勞務和社會動亂，全都與香菸有關。若純以單位數計，香菸的消費（支）無疑令其他任何消費品相形見絀。「短小精幹、易於嘗試、易於完成也易於在完成前丟棄。」《紐約時報》在一九二五年的一篇社論這麼寫，理查・克魯格也在書中引述：「香菸是機器時代的象徵，齒輪、輪子與槓桿則成了人的神經。」它是邦薩克捲菸機[6]的產物，是裝配線員工的鴉片，將一成不變折騰人的漫漫長日分解成可管理的單位。至於女性，《大西洋月刊》在一九一六年指出，香菸是「解放的象徵，選票的暫時替代品。」總而言之，我們無法想像沒有香菸的二十世紀。在舊照片和新聞影片中，香菸像澤利[7]那般無所不在，如此欠缺個人特色以致難以察覺，但一旦察覺，就顯得十足怪異。

克魯格的香菸商業史讀來像美國整體商業史。這個在一八八〇年分裂成數百間小型家庭企業的產業，到一九〇〇年又盡歸一個男人掌控：詹姆斯．杜克[8]，藉由率先使用邦塞克滾軸並將大量營收再投資於廣告，再透過軟硬兼施的手法，一面發動價格戰爭一面開出吸引人的收購條件，他建立的美國菸草公司相當於菸業中的標準石油和卡內基鋼鐵[9]。一如同期壟斷者，杜克最後與反托辣斯官員發生衝突，而一九一一年最高法院勒令美國菸草解體。應運而生的寡頭壟斷立刻創造出新品牌：駱駝、幸運星、切斯特菲爾德、萬寶路[10]，一同競爭市佔率。對美國零售業者來說，香菸是堪稱完美的商品，只需小額投資上架空間和庫存，就能創造大量獲利的金雞母；香菸，克魯格指出：「重量很輕、包裝耐久、甚少

6 The Bonsack machine，由詹姆斯．艾伯特．邦薩克（James Albert Bonsack, 1859-1924）於一八八〇年發明。
7 指一九八三年伍迪．艾倫（Woody Allen）電影《變色龍》（*Zelig*）的主人澤利（Leonard Zelig）。澤利站在誰旁邊，身形就會變得跟那個人一樣，也能模仿別人的語言、腔調、行為，迅速融入不同社群。伍迪．艾倫藉此探討角色認同、人類在資本世界的異化現象，即「人的本質」的問題。
8 James Buchanan Duke，美國菸草大亨，取得自動捲菸機專利，壟斷美洲香菸市場並創立英美菸草公司。
9 標準石油公司（Standard Oil Co. Inc.）和卡內基鋼鐵公司（Carnegie Steel Company），都是該領域的龍頭企業。
10 指 Camel、Lucky Strike、Chesterfield 和 Marlborough。

損壞、難以偷竊，因為它們通常放在櫃台後方販售，價格很少變動，也幾乎不需要花費心力銷售。」

既然每種品牌的菸抽起來大同小異，菸草公司很早就明白要讓自己置身廣告的最前端。二〇年代，美國菸草致贈五盒幸運星（「烘焙過的」）給為該公司背書的醫生，然後大打號稱「二萬零六百七十九位醫師說，幸運星比較不具刺激性」的廣告；美國菸草也是第一個鎖定怕胖女性的公司（「禁不住過度放縱的誘惑時，來根幸運星吧」）。菸業也首創名人代言（網球明星比爾．提登：「我抽駱駝牌很多年了，從未厭倦它醇和、濃郁的滋味」）、廣播贊助（亞瑟．戈弗雷：「我每天都抽兩三包切斯特菲爾德，感覺超好」）、攻擊性的戶外廣告（最有名的是時報廣場廣告牌上的「我要為駱駝走一英哩」），以及最後，《隱藏攝影機》和《我愛露西》等電視節目的贊助。菲利普莫里斯菸草公司出色的電視廣告可是我童年的重要娛樂（一群吸本森赫奇[11]的人手中十公分長的菸被電梯門壓碎了；搖晃的鏡頭中，旅館女服務生配合〈寶貝，現在妳有自己的菸抽了！〉的旋律偷抽菸）。我還記得那句反覆吟誦的「席維亞細菸，席維亞細菸」，美國菸草公司一項短命產品的真言，它以這句可怕的廣告詞訴諸女性消費者：「香菸就像女孩，最好的女孩苗條又富有。」

當然，最成功的廣告非萬寶路莫屬，那是菲利普莫里斯在一九五四年重新上市、鎖定女性的高檔香菸，有迎合主流的濾嘴。一如所有現代商品，新款萬寶路經過精心設計：提升菸草混合濃度，以免透過濾嘴後所剩無幾，「易開式」菸盒被推行為全國性詞彙，紅色被選為標示濃菸的顏色，圖案經過無數次修改才定案，包括一個附了「**我來、我見、我征服**」格言的偽紋章頂飾；它甚至在四個城市進行市場調查來決定濾嘴的顏色。但真正才華洋溢的是李奧貝納公司幫萬寶路製作的廣告，它的成功關鍵在於透明度。落日時分，孤單的牧場工人站在孤峰前，畫面幾乎囊括香菸能傳達的每一種正面聯想：粗獷的個人主義、性感男人味、對現代都市的逃離、濃郁的滋味、認真的生活。萬寶路象徵我們的商業文化已從承諾的時代進入愉快、空泛的幻夢時代。

一家夠聰明、懂得這般行銷的公司，能在短短三十年內稱霸業界，實在不令人意外。對於菲利普莫里斯的勝利，克魯格做出的是商學院會教學生閱讀，以獲得薰陶和啟發的陳述：要成為成功的美國企業，課題或許就是照菲利普莫里斯所做的去做：聚焦於獲利最高的商品；謹慎設計新產品，給予支援，**用力**推廣；用多餘資金多角化經營與自身結構相似的事業；實行菁英領導；先發制人；避免可能有嚴重後果的債務；耐心打造海外市場；看到機會時，盡量挖顧客的錢，不必顧忌；讓律師攻擊批評你的人；要有格調——贊助《摩訶婆羅達》[12]；不必理會傳統道德觀。千萬別忘記最重要的效忠對象是你的股東。

當它的主要競爭對手雷諾菸草公司成長遲緩、在溫斯頓—塞勒姆坐困愁城（沉淪為低利潤、賣折扣香菸的公司，多角化經營境遇悲慘、在被KKR集團融資購併後幾乎被債務

11 Benson & Hedges。

12 古印度兩大梵文史詩之一，此比喻藝文相關領域。

滅頂），菲利普莫里斯儼然成為香菸產業的全球領導者，也是世界獲利最高的企業之一。一九六六年到一九八九年，菲利普莫里斯的股價漲了一百九十二倍。如果有哪個男人在一九六四年戒菸，把買菸的錢拿來投資菲利普莫里斯的普通股，那他就健康、富有又睿智了。

更令人嘖嘖稱奇的是，該公司勢如破竹的成就，是出現在不利於香菸的科學研究如火如荼開展的數十年間。大概除了氫彈，沒有哪種現代產物比香菸更能製造矛盾。因此一九五五年，聯邦貿易委員會想藉由公布焦油和尼古丁的標準來遏止誤導人的廣告，卻讓業者因禍得福，趁機推廣「安全無虞」（即使真相是，為了彌補濾嘴的作用，毒素的濃度也被提高）的濾嘴香菸。於是國會在一九六五年立法要求在菸品外包裝上加註警語，但這個規定卻為菸品避開了可能更嚴格的州和地方規範，且提供無價的防護罩，擋掉產品責任訴訟。於是國會又在一九七一年禁止電台播出香菸廣告，這不但替業界省下數百萬美元，透過封閉廣播平台還有效地驅逐了新競爭對手，並中止具有毀滅效用的反菸廣告依公平原則在電台放送。就連一九八二年提高聯邦貨物稅之類的笨拙規定也造福了香菸業，它利用稅來掩護接二連三的漲價，十年內每包價格翻了一倍，然後將這筆意外之財轉投資於多角化經營。政府為管制香菸踏出的每一步（禁止電台廣告、禁止機上抽菸、地方政府雜亂無章地禁止在公共場所抽菸）都讓香菸進一步退出不抽菸選民的意識。結果，基於種植菸草的各州的政治影響力，香菸被明確排除於一九六六年的《包裝與標示法》、一九七〇年的《濫用物質管理法》、一九七二年的《消費品安全法》和一九七六年的《有毒物質管制法》

之外。當業者為產品責任訴訟辯護時，這樣的矛盾更發揮到極致：由於原告皆無法主張自己不知道抽菸的危險（也就是，香菸是美國最惡名昭彰的致命商品），因此無法指控製造商販售香菸有什麼疏失。直到利格特集團[13]在今年春天脫隊（被判菸害賠償）之前，沒什麼人認為香菸製造商曾為民事損害付過一毛錢。

不過，事到如今，矛盾年代或許即將落幕。隨著這個國家一一拆卸飛彈，也開始將矛頭轉向香菸。保衛菸業的祕密之牆，也跟柏林圍牆一樣確實倒塌了。「第三波民主化」[14]正衝著我們而來，揚言熄滅所有典型近代產物。引領全球進入資訊年代的美國，也位於反菸戰爭的最前線，很難說是偶然。不同於對抽菸問題採取較務實做法、每包菸稅金高達五美元的歐洲國家，美國的反菸勢力賦予這場戰爭一種清教徒式的熱忱。我們需要新的邪惡帝國，而大菸草王國正好填補這個缺。

把菸業比作奴隸販子和第三帝國[15]的論點類似這樣：因為每年有將近五十萬美國人過早死亡，且死因與抽菸有直接關係，因此香菸製造商犯了大規模謀殺罪。這個論點有個明顯的漏洞：菸業從來沒有真正強迫任何人抽菸。因此，要說「殺」人，人們必須提出較細微的強制形式。這可分為三類：一、該產業公開否認相關科學家都知道「吸菸者有性命危

---

13 指Liggett Group Inc.，前身為利格特邁爾斯菸草公司（Liggett & Myers Tobacco Company）。

14 指一九七四年葡萄牙政變以來的民主浪潮，帶動三十餘國建立民主制度。

15 指希特勒統治下的德國（一九三三至一九四五年間）。

險」的事實，藉此擘劃規模龐大、謀財害命的詐欺。二、該產業引誘易受影響的孩童養成非常難戒除的惡習，藉以在人們的抗拒力完全發展成熟之前，有效地將其產品「強加」於人。最後，該產業讓眾所皆知的易成癮產品唾手可得，一面增添吸引力，一面就尼古丁濃度動手腳，蓄意讓大眾暴露於致死的影響力（菸癮）中。

由布朗威廉森菸草公司[16]一名心懷不滿的員工發表、已集結為《香菸報告》[17]一書出版的一系列「令人震驚」的「機密」產業文件，表明大菸草帝國從數十年前就已經知道香菸會致命和成癮，並無所不用其極地隱瞞、否認這個資訊。《香菸報告》和其他近期揭露的事實，已促使司法部起訴業界數名高階主管偽證罪，甚至幫控告菸業的原告們提供民事侵害、詐欺的確鑿證據。但這些事證一點也不令人震驚。發現不同品牌有不同（但一貫）尼古丁濃度的消費者，怎麼可能不明白這個產業可以、也確實在控制劑量？有理性的人怎麼可能相信這產業公開表示「懷疑」他們產品的致命性，不是出於義務與禮儀的謊言？如果研究人員發現能證明比爾·柯林頓吸菸的祕密文件，我們要震驚嗎？若產業發言人抨擊公共衛生局長的誠信，堅持否認無可否認的事實，他們就沒那麼像詐欺犯，反倒像（借用克魯格引述的一位高階主管的話）野蠻原始人了。

「事實很簡單，」克魯格這麼寫：「隨著不利於他們的科學發現愈堆愈高，香菸製造商愈來愈富有，而在任何人充分了解情況之前，選擇似乎只有兩種：一是難堪地招認並降服於健康倡議人士，二是堅定不移地否認、強詞奪理。」五〇年代初，當流行病學研究首次證明抽菸和肺癌的關係，香菸產菸業高階主管確實可以選擇清算公司、另謀高就。但許多高階主管出身的家庭已從事菸草交易數十年，自己也大多菸癮極大；與典型的海洛因大盤商不同的是，他們加諸顧客身上的風險，自己也願意承受。而且，這些人是公司主管，他們最重要的效忠對象是股東。如果在香菸公司任職就算犯罪，那麼在一九六四年後持有香菸公司股份的每一個人都是共犯，無論是直接持股或透過養老基金、共同基金或大學捐贈基金持有。每一間販售香菸的藥局和超市，每一本刊登香菸廣告的刊物恐怕也難逃法網；畢竟，公共衛生局長的警告，每個人都看見了。

一旦香菸公司做出繼續經營的決定，由律師接管一切是遲早的事。《菸草的命運》透露的訊息中，最清楚的莫過於法律顧問對業界行動造成的扭曲影響。許多科學家和一些高階主管似乎衷心想製造出更安全的香菸，並坦承抽菸的已知風險。但業界「從良」之舉和政府企圖管制的措施一樣弄巧成拙。研發部門的高階主管提議採用「可望造福民眾健康」的說法，來推廣有濾嘴的香菸和焦油、尼古丁減量時，公司律師反對說：形容一個品牌「安全」或「比較安全」，無非是在指認其他品牌有害健康，而這會使公司面臨責任索償。同樣地，七〇年代，在利格特花了數百萬美元研發出致癌物含量大幅減少的「鈀菸」後，它卻被公司律師當成傳染病對待。從企業的角度來看，行銷這項產品不好，但研發了不行銷更糟，因為公司可能被指控沒有告知大眾還有這個選項。「史詩」（這款新香菸的

16 指 Brown & Williamson Tobacco Corporation。

17 《The Cigarette Papers》，一九九六年出版。

名字），最終被法務報告悶熄。

據克魯格描述，律師的偏執很快轉移到這產業每一個維持生命的器官。律師會在高階主管到國會委員會報到前耳提面命，會監管業界贊助以自利為目的的「獨立」研究，會確認所有與成癮或癌症研究有關的書面作業都有經過外聘律師之手，以便接受「當事人與律師祕密通訊特權」之保護。結果便詭異地，複製了也是吸菸者的我常拿來詮釋人生的雙重矛盾描述：淹沒於功利小說之下的真實故事。克魯格引述的一位菲利普莫里斯資深高階主管做了這樣的總結：

公司裡科學與法務部之間的衝突從未解決……所以我們繼續跳著這種儀式舞：什麼「已獲證實」，什麼沒有；什麼有因果關係，什麼純屬聯想。而律師的回答是：「小心為上。」……如果讓赫姆，威克漢（研發部長）放手去做，我想他會承認一些事，但他被律師們團團圍住……他們說：「天啊，你不能承認。」沒有哪件事不會危及公司責任訴訟的風險，所以公司沒有任何有凝聚力的計畫。產業評論家說「共謀」，實在是太抬舉我們了。

在菸草業責任審判道德反轉的宇宙，高階主管每一句誠實而痛苦的聲明，都會被拿來證明被告有罪，而每一次精心計畫的閃躲，則可支持他們的清白。這裡有非常不對勁的事，但既然欠缺美國人確實輕信業者謊言的證明，這事就很難與謀殺畫上等號。

更具毀滅性的是，近來媒體報導菸業徵募未成年吸菸者。有人親眼目睹羅瑞拉德公司的業務代表在華盛頓發送免費的紐波特[18]香菸給孩童；菲利普．希爾茨[19]在著作《菸幕》中提出證據：雷諾菸草公司蓄意將特製的宣傳用展示品，放在公認是高中生常聚集的商店和報攤；而逗人喜愛、臉像陽具的「駱駝老喬」，必定名列美國文化景觀歷來最噁心的妖靈之一。菸草公司聲稱他們只爭取重要的十八至二十四歲年齡層的市佔率，但希爾茨提出，產業內部文件顯示，至少有一家加拿大公司實際研究過如何鎖定小至十二歲的初級吸菸者。（據希爾茨說，研究證實，今天有百分之八十九的成年吸菸者，是在十九歲之前養成習慣的。）反菸激進人士認為，香菸廣告中迷人成年吸菸人士無憂無慮的畫面，會使年輕顧客上鉤，卻對抽菸帶來的壞處絕口不提。當年輕吸菸者成熟到足以領會致死的事實時，已經無可救藥地上癮了。

雖然，認為製造商會願意強調產品的壞處，是很荒謬的想法（不妨想像麥當勞播放肥胖或動脈栓塞的廣告），但我毫不懷疑香菸廣告鎖定美國年輕人為對象。然而我確實懷疑的是，這些廣告能不能有效帶動為數可觀的孩童開始抽菸。沒安全感或離群的孩子第一次點菸，通常是回應同儕壓力，或仿效成年的角色模範——電影裡的反派、搖滾明星、超級模特兒。菸品廣告頂多是在保證：抽菸是可被社會接受的成人活動。光為這個理由，菸品

18 香菸品牌 Newport。

19 Philip J. Hilts，作家、健康新知線記者，著作包括《菸幕》（*Smoke Screen*）等六本。

廣告或許就該禁播或嚴加管制，就像香菸自動販賣機不應該合法一樣。多數開始抽菸的人最後都悔不當初，所以任何能減少開始人數的政策都值得讚賞。

不過，香菸天生就會吸引青少年的事實，不是製造商的錯。這幾個星期我注意到報上數則反菸廣告，為求驚世駭俗，端出一名青少女拿著香菸的畫面。這些小模特兒顯然不會抽菸，但抽菸雖然是假，她們卻被手上那根菸染上「性」的色彩。對未成年人抽菸的恐懼，掩蓋了對青少年、甚至少年性行為的恐懼，而這些日子，麥迪遜大道上推廣著好聽而空洞的最大夢想之一，便是孩子保持處子之身到十八歲生日。事實是，沒有父母堅定的引導，青少年會在成熟得足以領會後果之前，做出各種無可挽回的決定：他們會輟學、會懷孕、會主修社會學。他們最想做的是品嘗成年的歡愉，性或酒或香菸。歸予香菸廣告這麼大的「掠奪力」，就是承認現在的爸媽對子女道德教育的掌控力不如商業文化。這裡，我再次懷疑菸業成了代罪羔羊，在第一線承擔社會對於家庭被企業取代的盛怒。

主張大菸草帝國道德上有罪的論據還有一個：成癮是一種強迫行為。攝取尼古丁這種毒素，吸菸者的大腦會改變其防衛的化學作用。改變一旦發生，吸菸者就必須經常攝取尼古丁來維持新的化學平衡。這點香菸公司一清二楚，而克魯格提到的一名律師，用一句話點出「強迫」在法律上的問題：「你害我上癮，且你知道那會讓我成癮，而現在你說那是我的錯。」但，就像克魯格進一步指出的，這個論點有很多瑕疵。例如，早在「吸菸會導致肺癌」成為常識很久以前，大家就知道「抽菸是難以戒除的習慣」。另外，人類對尼古丁的耐受力因人而異，業者也早就提供一系列超低劑量的品牌。最後，沒有什麼癮是不能克服的，每年都有數百萬美國人戒菸。倘若有哪位菸友說想戒菸但戒不了，他真正的意思是：「我想戒菸，但我更不想承受戒菸的痛苦。」反駁這點，就等於將僅剩的一點點個人責任觀念拋棄殆盡。

如果尼古丁成癮是純粹的生理問題，戒菸就相對容易，因為劇烈的戒斷症狀頂多只會持續幾星期。六年前我自己戒菸時，可以一連好幾個星期不碰尼古丁，即便工作時，一天也抽不到幾根超淡菸。但在我決定前一天抽的菸就是最後的菸那天，我宛如喪家之犬。一個月過去，我焦躁得沒辦法讀書、腦筋渾沌得無法集中精神看報。又過了一個月，我才能凝聚專注力寫一封非正式的信給朋友。如果當時我有固定職業，或有家要照顧，或許就不會注意到這些生理戒斷症狀了。但一旦戒斷症狀出現，我的生命就宛如停格。「你抽菸嗎？」在《不可兒戲》[20]裡，巴夫人這麼問傑克・沃辛，他承認抽，她回答：「很高興聽你這麼說，男人總要有某種消遣。」

人為什麼會抽菸，沒有簡單、一體適用的理由，但有件事我是確定的：人們抽菸不是因為他們是尼古丁的奴隸。我會有這個習慣，我猜是因為我屬於人生結構不夠扎實的那種人。精神疾病和貧困也是我們的成員。我們欣然接受像尼古丁一般要命的毒，飄浮於碳氫化合物和亞硝胺製造的煙霧中，因為我們還沒找到其他娛樂或儀式，來代替這種既撫慰心靈，又能建構需求和滿足的節律。這種建構或許可稱為「自療」，或簡稱「應付」。但

20《The Importance of being Earnest》，王爾德（Oscar Wilde, 1854-1900）的喜劇代表作。

幾乎沒有三十歲以上的資深菸友對他們加諸自己的傷害懷有罪惡感，或許完全沒有。就連紐澤西婦女蘿絲．席波隆（她的子嗣在八〇年代差點打贏控告香菸業者的官司），都必須靠激進人士三顧茅廬才請得出來。在我看來，六十家聯合代表所有吸菸者發動集體訴訟的律師事務所，掠奪性並不亞於被告的企業。我從沒遇過哪個抽菸者會怪別人害他抽成習慣。

整個美利堅合眾國就像一個有菸癮的人，企業頻頻做著骯髒的事業，政治自尊出現衝突才來煩惱緊張。顯而易見的是，若非我們的立法機關那麼容易被收買，若非榮耀與個人責任的概念對訴訟權和美金大舉讓步，若非國家普遍認同企業最終責任不在社會而在盈虧，菸草業不會在公共衛生局長公布第一份報告的三十年後還如此昌盛興旺。有些菸草業的高階主管行為卑劣是不爭事實，而公共衛生倡議人士恨這些人，一如尼古丁上癮者最後會恨手上的香菸，也是很自然的事。但要他們扮演道德怪獸（萬惡罪魁），只是另一種形式的黃金檔娛樂。

長久以來，大菸草帝國的期望，透過將靈魂賣給法律顧問表現得很清楚：美國的吸菸問題最終要在法院解決。或許香菸業者很快會因敗訴而蒙受巨大損失，以後唯有外國菸商才有辦法在美國做生意。或許聯邦法院會試圖以立法來解決這個政治手段顯然力有未逮的問題，而最高法院將針對吸菸議題表態，一如當年論斷「布朗訴教育委員會」案的種族隔離問題，和「羅伊控告韋德」案的墮胎問題。

儘管最近出現利格特這個例外，由五個州提出的聯邦醫療保險訴訟，恐怕依舊無法改變菸業的處事之道。克魯格指出，這些訴訟可說相當於「喬裝成訴訟的個人傷害索賠」，而最高法院已經判決，聯邦香菸標籤法案是能有效阻擋這些索賠的防護罩。換句話說，按照邏輯，那五個州應該控告的對象是吸菸者而非菸商。而吸菸者或許該控告社會安全福利金和民營年金，因為如果他們死得早，領到的錢就少。全國針對吸菸「代價」所做的最審慎評估（早死省下的錢和貨物稅金都計算在內），結果都是負數。克魯格引述的一位經濟學家打趣說，如果國家的健康可用金錢衡量，「吸菸者該給予補助，而非課稅。」

最後，也有人相信美國與香菸長達一世紀的戀情，可理性、溫和地中止，這種信念就像「能無痛戒尼古丁」一樣不切實際。我第一次戒菸後，幾乎三年沒碰菸。我發現沒有香菸的干擾和日積月累的不快，可以工作得**更有**效率，也很高興終於成為家裡一直希望我成為的不抽菸的人。然而後來，在一個悲痛萬分的季節，我開始後悔為別人而非自己戒菸。我和一些抽菸的人出去，重拾了這個習慣。對我來說，抽菸看起來或許不再那麼性感，但**感覺上**仍很性感。中它的毒、降服於它的命令、在煙霧繚繞下放鬆的樂趣，是那麼放蕩不羈。如果長壽是我想得到的最大好處，或許現在我可以嚇唬自己戒菸。偏偏我是重視現在勝於未來的宿命論者，良知的嘮叨，社會、家庭的叮嚀，反而成為我維持這個習慣的要素，讓我心理平衡。

「或許，」理查．克蘭在《抽菸賽神仙》[21]一書中寫道：「在戒菸的那一刻，人便愛上香菸了，為它的魅力神魂顛倒，對它的效用滿懷感激，以至於開始明白放棄它是多大的損失，開始理解找東西代替香菸巧妙結合的誘惑和力量，是多麼迫切。」我希望不久之後，我會喜歡和未受污染的肺及不疾馳的心臟一起生活，勝過喜歡抽菸的愉悅。對於我個人，我審慎樂觀；但對於長年在「強烈譴責」與「野蠻原始人的否認」之間精神分裂的國家機關、法律制度，以及立法機構和金融市場已經習慣菸草帝國黑金荼毒的美國政府，我就沒那麼樂觀了。

幾個星期前，在紐約翠貝卡一個馬格利特[22]風格的黃昏，我在一棟閣樓的一扇燈火通明的窗口見到一個女人。她站在椅子上，正把上窗框拉下。她甩動頭髮，用手做了某件複雜的事，我看出來了，是點菸。然後她的手肘和下巴靠上窗框，把菸吐向窗外潮濕的空氣。我一見傾心，就看著她站在那裡，半室內、半室外處，吸入矛盾，吐出曖昧。

一九九六年

21 Richard Klein，作家、學者，在寫《吸菸賽神仙》（*Cigarettes Are Sublime*）時戒菸，再也沒有抽過。

22 指比利時超現實主義畫家雷內．馬格利特（René François Ghislain Magritte, 1898-1967），他的畫風帶有明顯的符號語言，以《戴黑帽的男人》（*The Son of Man*）最為人熟知。

流亡的讀者

指責萬惡的科技和悖逆的文學評論害小說凋零，無助於彌補傷害。閱讀能豐富人生的論調同樣無濟於事。如果小說家希望自己的作品有人讀，就必須一肩扛起讓作品引人入勝、非讀不可的責任。

幾個月前，我把電視機送掉了。那部笨重的舊新力「特麗霓虹」[1]是朋友送我的，因為他女朋友受不了映像管發出的刺耳呼嘯聲。電視的木紋飾板讓人回憶起電視機還試圖佯裝成傢俱（不管效果有多拙劣）的年代，也就是設計師還想像電視不開機、只做為擺飾的年代。我總是把它放在難以收看的地方，比如衣櫃底層，唯有盤腿坐在電視機正前方，手扶著天線，才看得到清楚的畫面。看個電視要像我這麼不舒服恐怕很難。儘管如此，我還是覺得特麗霓虹非走不可，因為只要電視留在屋裡，隨時拉幾條延長線就能看，我就沒辦法看書。

我出生在一九五九年，恰逢兩大世代的分水嶺。說起來，我還真不知道在哪一邊比較慘：是活在電子尚未入侵美國文化的時代呢，還是拋棄長期浸淫文學得到的自我定位，躍入格格不入的文化中努力求生。我對人生的理解，是透過拉斯克尼科夫[2]和昆丁．康普森[3]，而非大衛．賴特曼[4]或傑瑞．塞恩菲爾德[5]。然而，我透過書本理解的人生，感覺起來愈來愈孤獨；這個人生和構成其他許多人現況的媒體風情，沒有什麼關係。

今天，一個閱讀者死去，就有一個視聽人誕生。身處焦躁不安的九〇年代中期，我們似乎正在目睹天平最後一次傾斜。對杞人憂天的批評家來說，從以印刷文字為基礎的文化，變遷到以視覺影像為基礎的文化（始於電視，此刻正由電腦完結的變遷），感覺像末日浩劫。一如矽谷夢想以「殺手級應用程式」讓個人電腦成為美國人必不可少的配備，總是憂天的杞人們也在尋求「殺手級論點」，讓浩劫迫近的事實不證自明。

文學研究學者貝瑞．山德斯新近出版的《電子時代的語文崩解與暴力興起》[6]就試圖提出這樣的論證。他開宗明義指出兩個令人心驚的趨勢：青少年暴力行為增加，以及SAT[7]語文成績下滑。已有許多文獻證明孩子們不再像過去那樣閱讀和書寫，但原因何在？山德斯沒有重彈「恐龍巴尼謀殺了鵝媽媽」之類的舊調。在他的宇宙觀裡，電視仍扮演惡棍，但它的邪惡，與其說是取代了閱讀，不如說是取代了與父母和同儕的言語互動。無論電視節目的水準有多高，過量的被動接收勢必阻礙孩童的口語能力發展，也注定孩子日後會因為正規英語看似反覆多變的規則而受挫。而教室裡的電腦和影音設備只會讓孩子愈來愈生疏於口語表達。挫折轉化成忿怒——孩子們輟學，最糟的情況是加入山德斯所謂的「後文盲」暴力幫派。山德斯的理論是，不生根於口語的知識形塑不出自我，也衍生不出自覺。詮釋過去、衡酌當下的選擇、展望未來、體會內疚或懊悔，山德斯認為這些行為都是當今缺乏靈魂的幫派青少年，以及未來不再需要口語或書寫能力的全面電腦化社

1 由索尼公司研發、採用單槍三束彩色映像管的電視機型。

2 Raskolnikov，杜斯妥也夫斯基小說《罪與罰》的主角。

3 Quentin Compson，福克納小說《喧嘩與騷動》主角康普森兄弟中的大哥。

4 David Letterman（1947-），美國知名電視脫口秀《大衛深夜秀》主持人。

5 Jerry Seinfeld（1954-），美國知名演員、製片人，也是熱門影集《歡樂單身派對》（*Seinfeld*）的編劇、導演、演員。

6 Barry Sanders，著有《電子時代的語文崩解與暴力興起》（*A is for Ox: The Collapse of Literacy and the Rise of Violence in an Electronic Age*）。

7 Scholastic Assessment Tests，測驗成績為美國大學入學申請的標準。

會所缺乏的。

山德斯論點的問題在於，身為「殺手」，他必須指控的罪人實在太多。對於語文能力的全國性危機，山德斯對父母與兒女相處的優質時間大幅減少的抨擊，不亞於對影音輸出填補了這些空檔的究責。他指出，年輕的幫派份子不只沉迷影像，也多半出身貧困不穩定的家庭。這樣的話，我們面對的到底是技術浩劫，還是老掉牙的社會功能障礙？我認識的每一位母親都限制兒女看電視的時間，並鼓勵閱讀來培養對電視的抵抗力。我和我的朋友一如這篇文章的讀者，都是勞工部長羅伯特·萊奇深信將承繼地球、受過良好教育的「符號分析師」[8]。山德斯對於「當今年輕人」的種種論述，只適用於部分人口（雖然無可否認是頗大的一部分），指的是那些沒錢沒閒，無法「接種預防疫苗」，以免受電子媒體蹂躪的年輕人。他形容的「文明自焚」其實只是一種二分法。這種切割，諷刺的地方在於：最容易汲取資訊的人，反而是最不會被傳送資訊的線路拴住的人。

☘

欣賞這種反諷的人，想必會喜歡尼可拉斯·尼葛洛龐帝的《數位革命》[9]。對於相信科技造成的種種問題，都能以更尖端的科技來解決的人來說，這是一本未來世界的導覽書。尼葛洛龐帝是麻省理工學院媒體實驗室的主任，《數位革命》由他每個月在《連線》雜誌刊登的專欄文章集結而成。《連線》雜誌堪稱虛擬世界內容生動的探險「聖經」（我看過有人這麼說），一方面試著讚美圈內人的加入，一方面也敞開大門歡迎新來者，因此它的操弄策略就是同時販售願景與內幕。尼葛洛龐帝的專長在於願景，他是這雜誌內聘的傳神諭者。

政府和企業領導人湧向尼葛洛龐帝徵詢高見，因此，《數位革命》大部分的內容都是關於資源分配（不然還能怎麼說？）。虛擬實境設備的開發商應該把有限的電腦運算能力用於提高影像解析度，還是用來縮短設備的反應時間，以配合使用者頭部和頸部的動作？速度要緊，尼葛洛龐帝說。華爾街應該投資高承載量的電子管線，還是更有效地運用現有管線的電視技術？體積小的智慧型機器為佳，尼葛洛龐帝說。

或許因為《數位革命》這個書名聽來像是要明確闡述某種更貼近人性的新作為，所以我花了好些工夫才搞清楚，這本書談的不是文化轉型，而是錢。關於某項發展，比如虛擬實境，尼葛洛龐帝問的第一個問題總是有沒有市場。只要有市場，就一定會有人開發，所以沒必要問「我們需要嗎？」或「這可能對我們造成什麼傷害？」「消費者」在尼葛洛龐帝的書中無所不在，帶來愉悅，也是最受擁護的裁決者。

《數位革命》字裡行間處處刻劃一個有錢的國際主義世界——作者下榻的豪華飯店、

---

8 Symbolic Analyst，美國柯林頓政府時期勞工部長羅伯特．萊奇（Robert Reich）提出的名詞，指的是操控符號多於機器的人，亦即知識工作者，如建築師、教師、銀行家、律師、設計師、政策分析師等。

9 Nicholas Negroponte，美國麻省理工學院教授與「媒體實驗室」（Media Lab）共同創辦人，曾發起百元電腦計畫，為第三世界兒童籌募筆記型電腦，著有《數位革命》（*Being Digital*）。

與各國總理共進的午餐、橫越太平洋的航班、勃艮地的酒莊、瑞士的寄宿學校、巴伐利亞的保姆。今天，工作、資金與數位訊號可輕易跨越國界，恰恰吻合新資訊菁英，即幸運的符號分析師的流動性。如同在他們之前的許多統治階級，這些幸運兒發現自己與他國天之驕子的共通點，遠多於本國的凡夫俗子。仔細看，你將看見《數位革命》如何凌駕民族主義，場景可以如何輕易地替換。尼葛洛龐帝在書中不經意地抱怨：有人要他回歸現實，「好像我活在非真實世界似的。」他說。他抱怨得有理。他的世界很真實，就像貝瑞．山德斯喚起注意的幫派世界一樣真實。只是，這兩個世界在彼此眼中正變得愈來愈不真實。

雲端之上，陽光永遠燦爛。尼葛洛龐帝描繪的明天有會講話的烤麵包機，智慧型冰箱和客製化電腦（「你可以為你的電子報介面訂製賴瑞金的性格」），這種保留當今「郊區價值」的明天，宛如傑森一家[10]再現。要找到深層轉型的線索，必須尋覓弦外之音。比方說，尼葛洛龐帝有個習慣，喜歡把人體的功能簡化成機械：人的眼睛是「影像的委託人」，耳朵是「頻道」，臉孔則是「播放器材」，而「迪士尼的忠實觀眾以超過每小時一萬二千五百名的速度激增」。未來，「光碟或許可以食用，平行處理器也可以像防曬油那樣塗在皮膚上」。數位化的新人類不只吃資料儲存設備，而且自戀，「報紙只印一種版本……就叫作《我的日報》」。在此同時，從文字出走，改用多媒體創作的作者，將扮演「舞台設計或主題樂園設計師」的角色。

貝瑞．山德斯在年輕人臉上看見失落與無感，尼葛洛龐帝則看見「數學能力更強，視覺素養更高的一代」，快快樂樂地在「追求知識成就不再對書蟲那麼有利」的虛擬空間裡競爭。他信奉某種具有療效的統合思想，辯稱電玩可以傳授「策略」與「規畫技巧」，還回憶他的兒子小時候學不好加減運算，後來老師在數字前面加上「$」的符號便豁然開朗。至於社會功能障礙，尼葛洛龐帝最接近承認的一句話是對機器人的描述，他說，在不久的將來，機器人會幫我們端飲料，清理空書架上的灰塵，「而為了安全的理由，管家機器人也必須能像惡犬那樣狂吠」。

要挑剔尼葛洛龐帝堅定的去歷史思想很容易；但是，我們實在很難討厭一個在著作第一句話就坦承「我有閱讀障礙，我不喜歡看書」的作者。尼葛洛龐帝不折不扣是一個靠推測未來獲利的人，也願意像成功的股票經紀人一樣分享成功祕訣。只是，除了提出一些籠統的保證（「數位科技可以形成一股自然力，吸引人類進入更和諧的世界」）外，他並未妄稱他的革命可以解決什麼嚴重的問題，頂多就是省下親自到百視達租影片的麻煩罷了。

置身在著眼點謬誤、連強尼．柯克蘭[11]都顯得比葉爾欽有分量的文化裡，實在很難判

10《Jetsons》，ABC電視台於一九六二年播放的動畫影集，描述二〇六二年的傑森一家的生活，被稱為《摩登原始人》的未來版。

11 Johnny Cochran（1937-2005），美國知名黑人律師，為辛普森案夢幻律師團首席律師。

斷網際網路的崛起是不是大好消息。羅素．貝克[12]就把對網路的吹捧比作五〇年代對原子能的吹捧，當年那些工業販子保證，不用多久，我們每個月就只要繳「幾毛錢」的水電瓦斯費。而今天，科技推動者無法再拿便宜電費這種可檢測的好處來吸引一般消費者，他們的賣點是無形的，只能藉由健康與時髦的語彙來傳達。

他們的論點是：數位科技是治癒病態社會的良藥。電視害我們被影像支配，互動科技則把權力還給人民。電視製造了無數難以教化的兒童，電腦則可以教育他們；由上而下的節目讓我們與世隔絕，由下而上的網路則讓我們重新連結。更棒的是，「數位化」這帖藥還挺可口的。我們受邀縱情享受流行文化的樂趣。事實上，目前有些最出色的電視節目贊助商是ＩＢＭ，義大利修道院裡的修女竊竊私語地討論著網路，摩洛哥商人一邊啜飲薄荷茶一邊談論介面。這既是廣告，也是賞心悅目的後現代藝術。當然，這類藝術的目的無他，就是要我們無可避免地掏錢給ＩＢＭ。不過，流行本身就是最好的理由。

假如我要針對數位革命提出自己的「殺手級論點」，我會從紐特．金瑞契和提摩西．賴瑞[13]雙雙為之瘋狂的言論談起。就是有某個地方、某些事情兜不起來。道格拉斯．洛西可夫[14]用整本《媒體病毒》的篇幅探討媒體的反文化，他在書中引述某位語多懷疑的新世紀思想家的話，提出數位革命的光明面：「今後將不再有私人空間。讀寫文化這概念基本上是一種中產階級思維——文人雅士在藏書豐富的書房裡，不受打擾地沉思。這是非常菁英主義的思維。」羅伯特．庫佛[15]在《紐約時報書評》發表的兩篇文章，也以相同脈絡保證「超文本」將會取代傳統小說「預先設定的單向途徑」，讓作品可用各種不同方式閱讀，使讀者不再「受制於作者」。在此同時，金瑞契議長也緊抱新世紀作家的理念，大力宣揚「電子市鎮會議」是解救欲振乏力第二波自由主義的靈丹妙藥。華爾街看見投資人的獲利；每一個政治派系的夢想家，則看見大眾充權的契機。

然而，宣揚這美好未來的新聞訊息，卻還是以印刷品的方式呈現在世人面前——套句某位《連線》雜誌專欄作家的話，我們仍處在「紙張行將就木的壓迫」之下，這或許只是汰舊換新必經的矛盾，就像你得騎馬去車商那兒才能買你的第一部車。但是，尼葛洛龐帝解釋他為什麼決定出版一本紙本書時，提出的理由頗出人意表：互動式多媒體的想像空間太小。「相形之下，」他說：「書面文字能激發意象，挑動隱喻，讓讀者經由想像和經驗汲取文字大部分的意義。當你閱讀一本小說的時候，顏色、聲音和動作大多來自你自己。」

如果尼葛洛龐帝真的把全體國民的健康當一回事，就該好好解釋這個論點背後的意涵，也就是在全面數位化的時代，我們的想像具有什麼樣的力量。但你大可信任他，可以接受他所謂的中堅共同利益，不必多愁善感。事實很簡單，即使不怎麼美好：小說氣數已

12 Russell Baker（1925-），美國知名作家，《紐約時報》專欄作者，曾兩度獲頒普立茲獎。

13 Timothy Leary（1920-1996），美國心理學家，曾任教哈佛大學，倡議迷幻藥合法化，為一九六〇年代美國反文化運動的代表人物。

14 Douglas Rushkoff（1961-），美國知名的非學院派傳播理論家，著有《媒體病毒》（*Media Virus !*）。

15 Robert Coover（1932-），美國後設小說家，著有《公眾的怒火》（*The Public Burning*）等。

盡，因為消費者不想再要了。

小說當然還沒死，不信問問安妮．普露或戈馬克．麥卡錫就知道；但久踞文化權威寶座的小說，地位岌岌可危。斯溫．伯克茲在《古騰堡輓歌：閱讀在電子時代的命運》[16]一書中流露了詫異與驚慌：世人竟然沒有廣為哀悼小說的式微。就連理應站在第一線捍衛小說的專業書評都沒有提出警訊，使本身也是評論家的伯克茲聽來像是被軍團遺棄的忠貞士兵。他奏出的輓歌雄壯，卻悲涼。

伯克茲以自身經驗開始為小說辯護：生長在移民家庭的他，藉由閱讀傑克．凱魯亞克[17]、J．D．沙林傑和赫曼．赫塞來了解自己。這些作家，以及他們筆下離群浪漫的英雄，成為他仿傚、對照的典範。後來，在六〇年代理想主義浪潮阻滯許多人的腳步時，他佇立荒涼的沙灘，靠著閱讀、在書店工作乃至寫書評，熬過多年抑鬱的歲月。「基本上，」他說：「是書救了我一命。」

書是自我實現的催化劑，書是庇護所，這兩個概念是一體兩面。因為伯克茲相信，「靈性，即自我中較具反省能力的部分」，需要有讓人深思事物意義的「空間」。他認為，相較於看電影或敲鍵盤操作超文本，沉浸於小說更接近冥想狀態，而細細品味這種狀態的微妙之處，可讓他攀達顛峰。他這麼描述初次受一部小說吸引的情況：「我感覺到一股強大的拉力。鏈條已牢牢套在齒輪上，有種緊密嚙合的感覺，接著便向前滑行。」而對於矢志要解放讀者的超文本，他精鍊地回應：「至少到目前為止，『受制於作者』一直是閱讀和寫作的**重點**。作者掌控語文的資源，創造可以吸引讀者、某種程度讓讀者無法抗拒的意象。讀者翻開一本書，就是為了臣服於另一個人的創作意圖之下。」伯克茲之於小說閱讀，就如同M．F．K．費雪[18]之於美食，或諾曼．麥克林[19]之於飛蠅釣魚，讓你想起而效尤。

然而，與他書房裡的田園風光形成強烈對比的，是他怒不可抑的警世之言。小說的式微，看在伯克茲眼裡不僅是娛樂習慣的改變，更是人類本性的徹底變質。當然，他的夢魘「不是野蠻原始人呼嚕作聲，揮舞棍棒，而是效率高、資源足的資訊管理者已踏上人類意義的淺灘，卻渾然不覺。」他承認，科技讓我們的視野更全球化、更具包容力，讓資訊存取更容易，自我定位更不受限。但他也再三強調，「我們橫向存取的系統愈是複雜精密，就犧牲了愈多深度」。取代阿奇[20]的，是阿諾史瓦辛格；取代馬納薩斯古戰場[21]的，是歷

---

16 Sven Birkerts（1951-），美國散文作家與文學評論家，著有《古騰堡輓歌：閱讀在電子時代的命運》（*The Gutenberg Elegies: The Fate of Reading in an Electronic Age*）等。

17 Jack Kerouac（1922-1969），美國作家小說家與詩人，提出「垮掉的一代」（Beat Generation）一詞，知名作品包括《在路上》（*On the Road*）等。

18 Mary Frances Kennedy Fisher（1908-1992），美國作家，以美食文學聞名，著有《如何煮狼》（*How to Cook a Wolf*）等書。

19 Norman Maclean（1902-1990），美國作家與學者，以小說《大河戀》（*A River Runs Through It and Other Stories*）聞名。

20 Augie March，美國諾貝爾文學獎得主索爾．貝婁（Saul Bellow）作品《阿奇正傳》（*The Adventures of Augie March*）主角。

史主題樂園；取代整理敘事的，是和世界一樣複雜的世界地圖；取代靈魂的，是社群中的會員資格；取代智慧的，是數據資料。

在《古騰堡輓歌》的終章，伯克茲更從《連線》雜誌裡召喚惡魔現身：他是「光鮮亮麗，自信滿滿」的「二進位制魔術師」，侈言以「生動愉悅的美夢」取代世間的生存奮鬥，而他想得到的報酬，就是人類的靈魂。伯克茲不諱言他對惡魔的妒忌：「就像念高中時面對諸事順利、體格健美的傢伙，球隊隊長和班長，我懷疑自己內心深處是不是真想拿所有對這些的懷疑與納悶來交換，只為了變成他。」然而，儘管深受惡魔科技的性感誘惑，他心中還是有個聲音說：「拒絕吧！」

科技宛如惡魔化身，數位化形同地獄降臨——但是想想，諸如童妮．摩里森等當代作家，擁有的讀者遠比珍．奧斯汀當年更多，驅使伯克茲反應過度的，似乎不是冷靜審慎的分析。我想，線索就在他不經意讓我們瞧見的，「人類意義的淺灘」底下的生活。他提到他抽菸、嗜飲啤酒、有種種大病的徵兆，他失眠，他孤僻。他說他作品的主要讀者是他的朋友們，他們拒絕承認當前文化時刻的黑暗面，也駁斥電子發展是書面文字改良版的論調。「我有時不禁納悶，我這些體貼的朋友是不是跟我住在同一個世界……當然啦，我寧可認為問題出在他們身上。」

這些話瀰漫著憂鬱的氣息，以及憂鬱所促成，與人類漸行漸遠的疏離感；而使疏離感變本加厲的，莫過於對潮流的盲目崇拜，也就是電視所創造，數位革命行銷人員努力開發的那種盲目崇拜。因此，伯克茲會把推崇潮流的《連線》雜誌視為末日天啟絕非偶然。他仍是高中時代那個獨行俠、那個遭群體排擠而另尋他途，從閱讀中尋求更「純正」滿足感的高中生。但我們不禁要問，當個效率高、資源足的資訊管理者有什麼不對？球隊隊長和班長就真的沒有靈魂嗎？

在保衛藝術的每一道嚴密防線中，菁英主義都是致命的弱點，會引來平民主義辭令的毒箭。不容否認的，當代文學的菁英主義確實獨樹一幟，是異化的貴族，是懷疑與納悶的兄弟會。儘管如此，繼針對非讀者認為閱讀是「一種加諸自身的價值判斷，一種菁英主義與排他性的舉動」提出質疑後，伯克茲又勇敢地證實他們最深的恐懼：「閱讀**正是**一種判斷，彰顯了支配我們日常生活的理解力與輕重緩急是如何的不充分、不適切。」如果他就此打住，只申明文學感染力具有選擇性是不爭的事實，那麼《古騰堡輓歌》就會是一首無懈可擊（儘管未受重視）的讚頌之歌。可是，正因是書拯救他的人生，使他無法想像沒有書的世界，因此他著魔似地對藝術展開另一場較通俗的辯護。這是一場爭取補助款的辯護、迴避菁英主義論調的辯護。粗略地說，他的意思是科技只是緩和劑，藝術才有療效。

我承認我也被這個論點打動，所以才會把特麗霓虹逐出家門，讓自己重回書本。不過我試著把這個想法藏在心底。不幸的家庭或許比幸福的家庭更具美感，因為幸福家庭的幸福都是一個樣，「功能障礙」的家庭則不然。要捍衛描寫不幸的小說並不難，每個人都

---

21 Manassas Battlefield，位於西維吉尼亞州，為美國南北戰爭的戰場，現闢為史蹟公園。

明白不幸是怎麼一回事，那是人生境遇的一部分。然而，探討情感功能障礙的小說卻被貶為不實用的摩尼教，要嘛就是邪惡的能者，藉由歌頌病態來妨礙健康；不然就是負面教材，讓讀者了解進而克服自身的功能障礙。過分執著於社會健康，也會產生類似的通俗想法：如果小說不是政治解決方案的一部分，就必定是問題的一部分。「揭發」約瑟夫・康拉德[22]是殖民主義者的博士候選人，跟認定霍爾頓・考菲爾德[23]是不良範例而把他逐出校園的校董會如出一轍——很不幸地，也與伯克茲如出一轍，因為他如此焦急地為閱讀辯護，是基於書本必須以某種方式為我們「服務」的假設。

我愛小說，就像伯克茲那麼愛，也一直覺得是小說救了我。他的大聲疾呼讓我深深感動，他就像為文學奔走的說客，急於為委託人爭取知性的補助。可是，小說家是希望自己的作品讓人享受，而不是被當成藥品服用。像伯克茲那樣指責萬惡的科技和悖逆的文學評論害小說凋零，無助於彌補傷害。閱讀能豐富人生的論調同樣無濟於事。無論如何，如果小說家希望自己的作品有人讀，就必須一肩扛起讓作品引人入勝、非讀不可的責任。

然而，困境依舊存在。誠如伯克茲所說：「對小說家而言，一般美國人的日常生活變得像鐵氟龍一樣。」曾經，小說的角色是可以隸屬任何身分、任何地點的帶電場。而今，世界變得愈來愈二元對立，要嘛有，要嘛沒有。你不是功能健全就是功能障礙，不是電力四射就是能量枯竭。不幸的家庭（數量可能多過幸福的家庭）在CNN、《獅子王》或美國線上[24]全被拼湊得一模一樣。這不只是「文化參照」的問題，而是生命本質的問題。如果小說必須以格局更大的社會為背景，栩栩如生地刻畫複雜的人物，試問，在前景與背景根本無從分辨的情況下，要怎麼寫作呢？

「小說要保有它的文化生命力，」伯克茲這樣說：「就必須帶給讀者饒富意義的訊息，也就是活在當今世界的意義是什麼。」他心裡想的是托爾斯泰、狄更斯、貝婁和史坦貝克[25]那些格局恢弘、讀者眾多的小說，而這種創作形式無疑可遠溯至莎士比亞的悲劇和威爾第的歌劇。不過，這類作品的消逝或許不像伯克茲力陳的那樣意義深遠。十幾二十年來，小說的讀者或許已經崩解，但是在我們這個科技世紀，文化生命力本來就必須甘於沉寂、機變與流放。卡夫卡告訴馬克斯．布勞德[26]，他希望自己的小說通通被燒掉；亨利．格林[27]和克莉絲汀娜．史戴德[28]生前都沒沒無聞；福克納與歐康納在南方鄉村隱姓埋名。我們這個時代最有原創力和先見之明的作家不僅安於陰影籠罩，甚至積極韜光養晦。「文

---

22 Joseph Conrad（1857-1924），波蘭裔英國作家，以長年航海經驗營造文學作品，對於殖民統治與人性的描寫深刻入微，被譽為英國最偉大的作家之一，小說《黑暗之心》（*Heart of Darkness*）曾改編成電影《現代啟示錄》。

23 Holden Caulfeld，是小說《麥田捕手》的主角。

24 America Online，知名網際網路供應商。

25 John Ernst Steinbeck（1902-1968），美國作家，諾貝爾文學獎得主。代表作有《人鼠之間》（*Of Mice and Men*）等。

26 Max Brod（1884-1968），捷克作家，為卡夫卡摯友，後違背卡夫卡遺言，為其出版作品。

27 Henry Green（1905-1973），英國作家，小說《愛》（*Loving*）獲《時代》雜誌評選為百大英語小說。

28 Christina Stead（1902-1983），澳洲小說家，曾旅居英國與美國多年，著有《愛孩子的人》（*The Man Who Loved Children*）等。

化裡的一切都不利於小說，」唐·德里羅接受《巴黎評論》專訪時這麼表示：「所以我們才需要反對派作家，需要以寫作對抗權力，以寫作對抗企業、國家或整個同化機制的小說家。」

反對派作家的概念由來已久，而其現代的變體，最晚在第一次世界大戰期間，即奧地利諷刺作家卡爾·克勞斯[29]形容自己「絕望地反對」科技、媒體與資本串連時就已出現。雖然花了比較久時間才浮現，但在《古騰堡輓歌》等作品中不言而喻的，就是反對派**讀者**的概念。文學菁英主義的矛盾之處在於，它純屬自我選擇。只要識字，任何人都可成為其中一份子，而隨著資訊菁英不斷自我灌輸語文能力，相當比例的讀者難免會像寓言中的大麻瘾者，口味愈來愈重。同樣地，在凡夫俗子大軍愈來愈隨社會向下沉淪之際，騷動不安的靈魂便有更強烈的理由尋求對抗之道——「假裝有一個他處，」伯克茲這麼形容閱讀：「然後動身前往。」今日數位網路的民主表象只是初始階段的加工品。遲早，所有社會機制都會從無政府走向階級制，而從網路原始混沌演變出的秩序，或許是烏托邦，也或許是反烏托邦。窮極無聊的可能性尤其高。但就算數位革命最後演化成布爾什維克革命催生出的、史達林集權主義的自由市場版，仍可能出現悖謬的效應：讀者地位提升。俄國地下出版的世界，以及把曼德爾斯坦姆[30]與阿赫馬托娃[31]全部詩作背得滾瓜爛熟的廣大讀者，在在提醒我們，即便被迫流亡，閱讀仍然不死，甚至更加昌盛。

不只是不愛閱讀的尼葛洛龐帝，就連認為歷史即將落幕的伯克茲，都低估了社會的不穩定性和社會成員難以駕馭的歧異。文學閱讀的菁英主義曾於小說全盛時期暫時隱逸，今天被電子科技美化的大眾文化，只是讓它再次浮上檯面而已。我哀悼文學曾擁有的文化權威已經凋敝，也悲嘆這個時代開啟得如此焦慮，讓閱讀的樂趣難以為繼。我不認為會有太多人送走家裡的電視機，也沒有把握自己可以撐多久不去買新的。但是閱讀教我的第一堂課，就是如何獨處。

一九九五年

---

29 Karl Kraus（1874-1936），維也納作家，抨擊當代崇尚物質的文化面貌，文字艱澀難懂。法蘭岑於二〇一四年出版《克勞斯計畫》（*The Kraus Project*）一書闡述其義。

30 Osip Mandelstam（1891-1938），俄國詩人，一九三三年寫下著名的〈史達林諷刺詩〉，半年後被逮捕、流放。

31 Anna Akhmatova（1889-1966），俄國詩人，被當局認定為「在意識形態上具危害性」的作家，禁止作品發表。

天下第一市

在郊區，我是陌生人；我覺得自己彷彿赤身露體。只有在像紐約那麼擁擠而多元，被陌生圍繞的地方，我才覺得自在。

今年發生兩件事讓我納悶：為什麼一般的美國城市，特別是紐約市，還要特地存在？第一件事是一趟從聖路易東返的班機。坐我旁邊那位聰明、討喜的女性來自密蘇里春田市，她正帶她的十一歲兒子到波士頓探訪親戚。他兒子已從我這裡得分，因為他從背包裡拿出來的是一本書而非Game Boy掌上型遊樂器，而當她媽媽告訴我他們要在紐約停留兩個晚上、而這是他第一次去紐約時，我問她打算看哪些景點。「我們想去時尚咖啡，」她說：「也想去看《今天》節目。是不是有面窗子，你可以站在窗前看演播室裡的情況？我兒子想看。」我說我沒聽過窗子的事，那一定很好玩，但自由女神像和帝國大廈呢？她回我滑稽的表情。「我們也想看《大衛深夜秀》，」她說：「你覺得有機會買到票嗎？」我告訴她，可以抱持希望。

第二件發生的事情是：在前述那件事提醒我，對美國其他民眾來說，今天紐約儼然成了「心靈城市」（充其量是巫術將影像化為肉體的地方）後，我沿著下曼哈頓的矽谷漫步。在那個地區，商業區潮男潮女與數位革命之間的戀情，正從高樓的臥室裡萌芽，在厚玻璃板後共組家庭；我可以看到外貌宛如時裝模特兒、符合時尚咖啡館氣質的女孩群集電腦螢幕前，讓光頭大師幫她們更改設定。位於拉法葉街273號的網路咖啡是個奇特現象。根據網路信條，它不應該存在。「喀噠，喀噠，點擊穿越網際空間，」威廉．米契爾在最近的宣言《位元城市》[1]寫道：「這是新的散步去處……未生根於地球表面任何明確地點的城市，由連線和頻寬限制塑造，而非地點的便利性和土地價值，它大多依靠異步作業運作，棲息著以大量別名和媒介的形式存在、脫離現實而支離破碎的主體。」但網路咖啡，更別說數千家在方圓一哩內營業的俱樂部、畫廊、書店和非網路咖啡館，仍十分貌似舊式「看與被看」的散步場所。

於是，紐約一分為二：一個是好萊塢星球的虛擬省分；另一個是地球表面的實際地點，居住著一群即便正脫離現實、支離破碎，也難以抗拒「去那裡」的強烈欲望的年輕人。在春田市人想像的紐約和拉法葉街的紐約之間，存在著我自認能夠體會的分裂。我在密蘇里長大，過去十五年裡六度搬到紐約。六次，沒有一次有工作或現成的社群在等我。身為自由作家，我想住哪就住哪，選擇便宜的地方對我來說合情合理。但每當我置身在便宜的地方，就忍不住一直想紐約，就算我害怕有電視和鋼琴的鄰居、厭惡紐約人的粗鄙，也早對那城市的「文化活力」免疫。真的在紐約時，我很多時間待在家裡，總是要到搬走的前一刻，才匆匆造訪附近的博物館和劇院。另外，雖然我喜歡中央公園和地鐵，對整顆大蘋果卻沒有澎湃洶湧的❤。這個城市沒有費城那種激動靈魂的孤寂，也沒有我的出生地芝加哥那種深刻的熟悉感。吸引我一再回來的，是安全。沒有其他地方能讓我免受這個問題侵擾：為什麼住**這裡**？

曼哈頓的高租金尤其令人安心，那表示這是人們想住進來，而非逃離的城市。巴黎人喜愛紐約絕非偶然。雖然街道為棋盤式，他們在這裡卻如魚得水，因為歐洲之所以為歐洲的原因之一，是它的都會中心仍能吸引、而非驅逐公共生活。相反地，對像我這樣渴望文

---

1 William J. Mitchell（1944-2010），MIT建築學院前院長，著有《位元城市》（*City of Bits*）。

化植入感的美國中西部子弟，紐約是僅次歐洲最好的地方。

但，多數的北美大都會離心力都非常強，我們了無生氣的棋盤式街道，和歐洲生意盎然的城市中心的天壤之別，讓建築師和散文作家威托德．黎辛斯基不禁要問：「我們的城市為什麼不像那樣？」他在近作《城市生活》[2]中開始檢視新世界的「城市期望」。雖然用了大半本書的篇幅說明我們城市的不同面貌，但黎辛斯基了解「像那樣」其實有更深的意義：都市的活力、一想到住在城市就油然而生的歸屬感。華盛頓哥倫比亞特區有巴黎式的對角線狀大道、建物一般高，也有許多紀念性建築，但沒有人會把晚上十點的華盛頓住宅區街道誤認為巴黎十四區；也不會有人錯看我國當前對城市抱持的敵意。紐約上州已派出喬治．帕塔奇[3]報復紐約市；醫療保險、福利和其他聯邦計畫的縮減，都像洲際彈道飛彈一樣鎖定城市中心；被目前在國會佔優勢的西部及郊區共和黨員鑑定為壞粥老鼠屎的族群（貧民、同性戀、自由派菁英、饒舌樂手、國家藝術基金會贊助的表演藝術者和政府官僚等），全都剛好集中在大城市。

《城市生活》追溯了這種敵意的源頭。黎辛斯基造訪了維吉尼亞州的威廉斯堡，說令他驚訝的不是那裡「強烈的『歷史』特色……而是看起來有多熟悉。」威廉斯堡是典型的美國小鎮，特色不僅在於「空間開闊」，也在當地與自然的關係。歐洲城鎮傳統上會被石牆環繞，也擺脫不了階級藩籬；中產階級成員（名副其實的「城鎮居民」）帶來各種戒慎保衛的特權。美國城鎮從一開始就比較開放。由於四周都是曠野，黎辛斯基說：「城鎮建造者並不強調自然與人工之間的對比，而是盡可能將自然元素融入城鎮，無論是綠意盎然的廣場、林蔭街道或寬敞的花園。」但殖民城鎮會成為「住宅的禮讚」，則是出於北美曾被英國人和荷蘭人殖民的偶然；不同於其他歐洲國家人民，這兩國國民較富裕，且明顯較想擁有自己的房子。在美國，就連中等收入者也買得起私人住宅，而土地充足到每棟房子都能有私人庭院。群集的分散也不只因為空間關係。黎辛斯基在美國早期歷史中看出「一種令人吃驚的、嚮往無遠弗屆同質性的癖好」，他也提到托克維爾[4]於一八三〇年代走遍美國邊遠地區想找「美國農民」，結果只找到有書有報紙、講「城鎮語言」的開拓者。除了非裔奴隸和美洲原住民，里約格蘭河以北沒有農民這種身分，而這種農村生活與農村味分離的結果，造就了獨特的美國風情——欠缺都市性的都市風格。

就黎辛斯基的說法，後殖民美國史的頭一個半世紀，基本上就是在迂迴但無可避免地實現原始郊區概念。例如，貴格派的務實和大量移民湧入就使費城這個當年威廉·佩恩[5]設計為「綠色鄉鎮」的地方，很快見到它寬敞的棋盤式街道被投機商人包圍，築起接連成排的房屋。後來成為美國大城市範本的，是佩恩設計的棋盤式街道，而非他的綠色願景。另外，由於沒有人相信城市會是獨特的文化匯聚地，美國城市於是勢所難免地成為純

2 Witold Rybczynski（1943-），波蘭裔建築碩士，著有多本建築相關書籍，包括《城市生活》（*City Life: Urban Expectations in a New World*）、《金窩、銀窩、狗窩：家的設計史》（*Home: a Short History of an Idea*）。

3 George Pataki，共和黨籍，於一九九五至二〇〇六年間擔任紐約州長。

4 Alexis de Tocqueville（1805-1859），法國政治社會學家，著有《民主在美國》（*De la démocratie en Amérique*）等。

5 William Penn（1644-1718），英國房地產企業家，推崇民主和宗教自由，帶領費城進行規畫和建設。

粹的商務企業。無論美國的都市仕紳多渴望歐洲的優雅，那些試圖讓城市更「像巴黎」的作為（最著名的應屬丹尼爾．柏納姆[6]計畫闢建有多處公園和林蔭大道的「水平式」芝加哥），不是被摩天大樓的經濟學震垮，就是沉沒於移民的浪潮中。黎辛斯基說得好：「城市之利取代了城市之美。」

但城市之利確實起了作用。二十世紀的頭幾十年，是美國城市生活的全盛時期。一般來說我沒那麼希望活在過去（我總是想像自己會死於療法即將問世的疾病），但美國的「心臟」仍在城市裡的年代例外，也就是盧．賈里格[7]和哈洛德．羅斯[8]、自動售票機和摩天大樓、有軌電車、男士軟呢帽和火車站擁擠不堪的年代。我破這個例是因為，連結了威廉斯堡的殖民地居民和托克維爾的都市化樵夫，以及今日的大範圍住宅區居民後，那個年代看來如此特異，如此突兀。在那個年代，這個國家看似已轉往不那麼揮霍、較有公益精神也較**歐洲風格**的方向前進。

諷刺的是，那幾十年也是歐洲城市向西方尋求靈感的時期——或許是唯一的一次。如果《城市生活》有反派，那柯比意[9]當之無愧，黎辛斯基說他擁有「像沃荷[10]那種自我推銷的天賦」，周遊各國宣傳他對未來「光輝城市」的看法。《城市生活》展示了十九世紀托克維爾的誇大描述，與二十世紀柯比意邪惡妄語之間的鮮明對比；後者的觀點像開處方：玻璃和超級高速公路圍繞的超級摩天大樓，笛卡兒式的工作與遊戲區隔、商業與家庭二分。當柯比意提議夷平巴黎市中心六百畝土地時，除了那些追隨他的法國知識份子外，沒有人理他。但在美國，他的構想卻影響一整個世代的城市規畫師，數百件都市

「更新」案的靈感都由此而來。在曼哈頓，我們仍與紐約大學宿舍和東哈林區都市計畫的光輝同住。

光輝城市計畫一開始就胎死腹中，早已為人熟知，絕無可能隻手扼殺美國核心都市。肯尼斯．傑克森在《馬唐草邊疆：美國的郊區化》[11]一書中，以精闢的美國「住宅分散」分析做總結。他將美國特有的高郊區化現象歸罪於兩大基本因素：種族偏見與房價低廉。郊區為心神不寧的白人提供了安全的避風港，而人均財富高、土地及運輸費用低、政府補助和所得稅減免等種種因素，都讓優秀的中產階級趨之若鶩。

因此，此刻美國都市最顯著的特徵是：核心地區貧窮、以非白人為主，而郊區的同質性高得令人安慰。但對於這些可預期的特點，黎辛斯基卻奇怪地視而不見。在《城市生

6 Daniel Burnham（1846-1912），美國建築師、都市規畫者，參與過芝加哥、馬尼拉、華盛頓特區等都市的建設計畫。

7 Lou Gehrig（1903-1941），美國職棒選手，曾兩度獲選美國聯盟最有價值球員，一九三四年更拿下打擊率、全壘打及打點三冠王，後因罹患肌萎縮性側索硬化症過世。

8 Harold Ross（1892-1951），美國編輯，一九二五年創辦的《紐約客》雜誌，被喻為美國最具創新精神的雜誌之一。

9 Le Corbusier（1887-1965），瑞士裔法國人，為二十世紀的偉大建築師之一，被稱為「現代建築的開拓者」。

10 指安迪．沃荷。

11 Kenneth T. Jackson（1939-），哥倫比亞大學歷史與社會科學教授，著有《馬唐草邊疆：美國的郊區化》（*Crabgrass Frontier*: The Suburbanization of the United States）等。

活》最後一章〈兩個世界最棒的地方〉，他讚揚費城的切斯納特山社區，那裡就是在二十世紀初期成為中產階級的避風港，當地一位名叫喬治・伍華德的富豪和他的岳父聯手用威薩希肯地區的片岩建造了數百棟漂亮的出租別墅。人口密度適中，又有公園般的情調和謹慎規畫的建築，伍華德住宅區呈現出漢普斯特德花園郊區（一九〇六年起在倫敦市外進行的模範住宅區開發案）的風貌。在《偉大城市的誕生與衰亡》一書中，珍・雅各[12]觀察到，那種花園郊區，因為既欠缺真正城市的街道生活，也沒有真正郊區的隱私，唯有在居民同質性高且相對富裕之下才可能成功。目前在切斯納特山擁有一棟別墅的黎辛斯基，不認同雅各的論點，他說那個社區「在社交上和經濟上已愈來愈有差異性」。他頌揚那裡「兼具小鎮及城市特色」，是「只略為都市化的世外桃源」，中心商業街，也就是日耳曼頓大道，「正是那種人們會覺得有魅力的舊式徒步區」。他還說，可是有「大排長龍」的人等著租伍華德別墅呢！

要確定美國城市的現況，不妨近距離看看黎辛斯基叫它「家」的地方。前一次我搬到紐約，就是從費城搬去的。我和妻聽過很多人在等伍華德別墅的事，因此，在所有申請人都要參加的面談會場，得知有數間別墅「隨時可進住」時，我們好驚訝。後來才知道，在費城這個黑人佔多數的城市，我們住的那個伍華德街區的數十戶人家全是白人。離那裡最近的優質超市和購物中心（都位於種族混合地區）裡，你很少看到來自切斯納特山的白人購物者。我去那些地方買東西時，得到親切又殷勤、堪稱模範的服務，讓我受寵若驚。知道黑人男性購物者在白人為主的購物中心或超市，可能會有截然不同的體驗後，我不禁懷疑，那種殷勤是否不該稱為**模範**。因為，我們怎麼待你，就希望你怎麼對待我們。

歐洲國家的第一大城通常是各方面的首府，包括經濟、文化、行政與人口。但早期美國由於幅員遼闊，又對集權十分不信任，一直到一九〇〇年前後，即華爾街和大媒體成為美國的影子政府時，上述四項功能才在紐約匯聚。從一件事可以看出紐約長期盤踞龍頭寶座：它一直如避雷針，疏導著全國民眾的忿怒。美國人抱怨「華盛頓」時，指的是抽象概念下的聯邦政府，而非哥倫比亞特區。紐約則是貨真價實地被怨恨——它的粗魯、傲慢、它的人潮和爛泥，它的道德敗壞等。全球的憤慨是一個城市所能獲得最大的恭維，而透過孕育「大蘋果」是「國家禁果」的概念，不僅胸懷「如果我能在那裡成功，到哪裡都能成功」豪情的靈魂會受紐約吸引，心臟地區文化叛逆性最強的年輕人也將跟從。要排拒你出身的地方，沒有比搬去紐約更好的方式；要宣布重新開創自己的意志，沒有比搬去紐約更明白的宣言；這是我的經驗談。

因此，我有點擔心，現在紐約又被致以一百五十萬字百科全書的額外恭維。由寫《馬

12 Jane Jacobs（1916-2006），都市計畫界的傳奇人物，致力反對興建快速道路，並積極主張鄰里的多樣性。著有《偉大城市的誕生與衰亡》（*The Death and Life of Great American Cities*）等。

唐草邊疆》的那位肯尼斯・傑克森編纂的《紐約市百科大全》，無疑有告別演說的意味。那部百科有紀念碑似的重量和企圖心。對一個熱愛清單的時代而言，這是一份很豪華的清單。我一拿到這本書，就翻到「下水道」詞條——一直令我神魂顛倒的主題。我發現書裡對這個主題有相當不錯的歷史溯源，但對當代下水道每天上演的戲碼卻隻字未提。事實上，這本百科全書中幾乎所有篇幅較長的文章讀來都千篇一律。每一個詞條都從紐約最早的歷史開始，描述五彩繽紛但朦朧的奧祕（例如「知識份子」，告訴我們「十八世紀晚期獨佔鰲頭的知識圈是「友好俱樂部」），接著以十年為單位，頑強地探索主題，通常到一九三〇年代達到鼎沸（因此，在「知識份子」詞條內，對《新共和國》和《黨派評論》的探討旗鼓相當），到了「現今」則語帶哀傷地漸漸疲軟（「在一九九〇年代中期……大型輿論雜誌雖然持續於本市出版，卻已不復當年的迫切性與影響力」）。一再把「現今」當成歷史演進終點的歷程是件怪事，現在，畢竟是那麼地**現在**，卻彌漫歷史的塵埃。《紐約市百科大全》的評論者已著眼於它欠缺的部分，而他們的詭辯更加深紐約是「完工作品」，而非「進行中工程」的概念。

讀《紐約市百科大全》最大的樂趣在德希達式[13]的水平聯想。「恐怖主義」後面接著「無政府主義」，同一頁有「兩棲爬蟲類」，接著是「鳥類」和（在順便一遊「博德蘭」爵士酒吧和禮貌性拜訪「查理・帕克」之後）「蟑螂」，而由於蟑螂「眾所皆知會受牙膏吸引」，所以我來到了「高露潔—棕櫚公司」和它的創辦人「威廉・高露潔」，他在一七九五年逃到英國「躲避大眾對他支持法國革命的仇視」。這就像玩電話遊戲：「無政府主義」和無褲黨[14]的連結不在於歷史，而是取道「蟑螂」。

但這種樂趣卻隱含空虛。一座城市活在觀看者的眼裡、耳裡、鼻裡，但你得仰賴文獻才能找到某個主題與城市的交會點。而身為紐約史的活連結，梅爾維爾或唐·德里羅的幾句話，比整本百科全書更有價值。這是以實馬利[15]的商業區：

那裡就是你的孤島曼哈頓城，被碼頭包圍，就像西印度群島受珊瑚礁環繞——商業用她的浪圍住它。無論往左往右，街道都帶你往水邊走。

這是德里羅的巴基·萬德利[16]，一百多年後走在同樣的街道上：

剛過中午，馬上就要下雨，空氣凝滯，夾帶來自河裡的化學氣味。橋樑在這種天氣漂亮極了，白髮女士對所有為它們寫的詩近乎麻木。

13 指哲學家Jacques Derrida（1930-2004），當代哲學界最具影響力的人物之一。他不同於普遍認同的哲學基礎，以迂迴、變動卻又嚴謹的策略研究哲學。
14 Sansculotte，法國大革命時巴黎下層階級共和黨員的別稱。
15 Ishmael，梅爾維爾作品《白鯨記》的主角，來自紐約。
16 Bucky Wunderlick，唐·德里羅的小說《瓊斯大街》（*Great Jones Street*）的主角。

德里羅是紐約重要的藝術家，《紐約市百科大全》卻隻字未提，書裡冗長的「文獻式」文章，對於後諾曼・梅勒時代的場景，頂多這樣描述：「許多在六〇年代成名的作家都在七〇及八〇年代離開本市。」

在一九七〇及八〇年代期間，黎辛斯基說，美國平均每七小時就新開一家購物中心。他在《城市生活》中主張，隨著購物中心逐漸讓飯店依附，並成為博物館、滑冰場和公共圖書館的基地，它們有資格被稱為「新商業區」了。他對於購物中心內美食廣場的「多樣性」感到驚訝（德—墨式、中式、義式、中東），並把這場景和路邊咖啡館相提並論。他相信，最終吸引人們進購物中心的，是那裡提供「（在多數人心目中）不錯的公共秩序，不必忍受乖張行徑、不會遭粗野青少年、吵鬧酒鬼和煩人乞丐攻擊脅迫的權利」。他補充說：「這些要求似乎並不過分。」對於或許會反對購物中心「超消費主義」和「人工實境」的「學術界同仁」，黎辛斯基的回覆是：「商業力量向來能構成美國城市的中心，」而「我不太明白，為什麼坐在購物中心的長椅就比坐在公園板凳人工」。

至於我，願意坦承自己對郊區購物中心的舒適有近乎生理的渴望。當我從停車場踏入氣閘室，天然鴉片便湧入神經受器。在裡面，光線柔和，每一個聲音聽來都很遙遠。我不介意丹尼斯・強森的書沒在奧爾登書店上架，山姆・古迪唱片行沒賣米拉・梅爾佛[17]；我皮夾裡有現金，我的膚色是白的，我覺得自己非常非常受歡迎。這是一個社區嗎？這是人工實境嗎，還是我正置身在真實的散步場所？我不曉得。我本來就沒有太討厭今年郊區休閒服飾流行的紫色和藍綠色，此刻更忙著享受購物的匆忙，無暇多顧。

感覺上來說，我對城市生活的熱愛與此截然不同。那常帶著焦慮的色彩，我總是要回到家裡才能全然放鬆；家門內外是兩個迥異的世界。在紐約，一棟棟建築宛如資金熔化後的噴漿硬化；在這裡生活，怎麼可能比在郊區生活還**少**屈服於消費主義的世界？畢竟，郊區表面上帶給居民更多自由和隱私呀。答案是，嚴格地說，城市在商品買賣的發展上代表比較老式、不先進的階段，生產者緊挨著消費者工作，整個經濟機制開放檢驗，較不易受現代推銷術無邊魅力的操弄；而城市，一般來說有種要求成人承擔責任的特質。我的意思不是城市居民為商品瘋狂的程度不如郊區居民，也不是指許多「企業改善區」的淨化或警察行動，不會將曼哈頓的廣大商業地帶改造成戶外購物中心；我的意思只是，我們在紐約的街道上，比在典型的拱廊廣場更容易擁有與花錢無關的經驗。

但黎辛斯基強調「城市的」和「商業的」在美國向來幾乎是同義詞，這點則正確無誤。雖然歐洲城市傳統上也扮演貿易和製造中心的角色，但它們也有更古老的功能：防禦工事、大教堂和大學所在地、王侯居所，以及最重要的，區域或國家特性的具體實例。巴塞隆納**就是**加泰隆尼亞，每一棟在巴塞隆納新立起的建築，都讓加泰隆尼亞的特色更輝煌、更具體。我們很難想像美國城市會被這樣珍惜，因為我們的區域認同不像加泰隆尼亞人那麼一致、持久，且帶有**部落**性質。這個國家的人口以嚮往自由或追尋經濟機會，或

17 Myra Melford（1957-），美國前衛派爵士鋼琴家。

兩者都要的移民為主，所以我意識到，美國城市的全盛時代會落在數十年移民顛峰期之後，實非偶然。這些移民的相似處只有一個：他們厭棄舊世界，因此絕不可能發展出效忠城市的精神，頂多效忠特定同種族的鄰里。他們遲早會採納新世界「一屋一國」的理想，以及你賺的錢和你買的東西，遠比你在哪裡賺錢買東西重要的潛在價值觀。

因此，真正難理解的謎不是美國「像巴黎」的城市很少，而是竟然有。儘管許多美國人偏愛郊區，但仍有數百萬人刻意選擇城市。「雅痞」不是友善的稱號，但把u放進這個詞裡的人[18]，數量仍令人印象深刻。就連最愁眉不展的都市中心（鐵鏽地帶[19]的雪城、新加州擴張區的科羅拉多史普林斯），也都勉強有幾個街區洋溢著多用途的活力。而許多較大的城市，如紐約、波士頓、舊金山、芝加哥、洛杉磯、西雅圖，都有持續不斷的群聚效應。無論如何，要衡量一個城市的活力，最可靠的基準是富人是否願意住在城市中心。很久很久以前，中產階級是城市活力的領頭羊；在朱利安尼市長的演說中，它仍是前導者。但，誠如勞工部長羅伯特．萊奇的觀察，今天「中產階級」一詞的定義，社會學的意義大於經濟，而最好的解釋可能就是「郊區」。

無論以富者的存在做為指標有多可靠，那仍只是一連串原因的最終效應，而那一連串原因，始於城市吸引年輕人的能力。如果沒有成群年輕單身男女填滿約克維爾，公園大道的上流社會可以維持多久？若非年輕藝術家、學生和音樂家不斷注入，商業區還能繼續是文化中心嗎？我們常聽到窮人依賴城市的例子，但年輕人，特別是有創造力的年輕人，同樣十分需要城市。郊區或許是度過童年的理想地，但在離家與自己築巢之間的那幾年，年輕人需要一個聚集的場所。所以至少，城市仍有豐富的夜間和周末生活——當然，除非網路媒合的婚姻已經普遍。而想來比網交更令人驚恐的事只有一件：兩個透過網路結合的人，在真實世界的日常婚姻裡生活。

在曼哈頓風大的天氣或夕陽西下後、引擎開始冒煙之際，我喜歡出去走走。那純屬消遣，而過去幾年當我走在聖路易郊區和科羅拉多郊區時，我注意到一件怪事：有比例不容小覷的開自用轎車或運動休旅車的男性（全是男性），在飛馳過我身邊時對我罵髒話。我不知道他們為什麼要罵我。我與眾不同之處只有我沒開車、我沒穿紫色和藍綠色的衣服、沒反戴棒球帽。我猜他們對我咆哮純粹是因為我是陌生人，而從他們被玻璃包住的車裡看，我就跟他們電視螢幕裡，在只需推進幾吋的第四次進攻時，選擇棄踢的美式足球教練一樣，不像真人。

我在紐約也被吼過，但吼我的都是出院的精神病患，而且都是在搭地鐵時被吼，身

18 雅痞（yuppie）源自yup，是「Young Urban Professional」（年輕的城市專業人員）的頭字語，文中的u指「urban」（城市）。

19 指美國中西部和東北部昔日重工業集中、後來衰退不振的地區。

邊都是同情我的乘客。珍・雅各認為，「在洶湧人潮中保有隱私」就是城市生活的標誌，維持這隱私的關鍵，不是獨棟的房屋和要遵守秩序的購物環境，而是人們最容易在人行道等公共空間被看到的言行舉止。美國大張撻伐的「禮貌崩毀」的起點在家裡，而非俗稱的「都市叢林」，這點可在任何一家電影院裡得到印證：習慣在臥室看錄影帶的觀眾已經忘了怎麼閉上嘴巴。

在《偉大城市的誕生與衰亡》裡，雅各也引述了保羅・田立克[20]的話，田立克相信城市本質上「提供的是除此之外只能由旅行賦予的東西，那就是『陌生』」。熟悉，無論是連鎖店或千篇一律新重劃區所營造出的熟悉，都會磨損獨立自主的智慧，並以想像不到的方式侵蝕隱私。在郊區，**我是**陌生人，我覺得自己彷彿赤身露體。只有在像紐約那麼擁擠而多元，被陌生圍繞的地方，我才覺得自在。

當然，我沒有那麼純真地迷戀城市，不至於沒發現矽谷玻璃櫥窗的展示功能與後方的映像管螢幕類似：隱藏於時尚咖啡廳與網路咖啡館之間的連結，就是「被看的文化」。還有一點可能也要擔心：來曼哈頓尋覓我尋覓之物（核心感、人群間的隱私、當老鼠屎的滿足感）的年輕人，終將被迪士尼化的沼氣驅逐，那難聞的氣息已彌漫蘇活區和五十七街，正悄悄滲入東村和時代廣場。但現在，我仍在一棟住著兩位裁縫師、一名房地產經紀人、一位古董交易商、一名酒席承辦人和一個漁販的樓房裡工作和睡覺。當我躺在地板上，聽著自己的呼吸放鬆時，我可以聽到城市更緩慢的呼吸，像浪拍打海岸的聲音：那是人潮擁擠的地鐵列車，載著正教自己如何在此安身立命的乘客。

一九九五年

20 Paul Tillich（1886-1965），美國存在主義神學家、哲學家。

撿破爛

科技發展的腳步愈輕率，產生的廢棄岩屑就愈多。岩屑不只是有形物質。它是憤怒的宗教、復甦的反文化意識型態、新出現的無業者，以及永遠無法就業者。這些都向小說作家保證：他們永遠不會孤單。

冒充成城堡的倉庫不多，而其中一間，賓夕法尼亞州道爾斯頓的莫瑟博物館，無疑是規模最大的之一。那座博物館有一百呎高，有常見於少年感化院或小孩堆的沙堡的平坦表面和方形塔樓，完全用混凝土澆灌建成。它是在一九〇〇年代由名叫亨利．莫瑟[1]的怪人所建，部分是為混凝土做廣告，部分拿來存放他舉世無雙的工具收藏——那些工具在美國工業化之後便派不上用場。莫瑟走遍變遷世界中的車庫和拍賣會，把每一種你想得到的補鞋匠鞋楦、蘋果榨汁機和鐵匠的風箱帶回巴克斯縣，還有一艘連魚叉都齊備的捕鯨艇。在博物館最高的那座塔樓裡，你會看到一座活板門式的絞刑架和一部馬拉的靈車。數十部手工雕刻的雪橇和搖籃，則被亂七八糟地釘在七樓天井的混凝土圓頂天花板上。

莫瑟博物館可以是個嚴寒的地方。我最近一次是在十二月的下午造訪，將近參觀完畢時，我完全聚精會神於一樓的展品，因為一樓有暖氣。而在那裡，大出我意料的是，我看到我的電話機，被放在貼有「過時技術」標籤的玻璃櫃裡。

我的電話是AT&T轉盤撥號式黑色基本款，一開始是一九八二年向當時的新英格蘭貝爾電話公司承租，兩年後，在「貝爾媽媽」解體的混亂中，我把它買了下來（印象中好像沒付錢）。莫瑟那支跟我的一模一樣的機器，被擱在一堆八軌磁帶上，看來不太安穩。這種配對立刻讓我感傷起來。八軌磁帶是最多人拿來比喻廢棄物的老哏之一，散發著雷康尼夫[2]和粗條紋燈芯絨的惡臭。反觀轉盤式電話，它仍驕傲地在我的客廳服勤。如果你想跟我談現代——不久前我才用它向408區碼[3]訂了電腦周邊設備。

莫瑟的展示是明顯的挑釁。我愈試著不去想它，就愈覺得自己被指控。例如，我發現自己得花很大力氣，才能忽視我有進臥房撥打按鍵式電話的事實——現在我要查帳戶結餘、班機資訊和火車時刻都要靠它。我發現，憎恨把轉盤電話貶為次級品的語音系統（請稍候由接線生為您服務）也很費勁。簡單地說，我察覺到相互依存的情況。我的轉盤式電話已失去應付現代生活的能力，但我繼續為其掩護，甚至放在樓下展示，因為我愛它，且害怕改變。它也不是唯一一件我以這種方式保護的事物。我突然發現，我有一整套功能失調家族的過時機器。

我的電視機是一個笨重的舊東西，除非當天線用的延長線直接接觸我的皮膚，不然螢幕就只會有「雪花」。為幫助我的電視取得畫面，我已經用姆指和食指捏住尖銳的銅線不下數百小時，我常在想，還有比這陰森的相互依存嗎？至於卡式錄放影機，碰巧，與我偕行參觀莫瑟博物館的那個朋友，前一晚踏出從洛杉磯飛來的班機時，手上的塑膠購物袋裡就裝著一部卡式錄放影機。他把它送給我，以免我一直叨念自己沒有。

我仍在叨念我沒有ＣＤ播放器，也假裝沒有ＣＤ。但一年多來，我一直發現自己在朋友家裡，在借來的公寓裡，甚至在藝術家聚集的圖書館，偷偷把只發行ＣＤ的出版品轉拷成卡帶。然後我會拿去卡式錄放音機播放，忘記它們從何而來——直到我需要再轉拷另一

1 Henry Mercer（1856-1930），美國建築師。

2 Ray Conniff（1916-2002），美國音樂人，五〇及六〇年代，曾以流行音樂配合人聲吟唱的輕音樂樂團方式造成轟動。

3 指加州聖荷西、聖塔卡拉拉等地。

張CD為止；這是相互依存所促成、可悲的反覆動作之一。

在那個寒冷的十二月下午，莫瑟博物館的展覽就像現代世界賞我的一巴掌：**你該長大了**。該讓轉盤電話退休了，是該記起改變有益健康的時候了，接受必然發生的事是健康的。如果你不當一回事，三十五歲就很老、很老了。

但事隔數個月寫這篇文章時，我的轉盤式電話還在服役。我把器具的過時看作一種性格缺陷，我，就像癮者的配偶，會盡力彌補。事實是，那種缺陷，那種疾病，是我與生俱來。過時，是我自己過時。它直接衍生自我以何維生和不以何維生。我之所以留著轉盤式電話有兩個原因，而這兩個原因的根本，都是我過著小說作家的生活。

原因一，較明顯的一個，是雖然電話很便宜，卻不是免費。一位年輕藝術家通常只能賺到四位數的收入，不得不節儉度日。如果嚴肅小說的讀者呈倍數成長，讓我可以騰出一百二十九元買CD播放器，我會很高興。但有誰真的認為，人們會突然開始閱讀較文學的小說呢？在他們愛讀小說，以及太陽打西邊出來之前，我就是兩個過時得無可救藥的價值系統的實際繼承人：我父母的世代，即經濟大蕭條年代的儉約，以及我兩個哥哥的世代，即六〇年代的激進主義。六〇年代的民眾天真得納悶：「我為什麼要工作一整個星期，然後把更多消費金額投入一個腐敗和無人性的系統？」這不是一個現在你仍時常聽到的問題，大概只有工作時間長而漫不經心的藝術家和作家會問。而且，就連我們也覺得儉約造成的過時，不特別受歡迎。

在《布麗姬的筆記》這本書中，里爾克[4]比較了詩人的發展和威尼斯的歷史。他形容威尼斯是個無中生有的城市，在「森林沉沒後的空地發憤圖強」，是「堅強的身體，為生活脫衣」，是「資源豐富的國家，卻拿它貧窮的鹽和玻璃交換諸國的財富」。里爾克自己是遊手好閒的典範，無所不用其極逃避受雇賺錢的楷模，但他在協助塑造我的文學理念，以及我對年輕作家應如何實現文學的想法上，厥功甚偉。小說，我相信就是將經驗的浮渣轉變為語言的黃金。小說意味著撿起被世界遺棄路邊的垃圾，將它化為美好的事物。

雖然我深受里爾克影響，但我的模式也帶有美國風味。在一個致力開發天然大陸資源的國度，經濟發展的引擎造成威力驚人的反流，徹底粉碎、又以龐大的產業規模重組夢想，剝去又攪動各式各樣人類與物質的岩屑。強壯的主流隊長（虛構的賽拉斯·拉帕姆[5]、喬治·巴比特[6]、湯姆·布坎南[7]、雷克托·布朗[8]）被資本雄厚的企業可靠地形容為「謎樣」，因此你不得不斷定這些男人就是膚淺。美國小說真正令人難忘的人物，從巴托比[9]、

---

4 Rainer Maria Rilke（1875-1926），德語詩人，著有《布麗姬的筆記》（*The Notebooks of Malte Laurids Brigge*）。

5 Silas Lapham，威廉·迪恩·豪威爾斯小說《塞拉斯·拉帕姆的發跡》的主角，他沒受過正統教育，仍試圖打入波士頓社會。

6 George Babbitt，辛克萊·路易斯（Sinclair Lewis, 1885-1951）小說《巴比特》（*Babbitt*）的主角，是典型的資產階級市儈。

7 Tom Buchanan，《大亨小傳》的人物之一，財大氣粗又風流成性。

8 Recktall Brown，威廉·加迪斯小說《承認》裡的人物，是信奉資本主義的收藏家和藝術交易商，把主角葛溫（Wyatt Gwyon）的偽畫當成真跡販售。

9 Bartleby，梅爾維爾《錄事巴托比》的主人翁。

弗雷姆．斯諾普斯[10]到奧迪芭．馬斯[11]和隱形人[12]，似乎都住在泥濘的荒郊野外，有一堆橘黃色破條板箱、青蠅嗡嗡作響的地方。我像個新幾內亞人（據說他們分辨不出照片與被拍攝的實體），將人生第三個十年花在徹底搜查雜物堆、垃圾車和焚化室，試著讓我的人生成為我藝術更完美的象徵。帶著搜括來的戰利品（雪鏟、壞掉的耙頭、落地燈、還養得活的聖誕紅、鋁製廚具）得意洋洋地回家，一如打出最後的定稿，都是小說寫作的一部分。一部舊電話既是家中的裝備，也是敘事裡的角色。

節儉，無論字面上或比喻，都是轉盤式電話還在的一個原因。另一個原因是按鍵式電話令我反感。我不喜歡它了無生氣的鈴聲、它形象鮮明的特徵、它老氣的設計，還有稱霸後志得意滿的樣子。

很長一段時間，類似這樣的抗拒似乎頗有用處，至少沒有害處。但有天我一覺醒來，卻發現我已經被**每一個人**狠狠拋在後頭。有天，儉約的美德和簡樸的理想終究石化成毫無效果、純粹浪費時間的執著。有天，市場的祭品不再是轉盤式電話或黑膠唱片那種不重要的東西，而是對我來說攸關生死的物事，例如文學小說。有天在莫瑟博物館，被極其草率堆在八軌磁帶上的不再是我的電話，而是我也有的辛格[13]、加迪斯和歐康納的書（標著「過時技術」，或者「市場評判」），一如被扔進歷史的垃圾堆。有天我去參觀莫瑟，然後隔天憂鬱地醒來。

> 六年來，抗憂鬱藥百憂解已提振數百萬美國人和數萬名禮來製藥公司股東的精神。
>
> ——一九九四年元月九日《紐約時報》一篇報導的第一句

順應現實是健康的。既然知道好比普魯斯特[14]和福克納寫的小說氣數已盡，那麼，要自己對打了勝仗的科技感興趣，為自己在新資訊秩序中創造利基，拋棄、然後忘記文學現代主義的價值和方法（畢竟較年長的讀者已經煩亂、沮喪到無法欣賞你的作品，而年輕讀者既是由電視撫養長大、接受身分政治的新正統和讀者至上文本次之的教育，對你的作品更是視而不見、聽而不聞），也是健康的。不再費盡心力做那種或許能取悅少數備受壓

---

10 Flem Snopes，福克納名著《村子》（*The Hamlet*）、《小鎮》（*The Town*）和《大宅》（*The Mansion*）（合稱「斯諾普斯三部曲」）的主人翁，斯諾普斯家族無惡不作，弗雷姆最後卻當上銀行總裁。

11 Oedipa Maas，湯瑪斯．品瓊小說《第四十九號拍賣物》的女主角，揭露兩個歷史悠久郵政公司之間可能的鬥爭故事。

12 Invisible Man，拉爾夫．艾理森（Ralph Ellison）同名小說主角，這位無名無姓的黑人青年，從美國南方到紐約希望打出一片天地，卻以失敗收場。

13 Isaac Bashevis Singer（1902-1991），波蘭出生的猶太裔美國作家，是意第緒文學運動（Yiddish literary movement）的領導人物，亦為一九七八年諾貝爾文學獎得主，作品多以猶太社會為背景，嘲諷現實社會的殘酷無情，並揭露人性的自私與無知，著作包括《莫斯凱家族》（*The Family Moskat*）等。

14 Marcel Proust（1871-1922），法國意識流作家，著有《女囚》（*La Prisonnière*）、《追憶似水年華》（*À la recherche du temps perdu*）等。

力的同儕，卻將不安或怨恨灌輸給準讀者的吃力工作，進而引發自己的潰瘍或偏頭痛，是健康的。當你骨頭快要散了的時候認輸求饒，也是健康的。顯然幾乎同樣有益健康的事還有：為了過生活，把死亡拋諸腦後，勉強接受（進而參與）你身為作家遭邊緣化的事實；接受讀者無可避免地萎縮、與出版集團的關係一天天變差，退回大學特別為作家在較寬鬆的英文系領地內提供的「隔離病房」（要不然，愈來愈多日益凶殘的職業作家會吞食創作作家維生）。健康，是放寬你的標準，說五年前你或許認為「還算像樣但不特別」的事「很棒」。健康，是當你發現你的創作課畢業生不會分「lie」和「lay」，且沒讀過珍·奧斯汀時，你不發怒也不激動，就咬緊牙關，繼續教你非教不可、虛擲光陰的課。不要擔心這些就更健康了——在討論會上點頭、微笑，別招惹誰，讓學生自己從 Merchant & Ivory 電影公司拍的片子裡認識奧斯汀。

我用「健康」形容上述種種對於過時這種「死刑」的回應，不是完全出於嘲諷。我是真的在談論健康。有意識的痛苦、明白的痛苦，緊跟著我們獲得的資訊而來——我們的星球每況愈下、我們的政治體系有問題、我們的社會不文明、我們的國庫已經破產，還有，我國有五分之一、世界有五分之四的民眾不像我們這麼富裕的不公。以往，由於宗教挽不住教育階層，作家和其他藝術家得多費心力減輕眾人的負擔，自願扛起一些痛苦的認知，來交換一次成名或不朽（或者他們只是別無選擇，天性如此）。這份契約從不百分之百牢靠，但通常有若干可行性。眼光敏銳的男性和女性挺身管理我們心中的不滿。他們攫取世界的恐懼、醜惡和常見的不潔，再當成禮物回贈大眾；也許是憤怒，也許是傷感的作品，但一定是美的傑作。

無論如何，我們現在的社會是個科技社會，無論它如何裨益上半階層的健康財富，我們都很難證明：技術，或他的連體孿生兄弟（即自由市場資本主義），對解決「人都會死」和世界不公的老問題都沒有太多貢獻。而且，他們已經創造、加重或至少明顯無法解決那一大堆讓好思考的人們苦不堪言的焦慮。事情很清楚，創造出許多沃爾瑪和便宜洗碗機的科技消費經濟，贏得的認同分數將遠高於昔日蘇聯那種沒有許多沃爾瑪和便宜洗碗機的體制。但為什麼**文化**非得劣幣驅逐良幣呢？為什麼以前愛看書的人，現在改租錄影帶？為什麼從來不看書也從來不買古典音樂唱片的家庭，會突然對光碟版趨之若鶩？

這些問題的答案都很眼熟。電視和其他現代科技討人歡心、不花力氣；它促成被動、鼓勵被動；既然是法人企業，它就不需負擔個人才能得承受的惱人顧忌與複雜。但更深一層的答案是：一份新的契約建立了。我們已經同意讓科技**照顧我們**。科技承接了醫學的角色——一旦無法治療，便轉而設法減輕痛苦。於是在我們的社會，認知的痛苦只增不減（因為社會愈來愈野蠻、愈來愈失控，未來愈來愈難想像，以及更重要的，每一個令人擔心的意識與其他類似的意識愈來愈疏離）；社會已對諸如《聖經》、《卡拉馬佐夫兄弟》、貝多芬、馬諦斯等為人性而非科學技術設計的架構，施加難以負荷之重。另外，既然公眾與藝術之間的關係從未真正和諧，我們也可以理解，為什麼一大部分人口不再等待天才作家和藝術家提出更適合的作品，反倒在科技透過電視、流行文化和無數小機件等形式提供的強大麻醉劑中尋求慰藉，就算那些麻醉劑會害人上癮，且長期而言只會讓社會問題更糟。

這些麻醉劑愈受歡迎，社會就愈接受民眾使用它們。雖然這事尚未真正發生，雖然坊間還是有些書有人看，也得到不少客套奉承，但此刻我們這些寫作者已輕易預見那一天的到來：老一代讀者累了，卻沒有新一代頂上來，我們的讀者將只剩下我們自己。這就是認知痛苦的來源。痛苦是真的，承受這個知識的重擔也是真的。姑且看看社會與藝術的契約廢除時所發生的事。我們先把大多數、繼之是全部的讀者輸給了電視和它同樣討喜的表兄弟。我們不怪讀者變節，我們知道不得不保持清醒很痛，我們了解麻醉自己、向最新時尚感之類的東西取暖的必要。但失去讀者讓我們更感孤寂，孤寂讓知識的負擔更沉重。之後，對健康的需求開始向我們索取權利，需索愈來愈多。他們否認文學受到威脅。他們與新科技講和。他們認為那有趣極了。他們輕易接受這個概念：如果有無限多的選擇對市場是好事，對閱讀經驗也一定好。他們覺得，說服自己像市場堅決要求的那樣，努力取悅讀者，讓他們如釋重負，卸下千萬重擔！他們開始接受企業文化提供的「人物」（各種甘迺迪、阿諾史瓦辛格），敘述他們的故事。他們自稱為後現代主義者，想像著是自己在利用現存體制，而非被體制利用。他們據理而論，說這些「人物」比你創造的一切都要有趣，何況，在一個「沙發馬鈴薯」的國度，要想像有趣的生活愈來愈難。

而我們當中仍有一小撮核心份子，打從心裡無法哄騙自己，去認同科技的「文化」絕非惡性毒品。我們覺得自己非常珍貴。而顯露出那種惡性的作品，以及試圖取回若干洞察力、重新呈現社會人心的作品（這些作品都被留給我們），伴隨著了解這樣的作品有多重要的痛苦。到某個時刻，這個擔子會重得令人不勝負荷。每當你看到一個朋友不再讀書，讀到另一個興高采烈的年輕作家以書的形式做電視，它便成為折磨。你變憂鬱了。然後你看到科技可以為憂鬱的人做什麼，可以讓他們不再憂鬱，**可以帶給他們健康**。而就在這一刻，我發現自己──環顧四周，看到（或看似）每一個人找到健康。他們喜歡他們的電視、小孩，不會過度憂慮。他們服下百憂解就不憂鬱了。他們對彼此彬彬有禮，發出不憂鬱的笑。他們用十足謎樣的眼神看著我，讓我開始懷疑自己。在我看來，我似乎對健康深惡痛絕。距離要求開處方箋，我只有一個電話號碼的距離……）

好了，我為集成這篇文章而撿回的斷簡殘編到此為止。這篇未完成的文章，是兩年前我獨自一人且沒辦法寫小說時寫的，那時我幾乎連報紙都沒辦法讀，那些報導讓我非常低落。兩年來世界沒改變太多，但我覺得自己好像發生巨變。天曉得我能否歸納自己的經驗。我只知道，寫出上述片段後，我放棄了。很乾脆地放棄了。無論要我付出多少代價，我都不想再不快樂下去了。所以我不再試圖當正牌全職作家。早上爬得起床，是我僅有的願望。

然後，我好像開始記得事情了。我記得小時候在星期六我會花很長時間，用力從一堆又一堆父親在地下室拆掉的鑲板裡拔出生鏽的釘子。我記得我拿鐵鎚在父親撿回來做鐵砧的一塊鐵上，把釘子敲直，然後看著父親再利用那些釘子給他自己蓋一間小工廠，並重新安裝地下室的鑲板。我記得我青少年時很崇拜哥哥湯姆，七〇年代他曾在芝加哥擔任前衛電影製片，還從已不存在的麥克斯威爾街市撿回工具和材料，在皮爾森整修了一間公寓。湯姆有兩部老舊的福斯 Karmann Ghia 車，很爛的黃色那部是我們另一個兄弟鮑伯在醫學院畢業、買了愛快羅密歐之後過給他的，更爛的藍色那部則花了湯姆一百五十美元。他常挖東補西，拆取其中一部的零件給另一部使用，這非常花時間。我搭他車的那天，黃車引擎故障、壽終正寢；同一天，藍車車蓋在丹萊恩高速公路猛然掀起，遮住擋風玻璃，害我們差點撞車。我聽起來很懷舊嗎？並沒有。我不嚮往回到那些日子，因為我清楚記得我曾希望去世界不知名的地方，結果卻站在湯姆身邊，站在消音器和排氣管散落的路肩，看湯姆在芝加哥的寒冬中，用凍僵的手指把 Ghia 的車蓋裝回去。我知道那時我很快樂，所以我可以回想那些日子，但不懷念。那些事發生時我在現場，那就夠了。

我從大學時代開始認真寫作，當時我用的是笨重的黑色 Remington 打字機，它在書桌上聳立近一呎高，跟小型冷氣機一般重，我得用盡手腕的力氣才能操作。後來，我用兩部可攜式的 Silver-Reed（一九八〇年賣五十美元，到了一九八五年仍只賣六十九美元）寫了我第一本小說和第二本的一半。它們故障，我就修理。在多本雜誌附拒絕信退回五篇短篇故事的那個星期，我順利拿牙線代替尼龍繩，維持滑動架的支撐力，堪稱一大順利。

後來，為了打出乾淨的草稿，我和妻子共用一部四十磅重的電子 Smith-Corona。我們的老雪佛蘭是好天氣非常死忠的朋友，但 Smith-Corona 每次故障，外面似乎都在下雪。在八〇年代初的波士頓，雪會積成堆，全身包得跟農夫一樣的我和妻得費盡九牛二虎之力，半拉半扛地把 Smith-Corona 送到哈佛書店。書店最裡面住著一位巴倫坡先生。我從沒跟他打過照面，但常講電話。他聲音很粗，你聽得出來他正忙著用機油。巴倫坡不喜歡人家花大錢修理，我喜歡他這點。曾經，在一個天空過早變靛青色的波士頓黃昏，他打電話告訴我Smith-Corona馬達的機軸壞了，馬達得花五十美元更換。顯然他很不想告訴我那件事。過了一兩個小時，夜幕已然低垂後，他又打電話給我。「我修好了！」他大叫：「我**黏**好了，我把機軸**用環氧樹脂黏**回馬達上了！」記憶中，那次服務他收了我十八美金。

一九八九年我買了我的第一台電腦，Amdek製造的一個嘈雜的金屬箱，有白紙色的VGA螢幕。遵循有益身心的相互依存模式，我開始欣賞Amdek風扇嗡嗡叫的噪音。我告訴自己，我喜歡它掩蓋了街上和其他公寓來的噪音。但在我重度使用兩年後，Amdek又進化出新的摩擦般的尖叫，聲音似乎會隨著空氣相對濕度的興衰而起落（這點我從未確認過）。我的第一個解決之道是在悶熱的天氣裡戴耳塞。耳塞戴了六個月後，由於尖叫聲愈來愈持久，我便拆掉電腦的金屬框，湊近耳朵，亂動亂戳，尖叫聲就莫名停止了。所以一連幾天，我都用一台沒蓋子的、主機板和五彩繽紛的金屬線外露的機器寫作。當尖叫聲又回來，我發現只要對控制硬碟的印刷電路板施加壓力，就可以讓聲音停止。有個地方可以讓我插入一枝鉛筆，而如果我用橡皮筋把鉛筆綁起來、做成力矩，就可以保持住矯正用的力道。電腦的外殼，當我把它擺回去時已經無法密合；我無意中剝掉了一根螺絲的螺紋，只好任憑外殼的一角頻頻拍動。

當然，在某種程度上，每一個不夠富裕的人都要學習應付孱弱的設備，而有些人就是比他人徒勞。但我珍惜那些用半毀機器寫文章的回憶，不單是因為它們能證實我的本性。對我來說，那部破舊但仍堪用的Amdek的形象，也是美國長久**破爛**的形象。過時，是我國癡戀科技的主產品。我現在相信：過時不是幽暗，而是一種美；不是毀滅，而是救贖。科技發展的腳步愈輕率，產生的廢棄岩屑就愈多。而岩屑不只是有形物質，它是憤怒的宗教、復甦的反文化意識型態、新出現的無業者，以及永遠無法就業者。這些都向小說作家保證：他們永遠不會孤單。無可避免的過時就是我們的遺愛。

靠想像力創作基本上是業餘的，是搜遍垃圾堆的寂寞人，而非技藝高超、裝配娛樂的團隊。我們美國人很幸運，活在一個滿是垃圾的美妙世界。我住在慕尼黑的時候，曾從一個人行道的工地偷了兩顆鵝卵石。我打算用報紙把它包起來，做成書擋。那是個星期六下午，街道空空蕩蕩，但我的竊行感覺像犯了重罪，讓我一手握著一顆石頭連跑好幾個街區，確定平安才停下，至今仍覺得那個國家正用嚴厲的眼神盯著我。但在我現在居住的紐約，垃圾車簡直在**邀請**我偷取他們有用的磚塊和木材。街友跟我同樣熱愛午夜街燈下的路邊垃圾堆。凌晨時分，他們會在雷辛頓街和八十六街轉角的骯髒被子上攤開他們發現的東西，拿來路不明的時鐘收音機交換有缺口的玻璃球形門把。「使用」與「廢棄」就像含水土層，消費性商品從中滲出，擺脫大量生產的汙點，以歷史物資的姿態出現。

把美國作家對科技消費主義的抗拒（不幸地，這種抗拒多半表現為經濟困頓的形式），想像成某種政治反抗的替代品，是挺誘人的念頭。不久前，我之前大學創作班的一位學生來看我，我帶他去家附近走走。傑夫是個造詣深厚、雄心勃勃的年輕人，熱愛品瓊對科技和資本主義的批評，在追求英文博士學位和嘗試寫小說之間搖擺不定。我在散步時大聲責罵他。我說，小說是避難所，不是仲介商。然後我們經過一個可口的垃圾堆，我從中抽出一張濺了油漆和灰泥、座位壞掉的木椅，又找到一塊兩吋乘四吋的木材，把較大片的灰泥敲掉。這是卑賤的工作。傑夫說：「如果我寫小說，我的人生就會像這樣嗎？」

長年憂鬱下來，我已經不在乎我的話聽來對自己有多寬容。我說我在意的是「解救」，我可能買得起新椅子，但屬意過撿破爛與再生的日子，是我個人的選擇。

拿海綿幫它擦澡，從棄置路邊的五斗櫃抽屜取出一片堅固的櫸木膠合板，拿八根撿來的螺絲釘將膠合板固定在座位底下，用黑色奇異筆遮蓋潑到的白漆——那張椅子就是那樣救起來的。

一九九六年

控制單位

或許，美國監獄裡每一個囚犯的背後，都有一段不負責任的故事。但這一百五十萬個故事的總體，不只是一百五十萬個故事。他們的總體叫「政治」。

從科羅拉多67號公路望去，聯邦矯治中心[1]的門房看來像高級公園的涼亭。它有翡翠般的色調，周邊由鑲著粉紅色碎石鋪成。我開著車靠近，看得出煙灰色玻璃後面有兩個繫領帶的黑人男士。其中一人出來查驗我的身分證，問我有沒有攜帶武器。我告訴他我跟路易斯·韋恩先生約一點碰面。

那名警衛問：「誰？」

我再說一遍。他一臉困惑地回到涼亭，換另一個男人出來。他有後退中的髮線，隱約流露著藍斯頓·休斯[2]的氣質，穿著一套漂亮的灰色細條紋西裝。「我是路易斯·韋恩。」他面無笑容地說，伸手穿過開啟的窗戶跟我交握。

「噢，你就是韋恩先生啊！」我綻放大得足以涵蓋我們倆的笑容。我相信他以為我很驚訝他不是白人。他叫我跟他的車上山，覺得警衛服務不周，我繼續火上加油：「那個警衛好像不認識你。」

韋恩先生看了我一眼，表露令人不安的失望，然後，不發一語繼續走向他的車。

這裡是科羅拉多州佛羅倫斯，美國的法治與律師業迅速發展之地。聯邦矯治中心是反毒戰爭炫目的新產物；無論抑制全美不法欲望的成效好壞，它不到十年便讓聯邦監獄人口倍增。佛羅倫斯人極度熱衷於參與這項事業，紛紛購置中心土地，捐贈給監獄管理局。我已經來過這裡，從圍牆內外觀察這事業如何運作。

佛羅倫斯聯邦矯治中心的正中央是ＡＤＸ監獄[3]，一座造價六千萬美元的最先進「倉庫」，大眾媒體最愛說它是「惡中之惡」的聯邦監獄。它的別名包括ＡＤＸ佛羅倫斯監獄、落磯山惡魔島和ADMAX佛羅倫斯監獄。或許約翰．高蒂最後會被送來這裡，但曼紐爾．諾列加[4]不會（他是巴拿馬國民，而ADX佛羅倫斯監獄協議違反日內瓦公約）。ADX佛羅倫斯監獄目前監禁了兩百五十位受刑人（只達容量一半），而這些犯人一天會被鎖在囚房裡二十三小時，幾乎全面斷絕人際聯繫。除非死刑成為慣例，美式矯治的邏輯和技術不可能比ADX佛羅倫斯監獄的控制更進步。

據監獄管理局的文獻，ADX佛羅倫斯監獄的任務是「深刻影響受刑人行為，幫助其行為表現不再具危險性，並讓參與所需課程的受刑人晉身到監管局其他較開放的處所。」多數ADX佛羅倫斯監獄受刑人都是因為素行不良才從較不安全的監獄轉來。百分之十八曾殺害同獄犯人，百分之十六持械攻擊過同獄犯人，百分之十五曾越獄或試圖越獄，百分之十持械攻擊過監獄管理人員。還有一票受刑人因政治觀念具破壞性，被聯邦政府視為恐怖份子。我已經提出申請，要採訪其中兩名政治犯：姆圖魯．沙庫爾[5]和雷．魯克．雷瓦

---

1 The Federal Correctional Complex，簡稱FCC，隸屬於美國司法部聯邦獄政局。

2 Langston Hughes（1902-1967），二〇年代非裔美人藝術運動，即哈林文藝復興運動中，最重要的作家及思想家之一。

3 Administrative Maximum Facility，簡稱ADX或ADMAX，在聯邦監獄分級中為「超高度安全級別」（Supermax），被認為是世界上最安全的監獄。

4 John Gotti，黑手黨大老；Manuel Noriega，前巴拿馬軍事獨裁者。

5 Mutulu Shakur（1950-），美國黑人民族主義者，也是針灸師。

索爾[6]。

聯邦矯治中心有四大建築。從門房開始，道路蜿蜒向上，陸續經過沒有圍牆、安全等級最低的拘留營（「聯邦俱樂部」）；外表吸引人、安全性中等的聯邦矯治中心；戒備森嚴、安全等級最高的監獄；以及ＡＤＸ佛羅倫斯監獄所在的三角形磚造碉堡。隨著聯邦矯治業務的發展，乾燥的高地草原已變成房舍點點、風景如畫的園區。當年我住科羅拉多泉市，前往基督聖血山登山步道時，途中常經過這個園區的工地。建築風格運用許多條紋和稜角，以及大面積的藍綠色和鮭肉色。在裝上有刺鐵絲網之前，我一直以為是哪個房地產大亨在這裡蓋一座孤立得奇怪，還配備節能窗戶的辦公園區。

在登記櫃台，一位名叫唐娜的金髮接待員要我簽名，然後叫我退至一面紅磚牆邊，拿拍立得對我連按三次快門。她一面拍照，一面若無其事地跟ＡＤＸ佛羅倫斯監獄內部某個人通話，要他們「帶沙庫爾來這裡」。ＡＤＸ佛羅倫斯監獄無線電的音量和訊號強度皆已標準化，讓聲音從一開始就發出交談的音量，沒有爆裂聲也不會失真；對講機那一端的人好像就在現場。那人回唐娜說，已經去帶沙庫爾了。她把隱形墨水蓋印在我的前臂，拿黑色的光一照，浮現發著螢光的TAMP。

「應該要出現ＳＴＡＭＰ的，」唐娜說，於是又蓋了一次。我們用黑光檢驗，第二個字仍是ＴＡＭＰ。她又蓋了第三次，弄得一團糟。韋恩先生不耐煩地抱怨兩句，介入調解，而我十分感激，身邊已經有人惹他不高興。

雖然ＡＤＸ佛羅倫斯監獄是第一個專門設計來全天候隔離囚犯的聯邦監獄，但其單獨監禁的制度幾乎跟共和政體一般古老。一八二三年賓夕法尼亞聯邦在費城成立東州監獄，後來，俗稱的「賓夕法尼亞系統」被世界各地監獄建造者大舉模仿。設計東州監獄的貴格會教徒相信，讓囚犯共處一室的牢房是邪惡的溫床，所以在東州，每名囚犯都有自己的囚房和私人活動庭院，永不離開。如果該名囚犯必須移送，他會被套上黑色頭罩，禁止看到自由流動的邪惡。被判終身單獨監禁的囚犯常上吊或自毆至死的情況，則被歸因於手淫引發的精神失常。

往後數十年，隨著美國監獄空間日益珍貴和典獄學思想演化，常見的單獨監禁已經失寵。至二十世紀中葉，法院裁決針對隔離懲罰施加嚴格限制。但七〇年代開始，永遠反鎖的概念又因「管理」目的，以「隔離監禁」之姿東山再起。隔離成了管制囚犯而非懲罰囚犯的手段，符合「管理」原則，所以沒問題。

Supermax，即「超高度安全級別監獄」，象徵社會及其犯罪產品之間的戰線日益激烈，目前已有二十五州設置。其中最惡名昭彰的在加州，在那裡，許多民眾復仇心切又不學無術，加上市內幫派暴力日趨嚴重，促使有關單位在奧勒岡州界以南的佩利肯灣打造大規模高科技「控制單位」。一九九五年元月，即佩利肯灣開張五年後，它「招牌懲罰」的好些方面被聯邦地方法官席爾敦·韓德森視為殘忍和不尋常之舉。他說，事實上，加州人想要「把他們鎖起來然後丟掉鑰匙」的願望，已造成夢魘。佩利肯灣的囚犯一概禁止接受

---

6 Ray Luc Levasseur（1946-），緬因州人，美國本土恐怖組織聯合自由陣線成員。

醫學或心理健康治療、會無端遭警衛暴力相向，而表現出心理創傷的徵象（失眠、精神無法集中、有自殺念頭、對社會的憤怒日趨嚴重，幾乎確定是長期隔離引發）。但，由於韓德森法官並未做到勒令佩利肯灣關閉那麼徹底，因此州監獄官員認為他的判決代表他們勝利。

我進ＡＤＸ佛羅倫斯監獄注意到的第一件事是地板。地上大部分鋪了亞麻油地氈，有西洋棋棋盤的圖案、泥磚紅和罌粟籽灰等傳統顏色，也都上了蠟、擦拭得閃閃發亮，似乎是要人家注意它們、評論一番。與ＡＤＸ佛羅倫斯監獄的潔淨同樣的有：堅固的鋼製設備、警衛們簡單俐落的白襯衫、石榴紅領帶與出色的打扮、讓人分不清方向的非直線格局，以及不引人注目但有效的程序——這些全都公開展示。事實上，我們可以看出這地方營造高雅的表象，是為了刻意擦去汙點——承襲自佩利肯灣和ＡＤＸ佛羅倫斯監獄位於伊利諾州馬里昂的前身（是一座超級安全等級監獄，它的名譽常遭國際特赦組織破壞）的「控制單位」概念。

儘管我欣賞ＡＤＸ佛羅倫斯監獄的光鮮，有些事仍是離開後才注意到。比如說，我一直等到回到我烤箱般的車上，拿起留在裡面的瓶裝水喝而差一點燙傷嘴巴時，才發現ＡＤＸ佛羅倫斯監獄的溫度非常適中。ＡＤＸ佛羅倫斯監獄的氣味也是，除了在一條走廊，我聞到一陣還算清新、介於有機與無機之間的微弱氣味（或許是新的填泥料）之外，裡頭完全「索然無味」。ＡＤＸ佛羅倫斯監獄的光線也很理想：絕不刺眼，讀東西很舒服。還有聲音：沒有金屬撞擊的叮噹作響，沒有遠處的吼叫，沒有咆哮的對講機。自動門只會低聲開啟，「喀噠」關上後就毫無回音。韋恩先生的聲音也很輕——

韋恩先生：（對經過的一名副官）都還好吧？

副官：（一臉擔心，低下身子）**您說什麼**？

韋恩先生：（疲倦而消沉地）我說，都還好吧？

副官：（顯然如釋重負）噢，很好，很好。

但我不必費什麼勁就能聽到他說話。我很想說ＡＤＸ佛羅倫斯監獄的氛圍是在剝奪感官，但它留給訪客的印象卻是平靜，而非剝奪。事實上，過程中我不只一次心想，這是**非常適合閱讀和寫作的地方**。但我又對龐大的控制系統充滿懷疑，相信這正是韋恩先生希望給我的感覺。

我們每到一個檢查站，他都會把唐娜幫我拍的一張拍立得照片放進一個金屬抽屜，送給厚玻璃後的警衛，然後警衛會滑回紅蘿蔔大小的輕便型紅外線檢測器，來檢查我的戳記。顯然我前臂發光的東西是足夠的。

囚犯則是這樣進入ＡＤＸ佛羅倫斯監獄的「熟人」會客室：韋恩先生和我站在將房間一分為二的、模鑄混凝土桌的自由世界那一端，身後的門已經從外反鎖，透過對門上的小窗戶，我聽到喀擦喀擦和叮叮噹噹的聲音，並看到幾個腦袋和肩膀。門開了，姆圖魯．沙庫爾先生踏入，手被銬在背後，他身後的門關上了。他臉上是夾雜著冷漠、憤怒和尊嚴的複雜表情，背靠著門，蹲伏，讓外頭的警衛打開一個鞋盒大小的狹縫，把手伸進來替他解開手銬。手銬消失了，狹縫也關起來鎖上了。

韋恩先生倚靠著我身後的牆。訪談期間我沒有回頭看他，一次也沒有，但我的心靈感應是，他看了很多次錶。

沙庫爾戴著一頂針織海軍冬帽和一副普通的黑色膠框眼鏡，雷鬼辮裡有些灰白。他問我從哪裡打聽到他的名字和囚犯編號。我回答：從博爾德一個與政治犯關係密切的監獄觀察團體。沙庫爾活躍於新非洲共和國運動，因涉及一九八四年一起讓兩個條子喪命的武裝搶劫等事件而被判罪；檢方依據反勒索及受賄組織法[7]認為他應該承擔責任，因為搶劫犯在他的針灸診所集會。

沙庫爾說他最終會進安全等級最高的監獄，先是馬里昂，現為ADX佛羅倫斯監獄，是因為他原先服刑的賓州路易斯柏格典獄長覺得他對年輕黑人的影響力太大，與外界的聯繫太多。在我們短暫的訪談中，沙庫爾給我的訊息是：曾遇過法律困擾的黑人可為他們的社群提供諮詢，但體系卻把他們鎖起來，讓全美黑人社群一直群龍無首。「監獄散置於美國各地的孤立地區，」他說：「像我這樣有社群背景的人，無法與世界聯繫的感覺很差。想像一個孩子連吸了二十五年半盎司純古柯鹼，現在卻與世隔絕。心理傷害可能非常巨大。」

起身離開時，沙庫爾請我把報導寄給他兒子看。「吐派克·沙庫爾[8]，」他說：「你知道他是誰。」

我答應寄一份給吐派克。

當韋恩與我再次獨處時，他訓了我一頓。他說ＡＤＸ佛羅倫斯監獄對媒體「完全開放」，他不會監控我的行程（他咯咯笑著引述倫敦《泰晤士報》那篇ＡＤＸ佛羅倫斯監獄報導的標題：「美國狂人沉寂於『葬身之地』」）。但他希望我事先告訴他，我聯繫過博爾德人權人士的事。「只要提到就好，」他說：「那有助於我了解你在做什麼。」

我解釋說，我去電博爾德只是請他們提供願意說話的囚犯姓名。但這一刻他對我的失望似乎已堅固成判斷。

韋恩先生接下來宣布，我們的導覽行程必須在三點半結束。現在是兩點十五分，行程根本還沒開始，而我還有第二個訪問要做。他說，我沒有早上就來真可惜。那樣我們就有一整天的時間。

「我本來可以在你希望的時間來的，」我說：「你要我選時間，我沒多想就說一點。」

他難過地搖搖頭，堅持認為我沒辦法在一點以前到。他是晨型人。但願他知道……

雷．魯克．雷瓦索爾是緬因州出身的法裔加拿大勞動階級。他體格魁梧，刺青漂亮，在在流露出吸一口氣可抽半根菸的那種自制的神經質。他蓄了小鬍子，眉毛既寬又黑，乍

7 Racketeer Influenced and Corrupt Organizations Act，簡稱ＲＩＣＯ。

8 Tupac Shakur（1971-1996），美國饒舌藝人、演員和詩人，曾是《金氏世界紀錄》中銷售量最高的饒舌歌手，歌曲圍繞暴力、黑人貧民區、種族主義、社會問題等議題，倡導政治、經濟、社會及種族平等，並且充滿激進的革命意識，被譽為史上最偉大的饒舌藝人之一。一九九六年遭槍殺引發心肺衰竭身亡。

看彷彿有三道鬍子。

一九七四到一九八四年，雷瓦索爾住在地下，效力於一個專門轟炸軍事與企業敵人的全球勞動階級組織。名列聯邦十大通緝犯後，在一九八四年被捕。

「我電視看得很少，主要看新聞，偶爾看球賽，」他說：「當收音機開著時（過去幾個星期都沒有），我有時會聽聽全國公共廣播電台。」他唯一看得到其他囚犯的時間是每週一次、每次三小時的戶外休閒時間。他有妻子和三個女兒，上一次聯絡是在一九八九年。

每一個身在聯邦系統的囚犯都要參與某些更生「課程」，包括毒品或酒精治療、職業訓練、工廠作業。要轉出ADX佛羅倫斯監獄，受刑人不僅要遵守規定，還要「上課」。雷瓦索爾之所以成為「政治犯」，部分原因是他始終「不肯就範」。在馬里昂他拒絕在一家為軍方製造同軸電纜的工廠工作。「他們可以踩在我身上，想踩多久就踩多久，」他告訴我：「但我不會幫他們製造軍事或政治相關設備，句點。絕對不會。」至於在ADX佛羅倫斯監獄最近開設的家具工廠工作，「我覺得把囚犯當成契約奴僕，根本上就不對。」

我問他ADX佛羅倫斯監獄的警衛怎麼樣。

「我還沒遇過半個當地的警衛，」他說：「都是外地來的。比較好的是，不同於馬里昂，這裡沒有『好老弟』[9]的傳統。在馬里昂很可怕，每個人都在幫親戚工作，他們會對你做一些非常粗暴的壞事，反正不會被處分。這裡沒那麼糟，因為大家都是新來的。我的感覺是，時間一久，那種好老弟的狗屎就會落地生根。我覺得監獄會助長那種東西。」

站在我身後的韋恩先生，每隔五分鐘就嘆一次氣，精準無比。

我問雷瓦索爾可曾想過自己是「惡中之惡」。

「像羅伯特．麥納馬拉[10]那樣的人，」他說：「殺的人遠比我多得多。這就是問題所在。如果你把犯罪定義成嗑藥，或非法入室行竊之類的人，最後都會是非常黑、非常窮的人，對吧？但像麥納馬拉那種人也犯了滔天大罪，還有聯合碳化物公司，看看他們在印度做的事，可是屠殺了八千人。」他稍微放低音量，想了想。「當然，我轟炸聯合碳化物公司，被判有罪，」他竊笑了一會兒，然後磨一磨臉，恢復鎮定。「只是為那些人命償還的小小代價。」他指著韋恩說：「他或許會把羅伯特．麥納馬拉之類的人當偶像，他不認為他們的作為是犯罪。」

韋恩先生抓住這個機會，冷淡地對我說：「你還有什麼問題嗎？」

我聳聳肩。

雷瓦索爾聳聳肩。

我跟他說我會寫信給他。

他離開後，一名警衛把我們放出這一側的會客室。我們還剩二十五分鐘參觀ＡＤＸ佛羅倫斯監獄。這時間夠我穿越多條恆溫恆濕的走廊；參觀一間空牢房裡固若金湯的模鑄

---

9 Good-old-boy，通常指美國南部白人青年，遵循傳統家庭價值觀和社會道德，愛找樂子和開種族主義的玩笑。

10 Robert McNamara（1916-2009），美國商人及政治家，曾任國防部長及世界銀行總裁。

混凝土設備（牢房是灰色的，長寬大約十二呎乘七呎，有三合一的「水槽—馬桶—飲水」機、混凝土的床和書桌、內建式電子點菸器，和一扇窄窗，留給囚犯一小片藍天）；順道看一間法律圖書館和休閒圖書館（只有暢銷平裝書，有很多路易斯．拉摩[11]和羅伯特．海萊因[12]）；並且還算愉快地聊了一段。我問韋恩先生ADX佛羅倫斯監獄是如何吸引CBS、ABC、NBC、CNN、NPR、BBC、法國電視、約克夏電視、《明鏡》周刊、《紐約時報》、倫敦《泰晤士報》和《細節》雜誌的注意。他回答，吸引力部分來自那些高科技的玩意，但主要是「惡魔島的神祕」，任何囚禁惡中之惡的監獄，都難免縈繞著浪漫遐想。

一心仍想說服他的我大膽提出，把監獄浪漫化是很噁心的事。他點點頭。「一天在一處工作就好，」他說：「它們不是快樂的地方。」

我被他嚴肅的語氣打動了，但僅止片刻。六、七〇年代搖撼美國，近期又捲土重來（比如大學炸彈客[13]、奧克拉荷馬州和穆米亞．阿布賈邁爾[14]的費城）的暴力政治戰，在關了一百五十萬人，幾乎全為貧民的監獄最活躍。這些民眾絕大多數不關心政治，這樣的事實緩和不了戰爭的情勢。戰爭也鮮少依據原則而戰；囚犯與獄吏就是死對頭，而且仇恨根深柢固。韋恩先生在空軍基地長大，沙庫爾和雷瓦索爾則分別在紐約皇后區牙買加和緬因州蕭條的磨坊鎮長大。他們的戰爭，被藍綠色、鮭肉色和像「惡中之惡」這種詞彙阻隔於大眾視線之外。輸家基本上都是反社會的人。贏者則西裝筆挺，語帶感傷。

但願我與這場戰爭毫無瓜葛。

對科羅拉多費利蒙縣來說，監獄意味著一個東西，也只是一個東西：美元。縣府所在地的卡農市，或許是美國第一個視監禁為成長產業的社區。一八六八年，順利支持丹佛成為固定州首府之後，卡農有兩項回饋可以選：州立監獄或州立大學。它選了監獄。

一百多年後，該市鎮及近郊緊緊鎖住科羅拉多州的懲治設施。該州的十八所監獄有九所位於卡農市沃爾瑪超市的方圓五哩內。卡農市西端一間退役的監獄分處已改建為科羅拉多地區監獄博物館，目前是卡農上流社會的聚集點。博物館外的庭院裡有很多張野餐桌、一間生鏽的八角形玻璃房和兩間小囚房——曬黑的英國觀光客喜歡在裡面演絕望的囚犯。較具名望的卡農人士以「典獄長級」捐助博物館基金會（五千至一萬美元）；沒那麼有頭有臉的市民則或許會選擇「副官級」（一百至五百美元）。為籌措更多資金，當地每年舉辦一場高爾夫錦標賽。偶爾也辦「猛攻監獄」化裝舞會，數年前，參加的捐助人會把邀請卡投入毒氣室的塑膠模型裡。

---

11 Louis Dearborn L'Amour（1908-1988），美國作家，暢銷著作包括小說、短篇小說等，超過百本。

12 Robert Heinlein（1907-1988），美國科幻小說家，作品包括《約伯大夢》（*Job: A Comedy of Justice*）等。

13 指泰德．卡辛斯基（Ted Kaczynski, 1942），數學家，在一九七八年至一九九五年間不斷郵寄炸彈給大學教授、大企業主管及航空公司，造成三人死亡及二十多人受傷。一九九六年被逮捕後被法院判處無期徒刑。

14 Mumia Abu-Jamal（1954-），黑人新聞記者及作家，美國黑豹黨員，反對警察暴力、保衛工人權利，一九八二年因謀殺警察被判死刑，目前仍是死刑待決犯。

從卡農往東數哩，鄰近阿肯色河岸的是只有一盞號誌的佛羅倫斯鎮。駝鹿、老鷹和退伍軍人一星期在這裡喊三個晚上的賓果。往聯邦矯治中心那條路的轉角，新開了一家讓所有鎮民引以為傲的哈帝漢堡。沿主街過去還有一家銀行、一家藥局、一家掛著看似永恆的「歡迎聯邦矯治中心」廣告牌的雜貨店，和多處空地及「出售」標語。佛羅倫斯鎮長莫莉．史翠克蘭是七十二歲的德州女士，戴著鑽石飾釘耳環，開白色福特小貨車。她把她的家具店變賣了，因為這樣可以在華爾街賺更多錢，而且（她譏諷道）股票比較容易攜帶。

佛羅倫斯街道兩旁都是覆蓋了混凝土層的灌溉溝渠，有三角葉楊遮蔭的草坪，綠化了刷過灰泥的碉堡式別墅和幾棟磚造維多利亞式建築。西邊郊區的氰化物街，盡頭是一座荒涼的露營車公園，名叫「最後一哩莊園」。在前方綿延起伏的阿肯色州，是蒸過的洋薊的顏色。

佛羅倫斯曾是有三萬人口的城鎮，和蓬勃發展的礦產經濟的中心。煤、石油、黃金、石灰石、石膏、漂白土和雪花石膏都在這裡開採或加工。佛羅倫斯42號，全美歷史最悠久且持續生產的商業油井，至今每日仍汲取四大桶。但到一九八〇年代，費利蒙縣的礦產財富幾近耗竭。已成廢墟的山坡和看來不自然的山溝，像是當地風景的瘡疤，而佛羅倫斯的人口也如自由落體，直直掉到三千。

「我們就像乾湖床，滿是裂縫的黏土區，」前費利蒙縣經濟發展公司執行董事史基普．戴爾說：「錢就是水，而水已經消失。對很多很多人和很多很多公司行號來說，這是險惡的關頭。」

對經濟枯竭的費利蒙縣而言，聯邦矯治中心宛如聯邦資金輸送管的終站，每一天都有五萬元以上的資金化為薪資流動。當設施營建或整修時，也會有一次性的豐沛現金。監獄推動者想像這一行會帶來興隆的生意，臻至臨界值的人口也會吸引新的雇主來此。

費利蒙縣從一九八六年開始運用新的聯邦資源，當地一位名叫湯姆・薛瑞佛的鉛筆銷售員看到利用美式殺人法大發利市的機會。恰巧薛瑞佛的哥哥任職於監獄管理局，他向薛瑞佛提到，聯邦正在尋找有營運問題、或許可改建為低安全性監獄的學院和修道院。也碰巧卡農市就有這樣的房產：聖十字修道院。面積兩百二十英畝的聖十字就位於卡農市界外，離沃爾瑪很近，設有宿舍和可容納三百人的大餐廳。它的財務狀況據說非常不穩。

另外，也有充分證據顯示費利蒙縣不介意收容囚犯。在我造訪ＡＤＸ佛羅倫斯監獄的那個星期日，我聯絡上佛羅倫斯鎮一位名叫吉米・洛伊德的鎮代表，他答應介紹我和薛瑞佛認識。本身是退休空軍中校的洛伊德這樣描述卡農市民對監獄的態度：「越獄的人不會在此停留，誰又會破門偷盜可能是監獄警衛的家？你會被抓回監獄，說不定還會落到那名警衛手裡。你也有腦袋被轟掉的危險。這一帶的槍械搞不好比半個科羅拉多州還多。」

開車穿過尚未設鎮的潘洛斯時，洛伊德和我經過一間後院有鴕鳥的房子，他說他認為鎮上的鴕鳥農場是以「老鼠會」的方式經營。在一條滿是灰塵、房屋數量無明顯邏輯可言的街上，我們順利找到湯姆・薛瑞佛樸實無華的平房。

薛瑞佛是本性善良的男人，神情開朗而和藹。他肚子不小，但有修長男性的英俊五官。他在家門口迎接我們，穿著涼鞋和聚酯纖維寬鬆長褲。「我只是個老土，」他愉快地告訴我：「我在賣鉛筆的時候遇到史提夫．史都華。」

史提夫．史都華沒多久就到。他是房地產經紀人，看起來也像。他體重超過標準，有張令人信賴的臉，穿著周末休閒服，一派輕鬆。他是從科羅拉多泉開車下來，順路帶了三個紀念鐘給他兒子的少棒隊教練。湯姆．薛瑞佛已經用銅片幫那些鐘刻了名牌。「這是湯姆的副業。」史都華說。

湯姆．薛瑞佛是在向史都華的不動產仲介公司兜售客製化鉛筆和其他商業紀念品時遇到史都華。一九八六年年底，薛瑞佛一取得房地產經紀人執照，便立刻拜訪聖十字修道院。聖十字的事業部經理證實，修道士的確打算出售。經理和薛瑞佛就開價達成一千兩百七十五萬美元的協議，而薛瑞佛有七十五天的獨家斡旋權。他開始遊說監獄管理局的不動產收購部門主管，吉姆．瓊斯。

最後打動瓊斯的是薛瑞佛製作的十二分鐘影片。我們四個人在薛瑞佛家的客廳，一面啜飲當地商家特製的低卡可樂，一面觀看影片。薛瑞佛掩不住他對影片中變焦、運鏡和配音的驕傲。「要讓旁白配合畫面，沒有看起來那麼簡單，」他說：「在我不說話的時候，我就把音響音量調高，等我得說話的時候再調回去。」

音樂聽起來像曼托瓦尼[15]。

「是讀者文摘的唱片。」薛瑞佛說。

影片旨在讓準買家一覽修道院的建築，但薛瑞佛巧妙地鎖定司法部。「我拿監獄開了個玩笑，」他說：「看你們聽不聽得懂。這是我和我心之間的笑話。」

「你和你的心之間。」史提夫．史都華以崇拜又滑稽的語氣複述道。

其實是好幾個笑話。薛瑞佛在配音中描述修道院的體育館「是消磨時間的宜人去處」（他欣喜地跟我們說：「懂嗎，**消磨時間**？」）。他繼續提到修道院的建築離五十號公路有段距離，因此「與外界有緩衝地帶」（「緩衝地帶！嘿嘿！」）他也指出修道院的單一出入口「很容易加裝限制進出的大門」。

「這整個城鎮跟德國達豪集中營頗為類似。」史都華狡猾地說。

「最後一個尤其困難，因為我得從車裡拍攝，」薛瑞爾說：「結果拍出來非常漂亮。有沒有看到當我抵達入口時，那部貨車剛好開出來？那比你們想像中困難得多。」

「『現在讓我們看看焚化場。』」這段是史都華旁白。

於是一九八九年二月，吉姆．瓊斯飛抵佛羅倫斯，宣布聖十字修道院是他見過最好的地點。一千多位卡農市民寄了印刷信函呼籲監獄管理局把它買下來。據史都華的說法，群眾的反應令瓊斯不知所措。他公開宣布該局會在科羅拉多收購一筆房地。

「聽到他這麼說，我已經算好我會拿到三十七萬五千元的佣金，」薛瑞佛說：「也拿了賓士車的資料。」

「交易已經談妥，」史都華說：「然後在最終評審一星期後，我在星期六早上醒來，

15 Annunzio Paolo Mantovani（1905-1980），義大利裔英國輕音樂大師。

看到報紙斗大的跨頁標題：修道院交易取消。所以，那座房地產的獨家經紀人，是從報紙上知道交易取消。」

修道院的修道士針對交易舉行最後投票，改變主意。

「我是那麼盡心盡力，」薛瑞佛說：「當交易失敗，知道交易告吹，我簡直氣炸了。但我讓史提夫處理。」

史提夫．史都華相信，既然他的不動產經紀公司有代表修道院的權利，也已經找到兼具意願與能力的買主，修道院仍欠他仲介費。他寫信給羅馬的宗座代表，並主張對修道院有留置權。但司法部沒有人會證實監管局有意購買修道院。

「每個人都想成名二十分鐘，」吉姆．洛伊德在返回佛羅倫斯的途中告訴我：「一如多數人，湯姆．薛瑞佛沒有成功。」

第二次，我嘗試滲透佛羅倫斯聯邦矯治中心的行動，發生在中度安全級別的聯邦教化所[16]。一如ADX監獄，聯邦教化所也是個展示廳。它以人道著稱的特色包括一間讓美洲原住民進行儀式的「發汗茅屋」、六張標準撞球桌、一間畫室，和一間藏書包括精裝本《萬有引力之虹》和沃爾特．考夫曼[17]的黑格爾研究在內的圖書館。小徑在偌大的園區中央縱橫交錯，園區翠綠的草地都是囚犯穿卡其服推刈草機刈出來的。聯邦矯治中心收容的犯人近半是違反菸毒法。

我的嚮導，個案管理協調員丹妮絲．史耐德給了我參觀UNICOR家具工廠的累人行程。UNICOR是半獨立的聯邦公司，就像美國郵政那樣。它經營監獄管理局的工廠，只賣給聯邦買主。佛羅倫斯聯邦教化所的產品是舒適、無個別特色的椅子和沙發。在這裡工作的受刑人時薪在美金四毛與一元兩毛五之間。我看到堆積成塔的泡沫橡膠、空氣動力的鑽機、掛在一圈圈黃管子上的釘書機、一間惹人好奇的黏合室，還有一大堆身穿卡其服的男人。

UNICOR會在一樓給你實地工作訓練——據說訓練課程的目的之一是提供受刑人「市場技術」，但若要進UNICOR可愛的現代化辦公室坐辦公桌，必須入獄前就有實務經驗。每一張桌子後面，身處現代的我們或許以為會看到戴臂鐲、墊肩膀、梳瀏海的年輕女孩，但都坐著蓄鬍子、留長髮、穿卡其服，正俐落敲著鍵盤的男人，完全是諧擬和超現實的感覺。

在這趟參訪佛羅倫斯聯邦教化所的行程中，個案管理協調員史耐德對我努力施展魅力、逢迎討好之舉無動於衷。她的穿著和髮型都樸實無華，而且顯然一直在算時間，看還有多久才能擺脫我。不過，在我離開時，她的專業氣勢開出了一道小小的裂縫。

「我大學時主修心理學。」她說，並說明她如何取得刑事司法雙學位。「一位教授告訴我她覺得我非常適合修犯罪學。那符合我的本性，我喜歡在人們不知道我在幹什麼的狀

---

16 Federal Correctional Institution，簡稱FCI，專收男性罪犯。

17 Walter Kaufmann（1921-1980），美國哲學家，是研究尼采的知名學者。

況下發現事情。」

我問她監獄員工是否住在佛羅倫斯或附近城鎮，我記得韋恩先生不住這一帶。「上頭鼓勵我們住在附近，」史耐德說：「但我找得到最近的托兒服務也要到普艾布羅。黑人行政官員或許喜歡住在附近，但他們覺得自己在佛羅倫斯或卡農市不受歡迎，所以最後仍選擇一小時車程的普艾布羅或科羅拉多泉。好比我們的典獄長就是黑人，他沒辦法住在這一帶。」

一九八七年六月，修道院交易告吹後，費利蒙縣經濟發展委員會[18]從吉姆．瓊斯那裡得知，監獄管理局決定從零開始，在美國西部建造全新的監獄區。費利蒙縣經濟發展委員會趕緊開發費利蒙縣境內四個可能的地點，而瓊斯特別中意由科羅拉多矯正司所有、位於卡農市和佛羅倫斯之間的一塊地。費利蒙縣經濟發展委員會向他保證，他可以無償取得那塊地。

一九八八年五月，吉姆．瓊斯問費利蒙縣經濟發展委員會執行董事史基普．戴爾，如果興建規模更大、或許包含三座監獄的園區，社區居民會有什麼反應。「他們會把你抱得更緊。」戴爾回答。

儘管西部各地經濟蕭條的社區都向監管局求愛，監管局也至少研究了其中五地，但費利蒙縣跑在內圈。不過，正當看似萬事俱備時，科羅拉多州議會卻拒絕批准把那塊地當禮物送給聯邦。「我們原本相當有把握能取得那塊州有地，」戴爾說：「當計畫失敗，我們覺得必須打鐵趁熱。」

鐵由佛羅倫斯「吉姆服飾」的老闆打。吉姆．普洛文薩諾體格魁梧，有一雙溫柔的褐色眼睛和橄欖色的皮膚。他的父親是名義大利裁縫師，於一九一六年來到科羅拉多佛羅倫斯，靠當地礦工建立事業——他在礦工進礦坑時幫他們量身、趁他們開採時縫製，等他們從裡面出來就拿得到衣服。普洛文薩諾家的兒子是全國監獄督導委員會的委員，他知道佛羅倫斯南端就有一個替代地點，吉姆．瓊斯也認為合宜。開價是十萬美元。普洛文薩諾告訴他一個任職於洛磯山信託銀行的朋友，如果銀行願意出一千美元買佛羅倫思那塊地，他也會出一千美元。

「要我拿出一千美元可能比把人送上月球還難，」普洛文薩諾說：「但我們只有兩個星期，而我知道聯邦對那塊地有興趣。所以我說，我們把它買下來吧！我最主要的目的是讓我們的店邁向七十五週年。我希望我們能提供在地就業，讓孩子有地方工作，如果他們想要這家店的話。」

在普洛文薩諾的推動下，費利蒙縣經濟發展委員會很快發起募款活動。「那就像一種人人都得的流行病，」普洛文薩諾說：「像一場拍賣會。其他每個人都在質借，你也得質借。」不到兩星期費利蒙縣經濟發展委員會就有八萬美元在銀行，以及抵押來的六萬美元。一九八八年夏天，它便能夠將三百畝沙漠的所有權送給監獄管理局——實現無償供地

18 即Fremont County Economic Development Commission，簡稱FCEDC。

的承諾。

一九九〇年七月十四日，佛羅倫斯舉行破土典禮。鎮外的達官貴人在鎮公園的烤肉會露面。紀念該儀式的鶴嘴鋤現仍掛在佛羅倫斯商會的牆上。同樣在牆上的還有園區內四所監獄的水彩畫，全都裱了框。畫的上方，兩個一模一樣的鋼製花環被牢牢黏在鑲板上。一張寫著藝術字體的卡片，說明花環是「聯邦監獄的有刺鐵絲網」。

對美國及國際媒體來說，ADX佛羅倫斯監獄是新千禧年的展示中心，但就在卡農市東側，十五個月前才新開張的科羅拉多州立監獄，原理與ADX佛羅倫斯監獄如出一轍，也設計得同樣周詳。你不得不佩服，聯邦讓大眾相信ADX佛羅倫斯監獄有新聞價值的本事。

科羅拉多州立監獄派給我的嚮導是行政主任丹尼斯．柏班克，他跟路易斯．韋恩有天壤之別。韋恩先生從外地調來，丹尼斯是在地人。韋恩先生性情溫和、能言善道，擅長放過明顯能主動提供資訊的機會；丹尼斯會表露情感和己見。他可以自在地運用「利用」和「個人」之類的詞彙，讓它們聽來像俚語一樣。對於聯邦ADX佛羅倫斯監獄的種種他很容易熱情奔放起來（「我**好愛**那種單人隔離囚房」），但一想到奧克拉荷馬的矯治措施，就明顯全身一震（「成不了事的範例」）。跟我碰面時，他繫著一條紅白藍相間、滿醜的領帶，領帶上就印著一個詞：自由。

如丹尼斯所說，科羅拉多州立監獄旨在提供一種嚴厲的愛——做多數居民沒有，嚴格又會懲罰子女的父母。如果你遵守規定，學會控制你的反社會衝動，你就能從非常不愉快的第一級（沒有優待，連去沖澡都要兩個警衛護送）晉升到沒那麼不愉快的第三級（有更多錢可花和更多個人自由），最後，經過半年一年，便回到可以和其他囚犯互動的監獄。這是「**代盡父母之責**」的理論。科羅拉多州立監獄的目的是要讓孩子氣、行為鹵莽的囚犯銘記，圍繞他的世界是真實的，而且他要對世界負責。

科羅拉多州立監獄的員工投注了相當大的獨創性，來為特定罪行量身製作「行為管理計畫」。例如，朝警衛扔糞便會被剝奪監獄日常提供的食物。投擲者會被強制執行「特別管理飲食」：一條黏糊糊的高蛋白質麵包，丹尼斯形容它「不是非常可口」。我極盡優雅之能事地問，特別管理飲食能否改變攝取者排泄物的本質。丹尼斯說不能。那種飲食只是傳達一個訊息：別再頑皮，我們就會給你吃正常的食物。

我說我擔心科羅拉多州立監獄的做法可能引發感覺剝奪症，丹尼斯找來一個專家，名叫吉尼．艾斯皮諾沙的社工，他告訴我，其實囚犯們並沒有那麼孤立。除了每天都與獄方人員頻繁接觸，受刑人也可以從自己的牢房呼叫彼此，輕叩牆壁，並在自認為沒有人監看的時候，把床單捲成「老鼠線」，再把那長條從牢房門下推出去，嘗試鞭打其他囚房的門。如果你有辦法「屁入」一些菸草（這是丹尼斯的玩笑話，意思是把東西偷偷塞進直腸，躲過簡單的「把嘴張大」檢查），還打算賣給鄰居，老鼠線就是你進行交易的好方法。

我說，艾斯皮諾沙所說有益心理健康的接觸，其實是違反規則、會受到處分的，這時我和丹尼斯陷入片刻尷尬。丹尼斯這樣化解矛盾：「受刑人不被允許彼此交流，但他們還是在交流。」

科羅拉多州立監獄目前是「客滿」狀態。六月時，共有四百八十六個男人和十三個女人被囚禁在這裡。監獄裡的四個「單位」都有自己的醫療檢查室和理髮廳（後者兼作心理健康諮詢室），用意是盡量減少受刑人離開所屬單位的時間。單位的正中央是兩層樓的控制區，八個「豆莢」從中心輻射向外。控制區二樓被玻璃圍住，有兩名警衛看管控制鎖、燈光、對講機和水流等的大型彩色螢幕。丹尼斯說螢幕原本是觸控式的，但警衛發現自己打個噴嚏或揮個袖子門就開了。現在它們靠軌跡球和點擊器控制。

每一個豆莢都有十六間牢房，分佔兩層樓，看著外頭有上蠟混凝土地板的「日間大廳」。「控制單位」的第一個原則是，沒有受刑人可和其他受刑人直接接觸，而這裡的電子設備對進出管制有精巧的設計。受第一級和第二級懲戒的囚犯必須上手銬，任何時候離開牢房都必須由兩名警衛陪同；第三級的獎賞是准許行走五十呎到淋浴間、運動室或電話亭而不必專人陪同。每一個單位都混住著不同等級的囚犯，因此每個人都把第三級的特權看在眼裡。

任何時刻都有八到十間牢房沒有活動。玻璃後方，一位金色鬍子的受刑人正默默在一樓的運動室健身（器材包括一座單槓）。在二樓的運動室，一位留著半長圓蓬式髮型的受刑人臉貼著窗，看著外頭什麼都沒有的午後（科羅拉多州立監獄沒有戶外休憩區）。有一兩個受刑人臉貼著獄門的窗戶。還有一個在淋浴，透過豆莢狹窄淋浴間的玻璃門，我可以隱約在蜂蜜色的燈光下看到他的頭顱和軀幹。水只會流十分鐘，一到時間，豆莢的電腦就會自動關水。如果他需要刮鬍刀，警衛會在他淋浴前送來，之後就收走。

「我仍然很難習慣這地方的安靜。」丹尼斯說。

牢房本身則很少安靜。電視在科羅拉多州立監獄很重要，重要到如果某位受刑人沒有電視，等他離開第一級，獄方就會給他一台。科羅拉多州立監獄有自己的電視台，播放自我修養課程與職業訓練（丹尼斯提到「清潔工」這種職業），也播電影和宗教節目。每星期六晚上有賓果遊戲，科羅拉多州立監獄的休閒治療師吉姆·簡泰爾把閉路攝影機對準一個翻轉的籠子，從中抽取號碼球。遊戲有六場，拿到中獎卡的受刑人可以把「請求面談」的紙條寄給他，隔天他會趁巡視時送中獎者糖果棒。簡泰爾表示，如果他星期六晚上請假，他會一連三天收到恐嚇信。

科羅拉多州立監獄的地下室則坐落著所謂的「引入口」。受刑人從這裡進入和離開，穿橘色連身衣褲。當丹尼斯和我去拜訪時，每間拘留室的窗戶都貼著一張臉。新來的。每個人看來都像二十八歲。白人、西班牙人、黑人，全都健健康康。其中一人對天呼喊：「呦！你們第一級一個月有幾通電話？」

我覺得他們在看我，所以小心不要接觸他們的視線。免得，免得怎樣？免得我在暈眩中被他們吸引？免得他們看穿我的恐懼？免得他們把我拉進戰爭裡？免得我得銘記這個事實：我是自由的，馬上就要沿著公路馳騁，穿越杜松和維吉尼亞松，到佛羅倫斯吃晚餐？讀國中時我學到，在走廊上避開某些孩子的目光有時可以避免被注意，至少不會捱揍。放低視線是尊敬的表現，我很早就學會這點。但它當然也是不去看的一種方式。引入口的某間拘留室有一扇大窗，而不只是門中的狹縫。裡面的光頭黑人看到我在看他。我移開視線，又看了他，他給我一抹詭異的笑。我覺得我沒有過度解讀，那是嘲弄地模仿那種會心一笑，但同時也是一種信任的姿態——信任我或許能會意，和共享他的模仿。我回以詭笑，笑得太大，它從我臉上掉了，所以我避開眼去。

想像佛羅倫斯鎮可在聯邦傾注資金下蓬勃發展的監獄推動者，似乎遇到了一些意外。佛羅倫斯聯邦矯治中心的大規模工程合約都落入費利蒙縣外的大公司，而希望從事營建工作的眾多佛羅倫斯人，都沒通過背肌力測試。沒得到就業機會，這個鎮反而換來交通、灰塵和活絡的酒吧交易。到了為ＡＤＸ佛羅倫斯監獄配置人員時，有意盡可能提升樣板設施專業的監獄管理局，從美國其他地方引進經驗豐富的警衛和行政官員。園區裡大部分的清潔、洗衣、刈草和廚房工作都由囚犯執行，至於開放給當地人的職務，應徵者的年齡上限為三十七歲。對一個以退休居民為主的城鎮來說，這無疑是末日之兆；參加市鎮集會的民眾說這「令人震驚」。

吉姆．普洛文薩諾冀望監獄矯治官員會到他的店裡買制服。不幸的是，他說：「他們希望我以低於成本十美元的價格賣靴子給他們，不然就改找一般的政府供應商。我要怎麼跟他們競爭？」有些聯邦矯治中心的維修工人會跟普洛文薩諾買制服，但他西部服裝存貨的需求幾乎沒有增加。

當普洛文薩諾評估他一千美元賭博的收益時，他愈說愈擔心，愈說愈小聲。「我不想說洩氣話，可是……」雖然他相信佛羅倫斯終會繁榮，但他坦承，吉姆服飾的生意不如他的預期。「我不知道這家店有沒有辦法再撐兩年。」

「我很同情我們的商人，」深諳市場的佛羅倫斯鎮長莫蕾·史崔克蘭說：「他們試著在這個基本上是服務經濟的市場生存。我樂於見到欣欣向榮的商業社區，但他們碰到的問題跟我的家具店遇到的一樣：人們想買最便宜的商品。如果你想在這裡成功，就得從服務著手。」

史崔克蘭帶我去看佛羅倫斯新建的九洞熊掌高爾夫球場，它的練習場和練習果嶺可全覽聯邦矯治中心的北區陣地。興建熊掌球場，部分是為吸引一般認為相當熱衷高爾夫的監獄官員，部分是為一起住宅開發案打下基礎。在一條滿是輪痕的碎石路盡頭，有數棟超大型樣品屋都看得到電籬笆的美景。

據史崔克蘭表示，佛羅倫斯的水利建設可維持兩萬人口居住。水是這個城鎮的一大收入來源，賣給外地客的價錢比自己人貴五成；每個月賣水給聯邦矯治中心的毛利約五萬美元。「我們有些議員喜歡說，本鎮最大的資產就是我們的鎮民，」她說：「我正好相信，我的選民所擁有最寶貴的資產是水。」

我告訴史崔克蘭，我不認為監獄養得起鎮上的新興住宅區。

她一副瞧不起的樣子。「成長不是來自監獄，是來自這座高爾夫球場之類的設施。這也是整個富朗地區成長的部分因素。一小時賺十二美元的警衛不會在這裡找地方住。我也聽很多監獄行政人員說，他們不喜歡住得離工作地點那麼近。」

至於監獄推動者，史崔克蘭說：「他們都以為聖誕老人要來了，但世上沒有聖誕老人。」

吉姆．普洛文薩諾似乎也有這樣的領悟。他已經了解，員工在下班、離開監獄園區之後，會想直接回家，而非在佛羅倫斯停留及購物。他打趣說，本地商人應該花錢在往普艾布羅和科羅拉多泉的路上裝測速器，讓人們不會那麼快抵達購物中心。

「人們先入為主地認定，我是小鎮上唯一的一家店，所以價格一定比較高，」普洛文薩諾說：「事實並非如此，但這個世代的孩子只知道沃爾瑪，除了購物中心一概不知。」

原本只答應跟我談「幾分鐘」的普洛文薩諾，最後跟我聊了一個小時。我準備離開時，看上一條Levi's牛仔褲。他證實了我以往遇過的連鎖店銷售員總是激烈否認的事：同樣尺碼的501系列，剪裁差異頗大。他沒有我想要的縮水前腰圍三十二吋、褲長三十四吋的那條（他的貨不多），但他可以經過仔細測量和比較，幫我找出一條剪裁夠小、恰好合我身的33×34。

「我跟Levi's有些過節，」他一邊敲收銀機（售價跟連鎖店一樣），一邊說：「他們說我銷量不夠。我們已經賣Levi's六十年了，現在他們嫌我的銷量不夠。」

在親切地取笑我日益「中廣」的腰圍之後，他問我穿幾號襯衫，接著送我一件T恤搭配新牛仔褲。T恤上用模板印了聯邦拘留營的圖。

如果莎士比亞的理查三世住過一九三〇年代的惡魔島，或許會注意到它獨一無二的設計和環境、周遭的壯麗景色，以及安全有瑕疵的浪漫。ADX佛羅倫斯監獄的理查三世則會在枯萎的風景中看到完美、無個性的實用性。拿他待過的監獄和一九九五年的世界相比，他一定會發現錢的功用。有錢的狀況，沒錢的狀況。

ADX佛羅倫斯監獄和科羅拉多州立監獄象徵「未來」之處不在於高科技裝備（你不會看到科幻電影裡機器人似的制服或多重機槍），而是那些裝備產生作用的社會背景。我們不難將政治經濟解決方案的邏輯套用在犯罪問題上。在許多方面，從我們不盡然不愉快的現在即可窺見未來。例如，隨著紐約州監獄人口暴增，紐約市的殺人率便筆直下降。紐約州系受刑人有四分之三來自紐約市的七個貧窮地區。顯然把問題上鎖確實可行。全美各地，受刑人的教育訓練日益衰退，死刑持續增加，還有愈來愈多立法委員吵著刪減囚犯的消遣，並從監獄勞動榨取更多收益。

那些父親已入獄、社區裡找得到的最好工作，是在賣場幫顧客購買的物品裝袋的黑人或拉丁裔青年，一旦犯罪被起訴，會送往鄉下白人社區的「倉庫」。在一好球與三振出局之間，有個悲觀的循環：貧窮的年輕人滿懷怨恨地出獄，找不到工作；無可避免地又犯了罪；無可避免地，又有無辜的受害者。剩餘犯罪是在美國做生意的成本，而這又使得大眾對犯罪的恐懼變本加厲。

在此，社會進化論者或許會想起我們經濟演化的美好。媒體報導犯罪（尤其是比例極低、針對白人的隨機施暴）是因為犯罪能賣錢——因為白人閱聽大眾喜歡這個。於是，犯罪開始被密集地以去除脈絡、且非常適於銷售的方式報導，成了犯罪流行病的事證；閱聽人說他們「煩了、膩了」，但每個行銷人員都知道這種事其實永遠聽不煩、聽不膩，而這賦予他們選出的民意代表「硬起來」的權力。因此，罪犯被妖魔化。「我們」與「他」的距離愈拉愈遠，因此，在這個發明西部片、犯罪電影和過時新聞的國家，這個頌揚詹姆士兄弟、邦妮和克萊德[19]的地方，我們永遠能聽到我們最不想聽到、也最想聽到的事。透過先是喜愛而後懲罰我們的殺人犯，我們持續嘗試驅除讓我們成為美國人的矛盾。我們對犯罪愛恨交織的愛，是美國強勢介入他國邊境紛爭的源頭。

最後，當黑人或拉丁裔年輕人目送第三顆唾液球投來，他會被遣回，終生待在一個維持內部秩序、透過強迫囚犯以一美元甚至更低的時薪，從事自由人不肯以最低薪資從事的奴僕工作來賺錢的系統。對於不肯合作的囚犯，就有像ＡＤＸ佛羅倫斯監獄和科羅拉多州立監獄這種施以仁慈懲戒的短期治療所。乍聽之下，雷瓦索爾給ＡＤＸ佛羅倫斯監獄的形容：「原始科技法西斯主義者的建築夢遺」，像是陳腐的誇飾法。但想想法西斯主義的原始意義：讓政府以企業冷酷無情的效率運作，讓火車班班準點。法西斯主義真正的本質是一種愛國的統合主義，旨在展現效益。至於我們在費利蒙縣打造的未來，因「政治犯」身分而看似異類的雷．雷瓦索爾和姆圖魯．沙庫爾，其實是該系統最典型的囚犯。或許，美國監獄裡每一個囚犯的背後，都有一段不負責任的故事。但這一百五十萬個故事的總體，不只是一百五十萬個故事；他們的總體叫「政治」，而雷瓦索爾和沙庫爾是代言人。

他們說，想想獄裡那一百五十萬人，再想想我們做生意的方式。

還有一件事：聯邦人員對我不親切，他們的拘謹沉默不曾減緩。反之，與我談話的每一個科羅拉多人身上，都看得到希望、夢想和恐懼。我不用一個小時便愛上他們。他們什麼都沒把握。他們看來比白天被關在園區、黃昏便通勤回西普艾布羅的聯邦公務員更自由，又更受束縛。他們可以自由地擔憂或懷疑，但受縛於悄悄滲入美國最後幾個傳統社區的掌控機制與現金流。受縛於聯邦機構，它准許城鎮把希望放在營建工作機會卻跳票，允諾興建三座監獄後又增添一座魔鬼島，暗示會和當地業者做生意，結果卻採用預定的供應商；受縛於帶狀商業區和排屋無可避免的效率。這裡沒有陰謀，沒有刻意的欺瞞，沒有天大的諷刺。在這個台地侵蝕、礦產枯竭的山谷，只有逐步凋零的純真。當莫蕾・史崔克蘭說她的社區的最大資產是它的水權而非百姓時，她說的對極了，但也錯得離譜。

夜晚，沙漠裡的監獄會像反應爐，像發射台，像其他休眠的聯邦建物一樣閃閃發光。從幾哩外你可以看見，鐵絲網裡沒有東西在動。

一九九五年

---

19 指一九六七年美國犯罪片《我倆沒有明天》（*Bonnie and Clyde*）的主角，為一對鴛鴦大盜，遊走美國西南部各小鎮，被媒體稱為「經濟大恐慌時期的俠盜羅賓漢」，最後以悲劇收場。

困難先生

我覺得這是挺好的故事。只要我相信這是加迪斯的故事，我的憤怒就會隨之緩和，溶解在悲傷之中……這樣的故事，「難」代表人生艱辛的故事，就是小說要探討的故事。

去年冬天有一陣子，在我的第三本小說出爐後，我收到許多封陌生人寄來的信，怒不可抑的信。讓他們惱火的不是小說（那是一部喜劇，探討一個面臨危機的家庭），而是我在媒體說的幾句無禮的話；我明知大可用一句溫和平淡的話回覆他們就好，多說多錯，但還是忍不住稍加反擊。我效法我過去的文學偶像，一直對讀書界分不清作家作品和作家私生活深感遺憾的威廉・加迪斯，請寫信的讀者看我的小說，不要聽新聞裡對小說作者的扭曲報導。

幾個月後，一位曾經寫過信給我的M女士（住馬里蘭州）回信，附上她已讀完小說的證據。她洋洋灑灑地列出從我的小說擷取的三十個花俏詞語，例如「晝行性」、「對蹠點」和「電子點畫的聖誕老人臉」，然後提出這個可怕的問題：「你寫這些是要給誰看的？顯然不是只想享受一本好讀物的一般讀者。」她還寫了這段話諷刺我和我預設的讀者：

> 紐約菁英階級，漂亮、苗條、厭食症、神經質、世故、不抽菸、三年墮胎一次、噴抗菌劑、住豪華閣樓或頂樓，讀《哈潑》和《紐約客》的高等人類。

這段話的弦外之音是，小說的難度是社會特權階級讀者和作家的工具，這些人瞧不起讀一本「好讀物」的天然樂趣，而屬意那種惹人厭的、感覺高人一等的人工樂趣。對M女士來說，我是個「愛炫耀的自大狂，十足的渾蛋」。

我父親向來欽佩學者的非凡才智和龐大語彙，本身也稱得上是學者，有一部分的我，像父親的那一部分，很想回罵M女士幾句。但另一部分，比重相當的部分，卻因為知道了M女士覺得被我的語言排拒而深受打擊。M女士的語氣有點像我母親——她一輩子反菁英，修辭大多取材自神話裡的「一般人」。母親可能會問我真的非得用「晝行性」這樣的詞不可嗎，還是為了炫耀。

在M女士的敵視面前，我發現自己動彈不得。原來，就小說與讀者的關係，我同時認同兩種截然不同的模式。在第一種福樓拜[1]擁護的模式中，最好的小說是出色的藝術品，有辦法寫出的人應該得到不凡的榮譽，而如果一般讀者排斥這部作品，那是因為一般讀者缺乏素養；任何小說，就算只是平庸之作，都與人們能不能樂在其中無關。我們可以把它稱為「地位」模式。這種模式會激盪出天賦和藝術史重要性的相關論述。

與之相反的模式是，小說，代表著作家和讀者之間的契約，由作家提供能帶給讀者愉快經驗的文字。因此，寫作需要平衡自我表達和團體交流，不論那個團體是《芬尼根的守靈夜》[2]的書迷還是芭芭拉．卡德蘭[3]的粉絲。每一名作家最早都是某個讀者群的成員，而閱讀和撰寫小說的終極目的是為了維繫一種連結感、抵抗人類存在的孤獨；因此一本小

1 Gustave Flaubert（1821-1880），法國文學家，世界文學名著《包法利夫人》（*Madame Bovary*）的作者。
2《Finnegans Wake》，詹姆斯．喬伊斯的最後一部作品。
3 Barbara Cartland（1901-2000），英國知名羅曼史作家。

說唯有在作家能維持讀者的信任時，才會獲得讀者的青睞。這叫「契約」模式。這裡講究的是一種愉悅和心領神會。我母親一定會喜歡。

在「契約」模式的追隨者眼中，「地位」那群人是傲慢自大、把鑑賞力掛在嘴邊的菁英。相反地，對由衷信仰「地位」模式的人來說，「契約」是媚俗、是在美學上妥協，是文學領域中相互競爭的子社群的大雜燴。當然，就某些小說而言，兩者的差異沒那麼重要。《戰爭與和平》、《歡樂之家》[4]，你說它們是藝術，我說它們是娛樂，我們都會翻開來讀。但當讀者找到一本難讀的書，這兩種模式就有天壤之別。

根據「契約」模式，困難是災難的徵兆。最嚴重的情況，甚至可以宣判作家違反了社群的契約：將自我表達的需要、個人虛榮或文學俱樂部擺在讀者大眾對心領神會的嚮往之前——換句話說，渾蛋一個。若拿自由市場最極端的觀念來理解，「契約」模式規定，如果某項產品不合你的意，錯一定在產品。如果你被一本小說某個冷硬的用字弄斷牙齒，你可以去告作家。如果你的教授將德萊塞[5]放進你的書單，你會寫出措辭嚴厲的讀後心得。如果本地交響樂團演奏太多二十世紀的音樂，你會取消訂位。你是消費者，你是老大。

從「地位」模式的角度來看，困難往往象徵卓越；它暗示小說作家鄙棄劣質的妥協，忠於審美眼光。這種模式主張簡單的小說沒什麼價值。經過辛苦付出，慢慢穿透、洞察神祕，發揮高於次要讀者的耐力而獲得的喜悅，才是最值得擁有的喜悅；如果你像M女士那樣讀不來，那就去死一死吧。

無可否認地，「地位」模式奉承了作者的「重要感」——意識到自己存在的價值，但我骨子裡卻是「契約」類的人。我生長在一個平易近人、崇尚平等、為消遣而閱讀的郊區。即便成年後，我也自認是個宛如蕩婦的讀者。我曾翻開《白鯨記》、《沒有個性的人》[6]、《梅森和迪克森》[7]、《唐吉訶德》、《追憶似水年華》、《浮士德博士》[8]、《裸體午餐》[9]、《金碗》、《金色筆記》[10]（大多翻開不只一次），但距離讀完都很遙遠。事實上，穩居領先、我主動全部讀完的、最難讀的一本書，就是加迪斯九百五十六頁的第一部小說：《承認》。

加迪斯的最後兩本著作在今年秋天、也就是逝世四年才出版，他若在世，今年十二

4《The House of Mirth》，伊迪絲．華頓（Edith Wharton, 1862-1937）著，描述二十世紀初紐約上流社會的生活與沒落。

5 Theodore Dreiser（1871-1945），著有《嘉莉妹妹》（*Sister Carrie*）、《美國的悲劇》（*An American Tragedy*）等，寫作採寫實主義，長句多、注重細節，主要探討社會地位及人們對物慾的追求。

6《The Man Without Qualities》，奧地利作家羅伯特．穆齊爾（Robert Musil, 1880-1942）一部未完成的小說，以奧匈帝國末期為背景，沒有明確主題，情節常涉及哲學思辨，解析人類的精神和情感。

7《Mason & Dixon》，湯瑪斯．品瓊的後現代主義小說。

8《Doctor Faustus》，保羅．托瑪斯．曼（Paul Thomas Mann,1875-1955），德國作家，一九二九年諾貝爾文學獎得主。

9《Naked Lunch》，美國小說家威廉．布洛斯（William S. Burroughs, 1914-1997）著，為「垮掉的一代」代表作。

10《The Golden Notebook》，諾貝爾獎得主英國女作家多麗絲．萊辛（Doris Lessing 1919-2013）的代表作，為英國文學最具女性主義象徵的作品。

月將滿八十歲。一如同世代的美國作家，他大方擁護「地位」，鄙視「契約」。他的寫作方法固然愈來愈後現代，但他擁有過去浪漫主義和極端現代主義的觀念：藝術家是救助者，藝術品是崇高而神聖的；藝術和藝術家在為商業瘋狂的美國所面臨的困境，是他作品的重心。這樣的作品，本身就是難讀的典型。

我把閱讀《承認》視為一種苦修。回到九〇年代初，前一年，也就是住不同時區的父親精神錯亂的那段期間，我寫了兩篇論述和一部「原創」劇本的四份完整草稿。我沒有實際金錢報酬，但得到一位好萊塢經紀人的熱情支持，不知是出於憐憫還是疏忽，他從沒提起我的故事和我沒看過的電影《我愛上流》[11]有致命的雷同。我的故事有兩、三倍的磨難和眾多以特效化妝來扮演的人物。那時我在怒火中度日，因為你知道你努力那麼久的作品，已經變成假冒、不誠實的作品。快到九月，我終於放棄了這個案子，當時我書房的一面牆已經滿是破損和凹痕——我一直拿鉛筆、底稿、鞋子和電話簿丟它。我借了錢，離開費城到紐約三角地租了一間漆黑、家具不齊全的閣樓（沒錯，M女士，是閣樓），那裡非常安靜，只有飛進通風井的朦朧鴿影打擾。我原本希望寫點小說，但厭倦了利於閱讀的敘事、完美鋪設的情節和討人喜愛的角色。一天晚上，在嚴重恍惚中，就像那些出門弄麻醉品的人，我走上第六街，買了外觀精美、最近剛重新發行的企鵝[12]版《承認》。

此後一個半星期，我每天早上都從早餐桌走到一張米黃色超麂皮沙發組，打開一盞燈，一口氣讀六到八小時。我對加迪斯有些出於專業的好奇，而讀個幾百頁《承認》能獲得滿足。我坐著，神遊般又讀了七百頁，彷彿腳踩在陡峭山坡往上爬。我不願為任何理由離開我的超麂皮棲息地。我坐在那裡花借來的錢，唯一可以自圓其說的解釋，就是我要在固定的時間，爬那座固定的山。

那座山上到處都有拉丁文、西班牙文、匈牙利文和其他六種語言的引文垂降。晦澀典故的暴風雪盤繞著博學知識的懸崖峭壁。對煉金術和法蘭德斯人的繪畫、拜日教和基督早期的神學，都有險峻的論述。散文動輒來到長達一頁的缺氧段落，而小說的情感溫度一開始就冷，然後愈來愈冷。主人翁維亞特・葛文像小孩一樣可愛（「個子矮小、忿忿不平的人」），但作者挖苦的評論和對於智識的執著，卻讓人無法對他產生親密感。很難揣測故事到底在講什麼，或是講誰；對話老是被破折號打斷，沒頭沒尾；維亞特還逐漸縮小為一個鬼鬼祟祟、甚少被提及的代名詞（「他」）；甚至有殘酷的派對場景，全是對話、肆虐數十頁的文字風暴。唯一原本可能支持我繼續攀爬的隨身營養品，是加迪斯的衝擊給我一股熟悉的感覺，或許艾略特[13]和羅伯特・格雷夫斯[14]是不錯的乾糧，但我沒想到要帶。我孤苦伶仃、毫無準備地站在一座陡峭、酷寒、空氣稀薄、地圖畫得很差的山上。我提過《承認》有九百五十六頁了嗎？

但我愛不釋手。在這部小說隱藏的尖塔裡，在它層層象徵主義的雲霧之後，在它隱

11《Fun with Dick and Jane》，一九七七年上映的喜劇電影。
12 指企鵝出版集團（Penguin Books）。
13 T. S. Eliot（1888-1965），美國詩人、評論家及劇作家，一九四八年獲頒諾貝爾文學獎。
14 Robert Graves（1895-1985），英國詩人、小說家及翻譯家，名著包括《耶穌王》（*King Jesus*）等。

蔽的「垮掉的一代」反敘事峽谷之外，是個探討個人誠信喪失，以及重建有多困難的故事。維亞特原是個有天分的畫家，三十出頭曾就讀神學校，目前住在紐約，婚姻不幸福，靠製圖師工作勉強度日。他已經放棄當畫家的抱負，或許是因為一個收賄的法國評論家把他早期作品批得一文不值，但更可能是因為他個性出奇認真，始終不知道怎麼適當回應童年時一個清教徒姑婆對藝術的譴責：「我們的主是唯一真正的創造者，只有邪惡的人才會試圖模仿祂。」一天，在紐約，一個名叫雷克托．布朗的美國資本家及藝術收藏者提出一個浮士德式的交易：由維亞特偽造昔日法蘭德斯大畫家的作品，讓布朗高價賣出。維亞特答應了，幾次成功之後，維亞特恢復了鬥志。他考慮回去做宗教研究，但當他回到新英格蘭的家中，發現原為新教牧師的父親迷上拜日教，精神便陷於錯亂。於是維亞特展開一場漫長的類朝聖之旅，先去紐約努力揭穿自己的假畫，再前往歐洲。最後，在九〇〇頁，有人看到他離開西班牙一間修道院，終於打算「活出生命的意義」。在克服美國新教徒對藝術的疑慮，也挺過美國新教徒市場危險的吸引力之後，他似乎終於步上成為真正畫家之路。

當時，在山坡上的我並未意識到要抓住維亞特的故事和我所處情況的相似處：我們都在下曼哈頓過著與世隔絕的生活，作品都賣不了錢，都對藝術產生極度認真的懷疑，都迫切需要苦修，父親都瘋了。當時我只是很高興找到一本難讀的好書來讀，也意外自己能夠駕馭。跟隨維亞特的朝聖成了我自己的朝聖之行。那十天的閣樓雖然常有鴿子咯咯地叫，卻是我待過最安靜的地方。深刻的、形而上的安靜。抵達《承認》的最後一頁時，我覺得已經做足準備面對正在外面陽光普照世界裡等著我的離婚、死亡和混亂。我有聖潔的感覺，彷彿已經跑了三哩、喝了蔬菜湯、看了牙醫、報了稅，還上了教堂。

「大學」的一個相當不錯的定義是，那是一個人們要讀困難書本的地方。我自己大學學習的高峰，的確就在每一次獲得新工具來解開難題時——不得不靠自己理解艾蜜莉．狄金生[15]有時會說反話時，或德文教授詭異地咧嘴一笑，問我們約瑟夫．K[16]可不可能**有罪**時。為了學習反諷、複義、象徵、語態和觀點，讀最複雜的文本是合情合理的。

那四年的複雜訓練產生了一種累進效應。大一時，我覺得靠寫故事維生，以小說家為職，看到自己的名字被印出來很酷。到了大四，我的志願是創造文學藝術。我理所當然地認定最偉大的小說應當運用繁複的寫作方法、不容許隨便讀讀而值得持續研究。我也想當然地以為這種藝術品所能獲得的最高讚美，就是在大學裡被拿來當教材。

我爸媽不了解這點。當我畢業後開始寫第一本書時，可以感覺到父親懷疑的眼光落在身上，可以聽到他這樣問：「你的能力對社會有何貢獻？」在學校，我崇拜德希達、馬克思主義者和女性主義批評家等以挑出現代世界毛病為工作的人。我認為現在我說不定也可以藉由撰寫針砭現實的小說而對社會有些用處。在麻薩諸塞州薩默維爾卓越的公立圖書

15 Emily Dickinson（1830-1886），美國女詩人。
16 卡夫卡長篇小說《審判》的主角。

館，我找到一批學識豐富、對社會心神不寧的白人男性小說作家。同樣的名字（品瓊、德里羅、海勒、庫佛、加迪斯、蓋斯[17]、布洛斯、巴思[18]、巴塞爾姆[19]、漢納[20]、霍克斯[21]、麥克艾洛伊[22]和艾爾金[23]）一再於選集和推崇當代評論家的讚詞中連袂出現。雖然風格各自殊異，但他們似乎全都認定戰後的美國出現了什麼又新又奇怪又不對勁的東西。他們普遍都有後現代對寫實主義的懷疑，以評論家傑洛米．克林科威茨[24]的話來總結就是：「如果世界是荒謬的，如果被認為是現實的物事不真實得令人煩惱，那為什麼要花時間表現它？」

為了對自己證明（就算不是向父親證明）我投入的是一項嚴肅的專業，我試著加入這個「行會」。我是你會在波士頓或布魯克林地下鐵看到的那種瘦得皮包骨、戴駭人眼鏡、穿慈善二手店衣服的年輕男子，彷彿擁有關於小牌搖滾樂團、前衛文學或影音科技的龐大資料，這些資料庫的大小足以提供某種精神保護。而且我應該拿加迪斯當典範。加迪斯被公認是非常聰明、非常憤怒、非常討人厭的嚴肅派作家。《承認》堪稱戰後小說的原始文本，既為「困難」的祖師爺，也是第一部偉大的文化批評，就算海勒和品瓊在寫《第二十二條軍規》和《V.》時沒有讀過，它仍預先展現這兩部作品的精神。加迪斯是最早一位神情嚴肅、穿二手衣、有巨獸般資料庫的年輕男子，而他的抱負，如果攤在大眾面前，一定會燎去地鐵鄰座乘客的眉毛。

我的問題在於，除了少數例外（尤以德里羅為最），就現代文學作品而言，我並不特別**喜歡**這些作家。我找過他們的書（包括《承認》），翻了幾頁就放回去。我喜歡以小說探討社會的這個**概念**，也在寫我自己的陰謀和天啟嚴肅派小說，對於品瓊和加迪斯得到、而索爾．貝婁和安．比蒂[25]沒得到的學術和文青界的敬意，也十分嚮往。但貝婁和比蒂，更別說狄更斯、康拉德、勃朗特[26]、杜斯妥也夫斯基和克莉絲汀娜．史戴德，才是我真正、不趕時髦而喜歡讀的作家。如果羅伯特．庫佛《公眾的怒火》和品瓊《第四十九號拍賣物》打動我，那是因為我喜歡庫佛的主角理查．尼克森和品瓊的奧迪芭．馬斯。但後現代小說不應著墨在令人喜愛的角色。確切地說，角色甚至不該存在。角色是薄弱、不可靠的概念，就像作者本身，一如人類的靈魂。然而，說來慚愧。我似乎需要他們。

---

17 William Howard Gass（1924-），美國小說家、散文家、評論家及哲學教授。一九九五年的小說《隧道》（*The Tunnel*）獲得美國國家書卷獎。

18 John Barth（1930-），美國小說家及短篇故事家，以後現代主義及超小說風格著稱，小說《菸草代理商》（*The Sot-Weed Factor*）首版篇幅近八百頁。

19 Donald Barthelme（1931-1989），美國後現代小說家，代表作為《白雪公主》（*Snow White*）。

20 Barry Hannah（1942-2010），美國小說家及短篇故事作家。

21 John Hawkes（1925-1998），美國後現代小說家。

22 Joseph McElroy（1930-），美國小說家、短篇故事作家及散文家。

23 Stanley Elkin（1930-1995），猶太裔美國小說家、短篇故事作家及散文家。

24 Jerome Klinkowitz（1943-），美國文學評論家、作家及學者。

25 Ann Beattie（1947-），美國短篇故事作家及小說家。

26 Charlotte Brontë（1816-1855），十九世紀著名英國作家、詩人，世界文學名著《簡愛》（*Jane Eyre*）的作者。

我直到九〇年代、白花了一整年在那部劇本後，才試著重燃大學時期對真正難讀的書的熱情。我需要證明我是嚴肅的藝術家，而非無意中抄襲《我愛上流》的人，而《承認》最適合這項任務。讀這整本書也賦予我吹牛的權利。如果有人問我有沒有讀過《菸草代理商》，我可以反擊說：沒有，但你讀過《承認》嗎？然後吹吹槍口的煙。

然而結果是，一切都跟我想的不一樣。九〇年代沒有很多人問我有沒有讀過《菸草代理商》，《承認》卻讓我佩服得五體投地，不論是它的威力或我的閱讀環境使然。它的人物並不惹人憐愛，但創造者的智慧、熱情和嚴肅卻令我震動。我第三本小說的書名，部分就是向它致敬。

征服《承認》幾年後，我開始拜讀加迪斯的第二部小說《ＪＲ》，也再次買了精美的企鵝平裝本，每天晚上奉獻一、兩個小時讀它。這部小說是探討現代美國的貪贓枉法和社會擾流的宏偉喜劇，和《承認》一樣耀眼。可惜，我不再有整天的餘裕或人生困境讓我投入閱讀。一天晚上我在一個長達四頁的段落中放棄，接下來幾天晚上，我都很晚回家，於是當我再次翻開《ＪＲ》時，我迷路了。我把它擱在一邊，希望另外找個晚上再續前緣。兩個月後，我默默把它放回架上。那張書籤，漂亮的「售票大師」票卡套上刊著廣告詞（K-ROCK 92.3 FM：給你整個上午的霍華德．史騰[27]／全天經典搖滾），仍插在第四百六十九頁，證明我被《ＪＲ》打敗，或《ＪＲ》被我喧鬧的生活打敗。

就「地位」模式來看，我完全是個失敗的讀者。幸好「契約」站在我這邊。我已經給了這本書好幾個星期的夜讀，卻起不了作用，而現在我更想讀詹姆斯．普爾蒂[28]、艾莉絲・孟若[29]、蓓納蘿・費茲傑羅[30]、哈爾多爾・拉克斯內斯[31]較短而溫暖的作品。在跟《JR》激戰之後，我想揪住加迪斯的翻領大叫：「哈囉！我是你想要的那種讀者！我一直在**尋找**一本好的嚴肅派小說。如果你連愉快的閱讀體驗都不能給**我**，你覺得還有誰會讀你的書啊？」

但這只讓事情更糟。正因為我是讀加迪斯非常合適的人選，我覺得沒讀完《JR》彷彿背叛了他，毀了他的期望。我小時候是公理會教友，上大學後直接轉向藝術崇拜，沒有留意到轉變是怎麼發生的，也沒有真正信奉哪一種信仰。某一天，公理會一位秘書打電話問我還想不想保留會籍，我說不必了，就這樣。然而，要離開一個敵人環伺的小教派，比離開主流郊區教會困難得多。我在公理會的經驗，完全沒有為我打好基礎來面對困難先生的狂熱，和教唆犯罪一般的影響力。

《承認》帶有幾許中世紀基督徒的特質。這部小說就像一大幅現代紐約風情畫，上頭

---

27 Howard Stern（1954- ），美國電台主持人。

28 James Purdy（1914-2009），美國小說家、短篇故事作家及詩人，著有《光榮的歷程》（*On Glory's Course*）等。

29 Alice Munro（1931- ），加拿大女作家，二〇一三年諾貝爾文學獎得主。

30 Penelope Fitzgerald（1916-2000），英國小說家，著有《書店》（*The Bookshop*）等書，並以《憂傷藍花》（*The Blue Flower*）成為首位非美籍的美國書評人協會小說獎得主。

31 Halldór Laxness（1902-1998），冰島小說家，一九五五年諾貝爾文學獎得主，著有《獨立之子》（*Sjálfstætt fólk*）等。

有數百個注定失敗仍精力旺盛的小人物，由布勒哲爾或波希[32]繪製在木板上，在一層層泛黃的亮漆底下，顯得古舊得不相稱。就連書中的藍天（「又一個蔚藍的日子」這句一再出現，做為引發絕望的主題）都像美術館裡油畫的天空那般鮮豔奪目，但在美術館的牆外，遭到遺忘的是撰寫那部小說的時代：氫彈和陸軍—麥卡錫聽證案[33]的年代。扔下的名字是漢斯・梅林[34]，不是哈利・杜魯門[35]，是帕拉塞爾斯[36]，不是貓王艾維斯・普利斯萊。

但這本書絕對是五〇年代初期之作。剝去那層博學，你會看到《麥田捕手》——嚴冬時在破舊曼哈頓的逗留，在虛假的現代世界對誠實的追求。加迪斯在藝術偽造的主題上即興創作，讓小說充斥每一種想像得到的詐欺、偽造者、裝模作樣的人和騙子。不過，不同於霍爾頓・考菲爾德，《承認》裡的人物也參與了虛假行徑。做作的文藝青年奧圖・比夫納在撰寫一部他覺得情節「還得再緊湊一點」的劇本。敘述者以一種堪稱這本小說基調的語氣（一種既嚴厲又寬容的語氣），戳破了這個謊言：

（奧圖這句話的意思是，還要提供某種情節，促使戈登洋洋灑灑侃侃而談，讓很像際遇比較好的他、令他欽佩至極的戈登說出他無意中聽到，或覺得現在說已經太遲的事。）

維亞特・葛文或許是作者美學理想的浪漫投射（他的妻子艾絲特不高興地呼喊：「你野心真大！」），但似乎，奧圖才是體現加迪斯自身的困惑、屈辱和失望的人。奧圖的生平和加迪斯有諸多雷同：成長階段都沒有父親、都待過中美洲而後徒手划香蕉船回到紐約，手臂雖未受傷，但都吊著別緻的吊帶——我懷疑這本書之所以洋溢幾許調皮的魔幻寫實氛圍，要歸功於加迪斯自嘲裡的弦外之音。

《承認》中有個真誠的藝術家是篤信天主教的年輕作曲家史丹利。在書中，史丹利從頭到尾都在寫一首由管風琴演奏的安魂曲，他希望能在北義大利一間頹圮的老教堂演奏。在最後幾頁，隨著小說場景繞回歐洲，史丹利去了那間教堂，在沒搞懂管理人「不得演奏任何不和諧或低音太重的樂音」的警告下，開始彈奏那首安魂曲。教堂倒塌了，他當場喪命，然後《承認》以它最為人熟知的一句台詞收場：「他大部分的作品都被重新尋獲，至今在被提到時仍好評不絕，只是很少被人演奏。」

《承認》裡另一句著名的台詞，是維亞特在妻子艾絲特對某位名詩人（或許是奧登）是同性戀一事表示驚訝後說的。他斥責妻子對「作家和畫家的私事」的興趣是荒淫的消遣，衝口而出：

---

32 Pieter Bruegel（1525-1569）和Hieronymus Bosch（1450-1516），皆為十五、十六世紀歐洲畫家。

33 The Army-McCarthy Hearings，一九五四年四月至六月，美國參議院調查委員會調查陸軍與參議員麥卡錫（Joseph McCarthy）之間的互控。主要是麥卡錫指責陸軍內的共產黨嫌疑，發起對陸軍的調查，終而引發陸軍對麥卡錫的反擊。

34 Hans Memling（1430-1494），中世紀畫家，德國出生，後搬到法蘭德斯。

35 Harry Truman（1884-1972），美國第三十三任總統，任職期間為一九四五至一九五三年間。

36 Paracelsus（1493-1541），中世紀瑞士醫生、煉金術士及占星師。

當他完成作品時，還剩下什麼？除了作品的渣滓，藝術家還留下什麼？一路尾隨的人性混亂。作品完成後，那個男人只剩下混亂的道歉場面。

加迪斯把艾絲特描繪成「有牙陰道」[37]，一心想跟男性藝術家上床，「吸收那些她一直得不到的特質」。維亞特開始逃避她，躲入寒冷和抽象，而加迪斯也以差不多的方式逃避讀者——彷佛對他而言，與大眾交流是一種極可能玷污他主題純粹性的消遣。加迪斯曾公然宣稱要努力寫出能「流芳百世」的文學，因此對他來說重要的不是孱弱的、肉身的藝術家，而是來世。雖然他有家庭，有許多朋友，他可以盡情閒聊文學的忙碌社交生活，但他始終不肯曝光在大眾面前。這般嚴格的禁制，就是受到威脅的少數教派用以抗拒主流文化誘惑的方式，而五〇年代的加迪斯有諾曼．梅勒和楚門．葛西亞．卡波提等禁不起誘惑的先例。於是他選擇當信仰的純粹主義者。在他五十年的作家生涯裡，他只接受過不折不扣的一次訪問，給了《巴黎評論》。他發表過一篇簡短的自傳性散文，一次大眾讀書會也沒有舉辦過。

並非媒體過度關注是什麼大問題。《承認》是由哈考特．布雷斯出版公司在一九五五年發行，行銷上主打「大家都在討論這本備受爭議的書！」《承認》獲得五十五篇評論，即便用今天的標準來衡量都是挺驚人的數字，但就像威廉．蓋斯在他為企鵝版寫的導讀所說：「這些短評只有五十三篇很蠢。」《紐約客》給了這本書簡短、嘻笑式的否定（「字、字、字」）；《紐約郵報》的朵恩・鮑威爾[38]則發出錯誤連篇的冷笑。精裝本的銷售量在五千左右，就一個沒沒無聞作者的第一本高難度小說而言不算差。但這本書只得了一座設計上的獎項，也很快就消失在大眾眼前。

「我不是沒這樣想過，如果《承認》的出版讓我獲得諾貝爾獎，我也不會太意外。」加迪斯在一九八六年這樣告訴《巴黎評論》，又說這本書的接受度一直令人「冷靜」而「汗顏」。或許這部小說若得到更大的喝采，加迪斯就會輕鬆一點；或許維亞特那種「他們到底要什麼」的激烈言談，一如他其他清教徒式的言行，就會被視為瘦弱年輕人長大就會改變的態度。但，我懷疑。這書是**攸關**日常世界對藝術超越現實的特質有多不在意，書末那段話（「好評不絕，只是很少被人演奏」）顯然就在預示本書的接受度。如果你期待你的邊緣小說獲得主流讚賞（好比卡珊卓期盼人們感謝她告訴他們不喜歡聽的真相），那注定要失望，注定再次強化你否定世界的狀態，注定禁欲苦修、注定繼續當一個打從心底憤怒的青年。在《承認》出版後四十年，加迪斯的作品愈來愈憤怒，愈來愈憤怒。這是猶如文學後現代主義正字標記的詭論：作家最不憤怒的作品，會最早寫出來。

加迪斯的憤怒似乎有些是與生俱來的。生於一九二二年的他，先是和母親一起生活

37 拉丁語 vagina dentata，在這裡比喻女性的性侵略性。

38 Dawn Powell（1896-1965），美國小說及故事作家，著有《蝗蟲無王》（*The Locusts Have No King*）等書。

在長島馬薩佩夸一間老房子裡，五歲到十三歲則去康乃狄克一間小型寄宿學校就讀。五歲，就寄宿學校而言相當年幼。而「五」，我覺得是加迪斯傳記裡一個至關重要的數字。《JR》裡加迪斯的第二個我中，一個名叫傑克．吉布斯、跟他一樣五歲就被送去寄宿學校的憤怒酒鬼，說到「我從會走路的那天起就是個麻煩」，也描述了寄宿學校裡的孤寂：

> 入夜後獨自在那列車上，進入那些康乃狄克小鎮的光，停下來凝視街角要價一塊錢、連奶油都沒塗的乾乳酪三明治，終於開進那荒涼的車站，不敢下車不敢逗留……校車在那兒等……像一部該死的、敞開的靈車，想著任何期待長大的人。

年輕時候的加迪斯是個無賴兼酒鬼。因腎臟病不必入伍打仗的他在哈佛主修英文，後來當上《哈佛諷刺家》雜誌的社長，但大四那年因為和劍橋一名警察吵架而遭退學，沒拿到學位。後來他在歐洲、拉丁美洲和紐約等地搬來搬去，也在那顛沛流離的七年寫下《承認》。《承認》出版的那年，他娶了女演員派翠西亞．布雷克[39]為妻，兩人很快生了兩個小孩。在這裡，他傳記的氣氛驟然改變，外國場景被五〇年代的商業和有孩子的郊區生活取代。就像早他一世紀的梅爾維爾，加迪斯出門工作維持在下曼哈頓的生活。他為IBM、伊士曼柯達、輝瑞大藥廠和美國陸軍等機構寫公關稿（一個在IBM幫他審稿的人建議他某一份企畫改用「比較簡單的風格」，抱怨「通篇文章恐怕有太多難以穿透的團塊」）。往後二十年，美國的文學口味已從稱霸五〇年代的寫實主義轉移到《波特諾伊的怨訴》和《第二十二條軍規》的較滑稽風格，基本上加迪斯是消失蹤影了。他先後動手寫一本「談商業的小說」和一部與南北戰爭有關的劇本，後來雙雙放棄。他菸抽得很多，酒也喝得很凶。他的第一段婚姻在他住哈德遜河畔克羅頓時結束。直到六〇年代尾聲他才勉強湊足補助金，全心回到那本商業小說上。

《JR》於一九七五年出版時，美國的氣氛已迎頭趕上，與他一致了。《JR》大受好評，還贏得美國國家書卷獎。那厚重、書名題字矮胖的平裝本，一如佩蒂．史密斯[40]的黑膠唱片和《楓館食譜》[41]，是二手書店和我大學時代「學生貧民窟」公寓裡常見的景色。但《JR》的書脊常可疑地毫無裂痕，封面內側常被用鉛筆寫上奇低的售價，也許是一張捲菸紙或臉部特寫樂團[42]的票根，被當成書籤插在第一一八頁、十九頁或五十三頁，因為加迪斯的小說空前難讀。《JR》是部七百二十六頁的小說，全文幾乎都是偷聽到的話，連問號、「他說」或「她說」都沒有，沒有任何傳統形式的敘事，沒有「同一晚」，沒有「同一時間在紐約」，沒有章別，甚至連節都沒有，只有成千上萬個破折號和表示省略的

---

39 Patricia Black。

40 Patti Smith（1946- ），美國創作歌手和詩人，有「龐克搖滾桂冠詩人」之稱，二〇〇七年被選入搖滾名人堂，自傳《只是孩子》（*Just Kids*）獲得二〇一〇年美國國家書卷獎。

41 The Moosewood Cookbook，莫莉．卡岑（Mollie Katzen）著，銷售量達兩百多萬冊。

42 Talking Heads，美國樂團，一九七五年成立，一九九一年解散，歌曲融合龐克、放克、流行、世界音樂、前衛音樂等元素，成為自成一格的新浪潮曲風。

刪節號，新一批多達數十人的角色，還有以華格納歌劇《指環》[43]為本、繞著一個價值數千萬美元的商業帝國打轉、複雜得可笑的繁複情節，而擁有、經營那個商業帝國的，是長島一個名叫JR范桑的十一歲學童。

JR是個會讓你忍不住發笑的卑鄙小孩，因為他的年紀還沒大到讓你憎恨，這個少年把全部生命投入在追求想要的東西、然後拿它換取其他更好的東西。首先是和一個同學進行：

——哇，什麼垃圾，你這什麼垃圾東西。這什麼啊！

——是俱樂部，我推薦的話你就可以加入。

——什麼樣的俱樂部？

——就這個俱樂部啊，看到沒？你踏進去，忽然間興奮就籠罩你！你進入一個由柔和、搖曳火光照亮的世界，是好幾座平敞式壁爐發出的……漂亮的兔女郎來來去去，殷勤招呼——

不久，他就和產業龍頭交易了。小說一開始時，JR的六年級老師帶全班到華爾街買鑽石有線電視公司的一張股票，並「學習我們的系統如何運作」。那張新股票的價值不到幾小時就跌了百分之十，正當經紀人和公司官員對市場、參議員和外國政府進行邪惡操控，還發出一篇公關稿粉飾太平（「你和你的美國朋友不必再在我國強大的經濟中扮演被動角色」）的同時，ＪＲ在研究鑽石有線的內規，問了一針見血的問題，例如「委任書是什麼？」和「那個負二又八分之一又是什麼？」進而確定班上的持股讓他們有權提出股東訴訟。短短幾星期，藉由揚言提出這樣的訴訟和接受和解金，原本在學校做公用電話生意的ＪＲ取得了他的營運資本。他買了一百五十萬支海軍多餘的木製野餐叉、紐約上州一家破產紡織廠，還有一系列宛如外旋銀河系、匪夷所思的行號：一家釀酒廠、一家印刷廠、一家出版社、一家養老院、一個停屍間。一如他的創造者，ＪＲ是強迫症患者（也跟加迪斯一樣父不詳，母親則是忙碌的護理師）。他追求國家告訴他值得追求的物事。他缺乏魅力、沒有同情心，做事毫無顧忌，但他不懂事，所以你會支持他力抗小說裡許多企業和法律的鯊魚——他們理應明白事理，行為卻一樣差勁。《ＪＲ》預料到強納森．李珀[44]，一個涉嫌操縱市場的紐澤西青少年；預測到八〇年代的儲蓄貸款危機和企業購併（「讓退休金擱在那裡有什麼好處呢，」ＪＲ心想：「不如讓它發揮作用，搞定這次購併？」）；也巧妙地駁倒喬治．布希總統這句聲明：華爾街的貪婪是九〇年代的反常現象。

　　這部小說最真心誠意的大人又是一位年輕作曲家，名叫愛德華．巴斯特的甜心，ＪＲ逼他掛名自己企業集團的負責人。巴斯特老是把時間花在幫助其他角色（當然，沒有人幫

43 指德國歌劇家理查．華格納（Richard Wagner, 1813-1883）的《尼貝龍根的指環》（*Der Ring des Nibelungen*）四部曲。

44 Jonathan Lebed（1984-），美國人，年僅十五歲時就用網路散播未查證的股票消息，迅速達成炒股獲利的目的。即便引起媒體關注和檢方調查，至今仍相當活躍。

助他），因此他想創作的歌劇逐漸萎縮成清唱劇，再萎縮成一首給小型管弦樂隊演奏的樂曲，最後只剩下大提琴獨奏曲。這部小說瀰漫著令人發狂的煩躁，讓人想起卡夫卡小說的挫敗；你可以體會一個作者噩夢般找不到安靜地點寫作的情景。巴斯特試著在曼哈頓一間小公寓作曲，但那裡猶如一幅描繪失序的諷刺漫畫；兩個壞掉的水龍頭夜以繼日噴出熱水，唯一的時鐘倒著轉，每個房間都堆滿不知裝著什麼破爛的箱子，一部永遠對不到頻率的收音機緩緩吐出無意義的聲音，還有一疊又一疊持續寄來給JR的垃圾郵件，而JR送給巴斯特一支機械拆信器，則會把信切成兩半。鑽石有線的公關寫手、曾寫過一本「重要」文學小說的湯瑪斯・艾根，每天從辦公室回家都累得無法展開新作。他家裡亂七八糟，妻子憤怒，而他的小兒子堅持要玩紙板遊戲：

——你掉進長鼻怪的陷阱了啦。媽媽爸爸掉進長鼻怪的陷阱了啦。媽媽？

——她聽不到你說話啦大衛。別叫。

——如果我拿到紅色就會拿到黃色。我也拿到黃色你看，我每次都贏你看，你要看我在哪裡然後……

——大衛你不會每次都贏，沒有人……

——我今天贏媽媽四次耶。媽媽？

——不要大叫大衛……他放下包包——然後我……拿到……

——黑色！你偷看啦。爸爸你偷看啦！

——偷看？

《JR》是為勤奮的讀者寫的。勸你手上拿枝鉛筆來標示轉折點，並在封底內頁畫張流程圖。這本小說混雜了數十起相互牽連的詐騙、交易、引誘、敲詐和背叛。在場景與場景之間，對話會暫時讓給沒有標點的連寫句，效果就像一部模糊的掌上影片或一部快轉的電影。那些一閃而過的影像是變質的、商業化的風景（正被砍的樹、鋪路中的田野、被拓寬的馬路），喚起現代讀者對戰後的汽車美國曾經美得多令人驚豔，那第一批帶狀購物中心、第一批五英畝停車場有多令人驚慌畏懼的記憶。

的確，我們可以這麼為加迪斯和他的難度辯護：由寫實角色驅動，以讀者和作家的心靈契約為基礎的傳統小說，已不足以呈現二十世紀作家看到正在他們身邊衍生的社會和技術危機。現代派和後現代派都訴諸一種「緊急應變」的文學。現代派應用自覺式的新方法來處理新的現實，並維護正在消逝的舊現實。後現代精神又更激進：抗拒被「全部吸收、全部納用」的系統吸收或納用。「封閉」是敵人，而避免封閉的辦法就是拒絕參與系統。對品瓊而言，這意味著逃跑和妄想，對布洛斯來說，這意味著違法。對蓋迪斯而言，這意味著非常、非常憤怒——憤怒到，到某個臨界點後，他不再講道理。但為了避免形式上的封閉，加迪斯竟賭上一種更直率的封閉：讓精疲力竭的讀者闔上他的書。我讀了一半《JR》就跳傘了。儘管如此，他的憤怒還是令我懷疑，究竟是他背叛了我，還是我背叛了他？

小說是最根本的人類藝術。小說是說故事，我們的真實人生，可說是由我們說的、關於自己的故事構成。小說也是保守而傳統的，因為它的市場結構比較依賴大眾的喜好（小說家靠一次發表一本書、帶給廣大讀者樂趣維生），也因為小說向每一個讀者要求十至二十小時孤獨的專注。你可能得經過一幅畫五十次才開始欣賞它，可能要數度進出一首巴托克[45]奏鳴曲，才能領略它的結構。但一本難讀的小說會原封不動坐落在你的書架上——除非你碰巧是學生，不得不翻開吳爾芙[46]和貝克特[47]的書頁。

這或許能讓你成為更優秀的讀者。但要報名上後現代課程，擁抱形式實驗是英雄式反抗的概念，你必須相信，加迪斯和其他先驅因應的緊急情況五十年後仍是緊急情況。你必須相信我們這些郊區化、仰賴石油、愛看電視的當代美國人所面臨的情況，仍然新到、迫切到無法仰賴傳統的說故事方式。你必須具有某種程度的批判性。而一旦文學和文學批評變得彼此依附，謬見就會滋長。

其一是捕捉的謬見，例如《芬尼根的守靈夜》常因其「捕捉」人類意識而獲得讚賞，或說《ＪＲ》為了「捕捉」難以捉摸的「戰後美國現實」，冗長有理；彷彿小說的首要功能是一部民族誌的紀錄，彷彿讀小說的意義不是去釣魚，而是欣賞別人釣魚。再來是交響樂的謬見：形容一本書的主題或意見像管絃樂一般「流洩」過讀者，彷彿在你閱讀《ＪＲ》時，它的書頁會自己翻，文字會像琵琶音一般沁入你的腦袋。還有藝術歷史相對論的謬見，這是從視覺藝術的有錢世界借來的、方便教學的詞彙，意思是作品的價值主要取決於新奇；彷彿小說跟繪畫一樣可以不管形式，彷彿《大亨小傳》和《啊！拓荒者！》[48]是好小說，是因為它們有創新的寫作技藝。最後是像流行病一樣的笨讀者謬見，隱含在每一個現代的「困難美學」之中，也就是，困難是保護藝術不被納用的「策略」，而這種藝術的目的是「擾亂」、「強迫」、「挑戰」、「顛覆」或「傷害」毫不懷疑的讀者，彷彿作家的讀者們，自始至終都是那個去踢露西扶住的美式足球的查理布朗[49]；彷彿小說家的一大長才，是當那種會在氣氛友善的社交聚會裡大聲叫賣的鄉巴佬。

對加迪斯來說，不幸的是他的許多朋友、學者和辯護者都參與了這些謬見。加迪斯文章的編輯約瑟夫．塔比，篤信破壞性難度，相信天啟之日——個人之死、系統勝利——不僅近在眼前，甚至已在你不知不覺中發生，所以別責怪玄祕的加迪斯不平易近人。塔比的

---

45 Béla Bartók（1881-1945），匈牙利作曲家、鋼琴家。曲風融合原始主義和新民族主義風格，為二十世紀最偉大的作曲家之一。

46 Virginia Woolf（1882-1941），英國女作家，被譽為二十世紀現代主義與女性主義的先鋒，著有小說《歐蘭朵》（*Orlando: a Biography*）、隨筆《自己的房間》（*A Room of One's Own*）等。

47 Samuel Beckett（1906-1989），愛爾蘭、法國作家，代表作為一九五三年首演的戲劇《等待果陀》（*En attendant Godot*），一九六九年獲頒諾貝爾文學獎。

48 《O Pioneers!》，美國作家薇拉．凱瑟（Willa Cather, 1873-1947）一九一三年的小說，描寫美國早期移民的拓荒開墾生活。

49 查理布朗（Charlie Brown）和露西（Lucy）都是漫畫《花生家族》（*Peanuts*）的角色，露西常扶住美式足球讓查理布朗踢，而在他快要踢到的時候把球抽走，害他跌倒。

致歉是五級新潮主義警報的範例：

加迪斯的讀者向來有限，部分原因是，受過十九世紀寫實主義訓練的讀者，會懷念他作品中那些可用來立即辨別完整角色的前兆或傳統表徵。這種傳統角色是中產階級和工業世界裡的媒介，而這樣的世界在當今美國，已成過往雲煙。

如果你讀一本小說讀得很開心，那你就是後工業系統的愚民；如果你還認同哪個角色，那你必須重讀「後現代主義入門」。威廉．蓋斯在《承認》的導讀中寫到「我們」（我懷疑他不認為這個「我們」包括威廉．蓋斯自己在內）時，指名道姓地說出那個該拋諸腦後的幼稚東西：「我們太常偏愛文學『寫實主義』，因為我們大多在它的薰陶下長大。」蓋斯對困難的辯護彌補了塔比的不足，但也更詭辯、押更多頭韻。「如果作者努力寫出作品，」蓋斯寫道：「讀者或許也必須努力；而當作家消磨時光、打發詞句時，讀者就可以放輕鬆隨便翻翻。」這種說法恐怕會讓加迪斯的小說失去更多朋友，樹立更多敵人。就連研究加迪斯的學者、評論堪稱明晰及理性支持模範的史蒂芬．摩爾[50]，也被熱情沖昏了頭。對摩爾來說，《JR》是一本「精要而簡約」的書，因為它推論、全對話的形式迫使讀者自行補上書中欠缺的描述和資訊。難不成一本小說的目的，是捕捉及有效率地儲存資料？

我對文學批評的微小希望是少聽到些管弦樂和顛覆，多聽到些情色和烹飪的藝術。不妨把小說想成愛人：今晚讓我們待在家裡共度美好時光，不因為你想被觸摸的地方得到愛撫，就代表你沒有內涵。在一本書能改變你之前，你必須先愛上它；或者愛上宛如廚師的小說家，他準備了這麼多道佳餚贈給讀者，不是只有冰淇淋，還有球花甘藍菜。

這一類以加迪斯為縮影的困難小說，在我看來與消化道下半段的關係較密切。貶低他的人普遍提到他的「多語症」，但更精確的說法應該是「停留過久」——便秘到讀不下去，甚至無法理解。艾德蒙・威爾森[51]在他研究佛洛伊德的時期把劇作家班・瓊森[52]鑑定為古典派的「肛門持有期」[53]作家，執著於排泄物、金錢、名冊、骯髒的陰間、艱澀的字詞、含糊的指涉。威爾森建議最優秀的作家要信任自己的天分，他也拿瓊森難讀的作品和他的朋友兼對手莎士比亞的作品對照（瓊森曾讚揚莎士比亞「開放、自由的天性」）。瓊森的代表作《煉金士》，描述倫敦一個佯稱可把其他物質變成黃金的騙子，讀起來就像文藝復興時期的加迪斯。這兩位作家都在情節裡塞了太多騙人的東西，對兩人來說，金錢都是這個世界的屎（「雷克托・布朗」！）乍看迷人，實則噁心。

50 Steven Moore（1951-），美國作家、文學評論家。

51 Edmund Wilson（1895-1972），美國作家、文學及社會評論家。

52 Ben Jonson（1572-1637），文藝復興時期的英國劇作家、詩人及演員，以諷刺劇見長，代表作包括《狐坡尼》（*Volpone*）和《煉金士》（*The Alchemist*）。

53 Anal-retentive，為佛洛伊德人格發展五階段的肛門期的前半期，指幼兒學會囤積糞便、刺激肛門等樂事。若發展不良易造成吝嗇、頑固、龜毛等人格。

如果我的話聽來也有點佛洛伊德，那是因為第五百二十三頁的前幾行，我第二次讀《JR》的終點，看來就像壓緊的糞：

解釋微量叫儂尼申請耗用礦產的分配額度跟食藥局攤牌努力洽談鈷的安全標準現在米利肯突然插話要保護家庭產業他們除了羊和印地安人碩果僅存的東西直到忽然明白他的形勢

精要而簡約？《JR》明明深受它企圖抵抗的瘋狂所苦。頭十頁、尾十頁和中間每一個十頁都捎來這個「消息」：美國的生活是膚淺的、詐欺的、腐敗的、對藝術家充滿敵意的。但以前沒有，以後也不會有哪個讀者在第十頁沒被這個「消息」說服，到了第七百二十六頁才被說服。這部小說變得跟它描述的系統一樣冷颼颼、機械化而使人精疲力竭。它的世界是由企業界的白人統治，他們以不帶愉悅的熱忱工作著，若無其事地排擠女性和少數人，並發明困難的行話來阻擋新進人員——跟這本書出奇地像啊！（而加迪斯和他學術界的崇拜者只為了要讀者拋棄寫實主義的邪惡樂趣、培養對藝術無私而純粹的愛就排斥清教，又更奇怪。）小說行進到一半，連JR范桑的魅力也衰退了。JR是霸子・辛普森[54]的化身，但霸子絕對比JR更適合我們的文化環境。若說兼具效用及娛樂性的系統化諷刺可自成一類，那是每周播半小時的電視卡通，而非文學小說。《JR》裡就連最風趣的插科打諢都會在你看完之前磨掉你的耐性。反觀《辛普森家庭》，每一個玩笑都一針見血，讓目標有苦難言，且下個星期又是新的一集。

令人好奇的是：我懷疑加迪斯也看《辛普森家庭》。我懷疑假若別人寫了繼他《JR》之後的小說，他不會想讀，就算讀了也不會喜歡。加迪斯的信徒相信，他發展出的那一套文風應該已經改變美國人讀小說的方式，但他自己的喜好卻相當保守，尤其瞧不起現代藝術。他選了女兒莎拉畫的一幅抽象畫做為他第四部小說《訴訟遊戲》[55]的封面，而且沒有註明那是她五歲時畫的——「看，每個小孩都能畫出那種東西。」史蒂芬．摩爾出於好意地彙整了一張很厲害的表，列出加迪斯喜歡讀和不喜歡讀的類型。基本上，他不喜歡藝術小說。摩爾指出，他對常被拿來與他相提並論的同時代作家「興趣缺缺」，包括品瓊在內。「總的來說，」摩爾的結論是：他似乎「比較喜歡拿起傑伊．麥金納尼[56]《如此燦爛，這個城市》（他覺得「非常好笑」）之類的小說來讀，而非和他自己的一樣具挑戰性的小說。」

供應讀者一塊你自己不會吃的水果蛋糕，蓋給讀者一棟你自己不會想住的不舒適的房子，這違反了我認為任何小說作者都該履行的責任；嚴重違背「契約」。

54 Bart Simpson，卡通《辛普森家庭》（*The Simpsons*），叛逆、不服管教、不尊重權威。

55《A Frolic of His Own》（1994）。

56 Jay McInerney（1955-），美國作家，曾在《紐約客》擔任「事實查證」編輯，作品《如此燦爛，這個城市》（*Bright Lights, Big City*），後被搬上大銀幕，更名為《燈紅酒綠》。

若說《JR》奉獻給「美國基本上很爛」這個主題，那加迪斯第三本小說《木匠的哥德式古屋》[57]要傳遞的訊息就是它真的、真的、真的爛斃了。加迪斯承認，這本書是「風格方面的練習」，且內容是徹徹底底的「老套描寫」。一位常上電視亮相的南方傳教士原來——是個危險、貪贓枉法的偽君子！一位美國參議員原來——貪汙！這本書徒具空殼。但不同於《承認》，評論它的人可多了。

加迪斯的最後一部現實小說《訴訟遊戲》，花了六百頁沒完沒了地說明原本設計來建立秩序（美國法律）的制度，是如何反而助長失序。這本書非常適合研究生做研究。它闡述了一個陳腐卻無懈可擊的社會論點（美國民眾太愛打官司），充斥著各種主題、引證、故事中的故事，更無數次間接提到他自己早期的作品和其他著名文本（最好溫習一下你的柏拉圖和朗費羅[58]）。說真的，它在美學方面唯一的缺點，是一直重複、條理不清和悶得令人發狂。當然，這部小說得到加迪斯所有著作中最溫暖的評價，也獲得非正式的終身成就美國國家書卷獎。

《訴訟遊戲》最精采的部分是法律見解和某些性格描述。完全透過對話來創造角色，就像把一隻手揹在背後打拳擊，而加迪斯式的論點「拉撐我們的想像力能讓角色看起來更真實」，也無法說服我（事實上，讀加迪斯的工程讓我懷疑我們的大腦是不是為傳統的說故事方式而建構，亟欲從「她站了起來」之類平凡無奇的句子形成畫面）。儘管如此，他全憑推論描繪的人物仍栩栩如生。奧斯卡．克里斯是五十來歲的業餘劇作家和兼任教授，目無法紀，因而他身上有多得可笑的訴訟交錯。他住在長島一棟他童年住過、又大又老的房子裡，絕望地被五花八門、得花一輩子處理的報告圍繞——又是混亂失序的諷刺漫畫。就身體機能而言，奧斯卡是個嬰兒，小說裡他大部分時間都坐在輪椅上，手一直撫玩著女友的上衣，試著讓手和嘴貼上她的乳房，且不分晝夜喝著酒。

《承認》裡，一個兒子長大了，失蹤了。沒有孩童的《木匠的哥德式古屋》，是本沒有希望的書。其他兩本小說則都以一個非常龐大的孩子為中心。到了《訴訟遊戲》，他是自私、不可理喻、自憐、不能正常行動又永不滿足的奧斯卡，他是扮演國王的豬，是受苦受難而（哈哈！）碰巧沒什麼天分的藝術家。奧斯卡博取你的同情只是為了濫用它。他寫的那部與南北戰爭有關的長劇本顯然很爛（這話不是搞笑），加迪斯卻投入一百頁重現原稿，又花五十頁無盡叨唸它與藝術、正義和秩序的關係。這本小說是文學後現代主義獨具腐蝕性的例證。加迪斯以一部探討名作偽造的現代主義史詩開啟寫作生涯，卻以一部表面像是傑作的浮誇鬧劇終結，所有試圖跟隨它的腳步、遵循它的邏輯的讀者都受到懲罰。當讀者最後表示「喂，這亂七八糟，這不是傑作」時，這本書立刻蛻變為表演藝術的道具——它的欺詐正是宗旨！而讀者花了二十個小時善盡責任。

對於加迪斯死後才出版的兩本書，我的感受跟父親住在照護中心時如出一轍。除非你是非常好的老朋友，否則最好不要看到他受苦的模樣。他的最後一部小說《令人目瞪口

57《Carpenter's Gothic》（1985）。

58 Henry Wadsworth Longfellow（1807-1882），美國浪漫主義詩人及翻譯家。

呆的聖潔之愛》[59]書名來自他寫的一篇探討自動鋼琴和藝術學科機械化、語氣調皮而知識不大確定的散文。但這本書通篇是不拘形式的大聲嚷嚷，**句子，沒錯，讓句子跑起來，一起跑，讓它斷斷續續，比乍看簡單但不不不，重要的是藝術**。一個沒有名字的小說家瀕死躺在那裡，他的身體是違背精神的殘骸。他斥責自己一敗塗地，指責民粹的「羊群」誤解他，擔心他只會被當成「漫畫」看待。但漫畫就是《令人目瞪口呆的聖潔之愛》的精髓——一個晦澀、執迷、引證氾濫、唯我主義的段落把「漫畫作品」奉為痛苦人性的「唯一避難所」。《令人目瞪口呆的聖潔之愛》共九十六頁，我幾乎讀每一頁都會看一下頁碼。這部小說的結語確實刺痛了我，那段話讓人想起加迪斯早年的諾貝爾夢：

> 那是青春時刻，擁有不顧一切的活力，凡事都可追求。但到我們現在這個年紀，只能回頭看我們摧毀的一切，看我們離開那個可以做得更多的自己。它也成了我的敵人。因為那就是我能告訴你的、什麼都能做的青春。

但打動我的，卻是加迪斯賭上職業生涯也要詆毀的原由：因為我是被人類的蹣跚步履觸動。我想到的是藝術家，不是藝術。

如果你還懷疑自己是不是缺少什麼，缺少一把解開加迪斯、解開他的困難的鑰匙，那你可以讀讀《衝向第二名》[60]來讓自己放心。這是加迪斯的散文和隨筆選集，書很薄。在這裡你會發現，加迪斯連一篇簡短的非小說文章都沒辦法不大聲嚷嚷。你會找到老愛把引言串在一起，讓你不得不仔細讀兩遍的散文——然後斷定那串引言根本沒有暗藏什麼論點（甚至沒有邏輯）。你會看到，果不其然，一個不怎麼有趣、睿智或具娛樂效果的事情好說的作者，可以用文學的困難作煙幕彈，沒有任何地方提及閱讀小說的樂趣。你反而會了解，加迪斯相信小說應該要改善世界——好的小說不是要寫「事情的樣子」，而是寫「事情該是什麼樣子」。你會明白「令人目瞪口呆的聖潔之愛」指的是他的感想：契約的世界、金錢和機器的美國世界，已經把仁慈的愛（聖愛）剝啊剝，剝到只剩下早期基督教群體嚮往的東西。

或是類似那樣的東西——有點模糊不清。我想像加迪斯的信徒對我搖動手指，告訴我我不過是另一個愚蠢的讀者，解釋說那些散文是在顛覆我對明晰、愉悅或薰陶的期待；說我不懂他的玩笑。對於加迪斯的難，他們願致上後現代的歉意，比如葛瑞格里．康尼斯[61]寫的：

> 這種認識論的敘述法迫使讀者主動參與敘事意義建構，要求他們自行提供資訊給沒有寫出來的文字，藉此向讀者證明，要讓敘事有意義，辛苦的作業是不可或缺的先決條件。

59《*Agapē Agape*》（2002）。

60《The Rush for Second Place》（2002）。

61 Gregory Comnes，美國希爾斯堡社區大學哲學教授，著有《威廉．加迪斯小說裡含混的倫理》（*The Ethics of Indeterminacy in the Novels of William Gaddis*）。

換句話說，他們告訴我，我必須**再辛苦一點**。對此我只能這樣回覆：沒有哪種頭痛，比得上你下了比表面上作者集結文本還大的工夫，來譯解文本還要頭痛；而我的頭已經開始痛了。

♣

也開始，像M女士那樣說話了？

一如許多懷有契約觀念的美國人，一如一百年前的文學社團，一如今天的讀書俱樂部，我了解有時候契約會決定作品。我知道一本書的愉悅並非總是唾手可得。我期待這種作品，我**想要**這種作品。但我的新教徒性格也期望獲得一些回報。雖然在我企求回報的時候評論家總會給我牧羊人式的指引，但我認為，每一個人最終只會和自己的良知獨處。身為讀者，我追求個人和藝術的直接關係。我愛讀的書、我寄予文學信念的書，都是我可以建立這種關係的書。出乎意料地，《承認》，原來也是這樣的一本書。

但在《承認》之後，加迪斯不知發生了什麼事，某件混亂失控的事。無論事實是不是如此，我都在跟自己說一個「麻煩」的五歲男孩的故事，一個骨瘦如柴的年輕人，就像哈姆雷特在腦中銘記繼父的邪惡那樣，集結成一套在文學界無人能出其右的欺騙百科全書。他將信仰和希望託付給一座厚達九百五十六頁的寶庫，也給成人世界一次認識他的機會。當這個世界無可避免地沒通過測驗，他便將天分轉向企業公關那種典型的騙人勾當，彷彿在說：「你永遠不會再撞見我抱持希望了。」於是，現代對辛苦的呼求變成後現代的冷笑話。企業公關的工作固然算不上高尚，但至少他很清楚它不高尚。的確，後現代主義的本質就是青少年對意識的頌揚、青少年對被騙的恐懼、青少年對所有系統都是欺騙的認定。這理論極具說服力，但一旦套用於人生，就變成憤怒的處方。孩子會長得很高大，但永遠不會長大。

我覺得這是挺好的故事。只要我相信這是加迪斯的故事，我的憤怒就會隨之緩和，溶解在悲傷之中。這樣的加迪斯一點也不像漫畫，這樣的故事也絕對無法套用《辛普森家庭》的公式。這樣的故事，「難」代表人生艱辛的故事，就是小說要探討的故事。

二〇〇二年

床上的書

「性」是什麼？任何事物都像它，它也像任何物事。但最後，每一次高潮或多或少都很相似。這或許正是關於性愛的寫作，既有效又無聊的原因。

每天早上都擱在早餐桌上、靜靜等我關注的《紐約時報》，最近在它情色撩人的大幅版面上刊登了一篇由亞當・霍克希爾德[1]發表，在我看來完全合理的專欄文章，寫他對機場電視的憎惡。「在每道門都用電視詛咒我，」霍克希爾德這麼寫：「大部分旅客都想聊天、工作或閱讀，但電視的穿腦魔音刺入對話，侵佔書頁。」他的抱怨很快引來常投書《紐約時報》的提升派、共鳴派和反駁派讀者的迴響。一位提升派人士建議機場電視改為無聲，上字幕就好。一名共鳴派人士動人地寫到類似的憎惡：在電影院裡「聞到和聽到爆米花的聲音」；另一人則邀請讀者「試著在任何中等價位的旅館，不要忍受電視脫口秀的嗡嗡鼓譟過一晚」（「嗡嗡鼓譟」一詞足見他的忿恨！沒有什麼比《紐約時報》難消化的讀者投書更能支持我對人性的信仰）。但典型的反駁派也沒缺席，例如透納有線電視網的總裁就匪夷所思地聲稱機場電視「不具侵擾性」，亦較具說服力地斷言霍克希爾德「比他想像中孤單」。尼爾森調查顯示，百分之九十五的飛機旅客認為電視能提升機場環境，也有百分之八十九認為「電視讓待在機場的時間更有價值」。讀到這裡，我不免同情霍克希爾德起來。他在這裡勇敢地為沉默的受害多數發聲，希望喚起群情激憤，卻有人拿數據——**百分之九十五**——給他迎頭痛擊。

基準，是資訊時代的固定裝備，它是朋友還是暴君，端看你有多「正常」。今年冬天，當我著手廣泛研究當代大眾性愛書籍，發現我是美國少數不為精美睡衣興奮的異性戀男人時，腦中不禁浮現基準這種東西。在書店裡，大眾性愛書通常置於「健康」類（這主題對文化如此重要，現今出版的每一本書，包括小說在內，說不定都可以放在這個類別），而且，既然性愛「健康」不可能客觀定義，那些書便為讀者提供各式各樣的基準式聲明。「成套的蕾絲胸罩和內褲、吊襪束腰帶和吊襪、緊身上衣、丁字褲，性感連身內衣，多數男人對這些愛不釋手。」「五月花鴇母」席德妮・碧朵・巴羅斯在《女性悄悄話》[2]一書中這麼寫道。她稍後補充：「不知何故，貼身上衣和風流寡婦露肩內衣似乎是普遍受到歡迎的服裝。」蘇珊・布拉克博士[3]在《愉悅十誡》中命令女性讀者「穿內衣」，並解釋說：「喜歡性愛的男人喜歡會思考性愛、為性愛裝扮的女性。」《高度性機密》的作者蘇珊・可蘭・蓓可絲[4]同意：「男人喜歡你穿高跟鞋、緊身衣和吊襪上床。」惟恐以上歸納不夠科學，《性：男人指南》[5]的作者群報告，根據他們對《男性健康》雜誌讀者所做的調查，內衣「無疑……是美國男性最愛的性愛輔助品」。

我不反對好看的胸罩，更不反對有人邀請我卸下，但在好萊塢費德烈克[6]販售的那種妓院式穿著，在我眼裡就跟超級盃的半場表演一樣虛假。聽到主流讀者真的在**買**這些書

1 *Adam Hochschild*（*1942-*），美國作家、新聞工作者。

2 指Sydney Biddle Barrows（1952-）的著作《Just Between Us Girls》，她在費城一帶經營妓院經營得有聲有色，而由於其先祖當年乘坐「五月花號」移民美國，媒體常戲稱她為「五月花鴇母」。

3 Dr. Susan Block（1955-）美國性學家、作家，著有《愉悅十誡》（*The 10 Commandments of Pleasure*）等。

4 Susan Crain Bakos，美國性學作家，著有《高度性機密》（*Sexational Secrets : Erotic Advice Your Mother Never Gave You*）等。

5 《Sex: A Man's Guide》，由史達芬・貝奇托（Stefan Bechtel）和賴瑞・史坦斯（Larry Stains）合著。

6 Frederick's of Hollywood Group, Inc. 美國知名女性內衣品牌。

時，我就像得知「混混與自大狂合唱團」首張專輯賣了一千三百萬張，或美國男性夢想約會對象是辛蒂．克勞馥一樣，習以為常的疏離感油然而生。就某種意義上，我很驕傲自己跟其他人不一樣。但，一如其他人，我也對性感到焦慮，而在性愛方面知道自己跟其他人不一樣，會直接引發這種憂慮：我不像其他人那麼好，或者至少，不像其他人那麼開心。

性焦慮是與生俱來的。肉體的愛向來有風險，最赤裸的我遭拒絕的風險。如果今天的美國人格外焦慮，輿論似乎認為那是「變換性角色」和「媒體的性形象」等因素所致。事實上，我們只是在體驗自由市場的焦慮。避孕和離婚的簡便已移除性經濟的束縛，另外，一如現今德勒斯登和萊比錫的居民，我們都情願相信，這個連最貧窮的百姓都能夢想財富的體制能帶給我們幸福。但在古老的壓抑之牆倒下後，很多美國人，例如被拋棄的第一任妻子（像被特拉邦汽車工廠解雇的勞工）或性無能的男人（相當於計畫經濟的官僚），卻開始懷念舊日的國家壟斷。如果所有重新管制經濟的嘗試都未荒腔走板，我們幹嘛需要《守則》[7]呢？

在守則廣為人知之前，像這種可以在市場經濟找到的慰藉，主要來自「基準」。你擔心陰莖大小嗎？根據《性：男人指南》，多數男人的勃起後長度在五至七吋之間。擔心陰蒂構造嗎？據貝蒂．杜德森[8]在修訂版的《自慰：性愛獨奏曲》書中表示，個體差異多得令人吃驚。擔心頻率嗎？「美國人沒有豐富性愛的祕密生活」，這是《美國性愛》研究人員做出的結論。擔心你達到高潮所需的時間嗎？席德妮．巴羅斯說，一般而言，女性要十八分鐘，男性則只要三分鐘。

但仰賴基準尋求慰藉是有問題的，不只是你可能達不到，你也可能遠遠超出基準。有誰真的想在性愛方面跟別人一模一樣？臥室不是該給人特別的、甚至獨一無二的感覺嗎？而我最不想被提醒的是這個有點黏膩的事實：全美各地有數百萬人正在做愛。這是個體在面對群體時，免不了知道得比想知道得更多的難題：我想要獨處，但不要太孤獨；我想和別人一樣，又與眾不同。

大眾性愛書籍只是整個性產業的一部分，但你可以這樣主張：它們是最具代表性的宗派，因為它們是書。如果性戀物癖被理解為生殖精力的移轉，那麼語言就絕對是今日美國最普遍的性倒錯，甚至超越內衣。你不能在電視網裸露乳房，但你要大談祕密的強暴、亂倫和性騷擾等淫亂話題，不會有人限制你。要避免親密的流體，網路性愛和電話性愛是比迷戀膝蓋或腳更受歡迎的方式。

雖然我們的大眾性愛作家看似了解語言的優越性，卻不相信讀者知道怎麼使用，甚至在什麼時候使用。在《性：男人指南》書中，我們學到可以列出「臨床」和「猥褻」的詞彙並比較它們，來鼓勵情人說下流話。布拉克博士流暢地舉出陰莖的四十五種暱稱，包

7 暗指《戀愛必勝守則》（*The Rules*），艾倫・費恩（Ellen Fein）與雪莉・史耐德（Sherrie Schneider）著。

8 Betty Dodson（1929-），美國性教育者、作家，著有《自慰：性愛獨奏曲》（*Sex for One : The Joy of Selfloving*）等。

括「小雞雞」、「量油尺」和「愛之唧筒」，並命令她的讀者「自己挑一個」（她還慫恿較愛冒險的人「創造點特別的東西」，來迎合他們「非常特別的驚異之蟲」）。蘇珊・蓓可絲提點雙修情人要在適當的時機「輕訴愛意」，也建議想學下流話的女性租色情片仔細研究。「一旦你說那些話的時候能像編劇寫那些話一樣自在，」她告訴我們：「你便能賦予它們個性，讓它們聽來更像你自己說的話。」

在情色消遣的排行榜上，「閱讀專業性愛教學書籍」一定在倒數幾名，或許比剝柳橙還低，比用牙線潔牙高不了多少。一個問題是，雖然本意恰恰相反，這些書無論從整體或個別來看，都讓性的世界顯得十分渺小。別管肉體結合的方法是只有這麼多種，還是像艾力克・康佛[9]在大賣八百多萬本的作品中說得很好的：多到怎麼也說不完。總的來看，坊間流傳的知識猶如滄海一粟。一個接一個作者導出「舐陰」的詞源，強調凱格爾運動對鍛鍊恥骨尾骨肌的重要，並在提到酒精時引述莎士比亞的話（「它激起欲望，但危害表現」）。一個接一個作者堅持男人是「視覺動物」，以及陰莖的大小不如運用來得重要。當知識耗盡，建議就變得乏味而多餘。蘇珊・布拉克博士命令情人「說兒語，至少輕呼暱稱」。在《高度性機密》一書（副標為「媽媽沒跟你說過的性愛忠告」），蘇珊・蓓可絲指導自慰男人「以各種不同的組合」交互運用，單手慢撫、雙手慢撫、單手快搓、雙手快搓、杯形手、指搓、腕揉、拍擊、搥打、磨擦、擠壓、張手撫摸和仿陰道物品撫摸等，每一種都詳加傳授。

大眾性愛書作者用斜體字傳達無效與陳腐時，就跟機場電視裡的新聞播報員一樣愉快

——他們最惹人注目的才華，莫過於能夠一再喚起（或假裝，像高潮一樣）世人對汽車安全創新的驚嘆。那些作者試著把既不迷人又不新穎的東西變得既迷人又新穎，因此孜孜不倦地杜撰新詞。他們造出「性感官」、「原始伴侶」、「靈魂高潮」、「砲友」，並對美國讀者現在需要專業裸露狂的忠告自信滿滿。自稱「性愛哲學家」的布拉克博士則以窺探自己和丈夫的床笫之事來闡明她的十誡：「每當馬克斯想幫我口交時，就會發出倭黑猩猩的咕噥，然後一邊啜食，一邊輕柔地呻吟著告訴我我很可口。」對於從未與情人分享綺想，但「很想嘗試」的人，這位哲學家這樣建議：「和另一半一起看《蘇珊布拉克秀》，那能刺激你的幻想！」

並非每一本大眾性愛書都這樣光明正大地提到電視，但所有這類書籍都似乎下定決心，讓（原本是人生免費樂趣的）性愛深陷於消費支出的羅網之中。他們不厭其煩地敦促讀者買色情片、高品質內衣、蠟燭、香檳、香、油、按摩器、香水、泡泡浴。貝蒂．杜德森博士聽來不太像自體性慾烏托邦的提倡者，反倒像購物節目主持人；她兩度提供讀者購買她錄影帶的地址。席德妮．巴羅斯則暗示租豪華轎車、穿全長毛皮外套和豪華假期可為瀕死的婚姻增添生趣。在《高度性機密》裡，蘇珊．蓓可絲著手為想必手頭拮据的讀者蒐集富有階級花數千美元才能取得的性愛實戰知識。顯然，現今唯有付得起六百二十五美元

9 Alex Comfort（1920-2000），英國醫師、作家，著作《性愛聖經》（*The Joy of Sex*）一九七二年出版，暢銷八百多萬本。

參加多次高潮研討會的幸運國際菁英，才能擁有最好的性愛。無論蓓可絲採訪的是「美麗的法國高級妓女」還是昆達利尼瑜伽大師，她都會特別強調顧客的側寫。他們是「風流男子」、住「僻靜的」郊區別墅、穿西裝、喝「風味咖啡」。

至於「優質性愛」的好處，貝蒂・杜德森指出，在聽了她以陰戶為題的演說後，一位女性要求老闆給她加薪，「而且成功了！」（杜德森認為那女子自信提升是因為她「對陰部有自信」。）比起這些作家表達或暗示的保證——社會整體的性解放——工作加薪根本微不足道。我們可以期待「偏見與盲從、心痛與悲慘、寂寞與暴力」絕跡，槍砲過時，「創造精神」獲釋和「生命樂趣」復甦。以下是杜德森對自由的「未來幻想」：

> 一九九九年除夕。所有電視網都同意讓我製作「全美性高潮」。每個電視螢幕都放送著由美國頂尖天才創造的高科技唯美色情片。午夜鐘響時，全國民眾一同為世界和平自慰到高潮。

毛澤東令人反胃的勉勵是：革命要竟全功，就永遠不能停止；而我國文化的不休止革命則彙集於大眾性愛書中：不斷宣傳自得其樂，又不斷召喚始終強大的敵人。若是「性革命」宣告勝利，人們或許就不必再透過商業機制尋求教學和引導，因此，專家們頻頻在書中提醒我們，比起祖父母那一輩，我們有多幸福。他們讚美金賽博士[10]和「麥斯特與強森」[11]的科學；他們欣喜地戳破佛洛伊德的「成熟」陰道高潮；他們以「無知的紀錄」為大標題，嘲笑一個世紀以前人類無助的愚昧。但性壓抑的走狗仍在我們門外成群獵食。一位作家責怪「狹隘、家長式統治的一九五〇年代家庭價值觀」和我們「否定性愛、以生殖器為恥的教養方式」，另一位則怪罪「傳統婚姻」和「意在維持自身浪漫的反色情衛道人士」。宗教則是大家的共同箭靶。那些專家說，我們住在一個性壓抑的國度，活在天主教、基要主義[12]與無知主導的黑暗奴役下。

我不禁懷疑那些專家住在哪個星球。他們似乎對今天十五歲青少年的行為穿著視而不見，對他們自己就是直接受益者的性開放氛圍渾然不覺，更完全不知近來彼得．蓋伊[13]等人的眾多學術成就，已揭露維多利亞時代「壓抑」的表面底下，有和我們一樣多彩多姿的性經驗。當然，仍有一些美國青少年選擇把宗教上的顧慮看得比較重，而非流行文化。但蘇珊．布拉克博士憑什麼告訴那些孩子他們的選擇不好？至於絕大多數喜歡看《海灘遊俠》[14]勝於《聖經》的年輕人，他們確實很幸運，活在一個很多知識已成為常識的時代，

10 阿爾弗雷德．C．金賽（Alfred C Kinsey, 1894-1956），美國著名性學專家、生物學家，代表作為《金賽性學報告》（*Kinsey Reports*）。

11 美國影集《性愛大師》（*Masters of Sex*），改編自同名暢銷書，描述六〇年代美國婦產科醫生威廉．麥斯特（William H. Masters）和助理維吉尼亞．強森（Virginia E. Johnson）關於性的研究的故事。

12 美國新教中，對抗現代主義的保守派運動。

13 Peter Gay（1923-），耶魯大學斯特林歷史學榮休教授，獲美國歷史學會頒發學術傑出貢獻獎。著有《現代主義異端的誘惑：從波特萊爾到貝克特及其他人》（*Modernism:The Lure of Heresy from Baudelaire to Beckett and Beyond*）等。

例如女性有高潮，且很少是陰道高潮。但值得提的是，是女性力量提升讓這些知識變得普遍，而不是這些知識變得普遍使女性力量提升。

不管我多果敢地抗拒懷舊，維多利亞時代的寂靜仍然吸引我。布拉克博士福至心靈地說：「創造禁忌的諷刺之處在於，某件事一旦被禁止，往往就會變得非常有趣。」性，處於表面上壓抑的時代，至少有開拓私隱空間這個好處。戀人們認為自己站在官方文化的對立面，衍生出一種效應：每一項發現都變得**個人化**。現今專家廣為散布的願景（或稱為「理想」），也有非常無聊的地方：漫長的一生都是強有力、不間斷而「充實」的性，而且家家戶戶的故事都一樣。雖然要我回想二十出頭的我有多愚鈍，是件難過的事，但我並不想重寫我的人生。重寫人生會消除那些發現的時刻、經驗的完整視窗突然開啟的時刻，我搞懂「**原來如此**」的時刻。就像每個世代都必須覺得性是被發明的——「性交始於／一九六三年／（對我有點晚）」是菲利普．拉金[15]不完全反諷的哀歌。我們也該有自己的乾旱期和自己的革命，是這些讓我們的人生成為精采的故事。

不幸的是，這樣的故事很容易迷失在媒體文化的花言巧語間。狂轟濫炸的資訊會潛移默化，持續不斷的交流會產生社群。蘇西．布萊特[16]、蘇珊．布拉克和露絲博士[17]講話大聲，也有有線電視台撐腰。你可以打開收看，但你關不掉他們。他們連聲哀訴著包皮繫帶、會陰部、Ｇ點、緊壓技巧、倭黑猩猩和按摩器、連身衣和吊襪帶、「耳高潮」和「趾高潮」。他們的作品**創造**出笨手笨腳的外行人。他們對性「技巧」的發現**創造**出缺乏技巧的人口。因此，他們所屬的流行文化像極了ＭＴＶ海灘派對。從外面看，派對很歡樂，但在被動觀看者眼中，它最明顯的特色是：他們沒有獲邀出席。「是否有人能多次高潮……觸電般的口交經驗、可血脈賁張、情緒激昂數小時的絕妙做愛？」蘇珊・蓓可絲問讀者：「聽起來難以置信，但答案是有的。為什麼不是你呢？」寂寞的讀者這樣回答就能被原諒：因為我臥房裡有電視。

「性慾倒錯」這個詞有變態、不健康的意味。雖然我們的文化無疑在鼓勵我們將性慾的對象從生殖器換成言語，但這種轉移本質上不算病態。讀一本性愛書籍可以緩和寂寞（至少暫時如此）的理由是：性對人類來說，既是生物本能也很容易想像。當我們做愛時，腦海裡永遠會浮現自己做愛的畫面。雖然拿火辣的文字代替溫熱的身體可能只是在哄騙我們的生殖器，但值得注意的是，這個詭計時常奏效。十四歲時，我反覆研究我的《韋氏大學辭典》，查「性交」之類的字眼。急速翻閱《安・蘭德斯跟青少年談性》[18]找

14《Baywatch》，美國NBC電視台一九八九年開播的電視影集，以洛杉磯海灘救生員為主角的動作劇，戲裡有很多俊男美女的場景。

15 Philip Larkin（1922-1985），英國著名詩人，小說家、爵士樂評論家。重要作品包括詩集《少受欺騙者》（*The Less Deceived*）等。

16 Susie Bright（1958-），美國作家、演說家、性教育工作者。

17 Dr. Ruth（1928-），美國性治療師、作家。

下流玩意，我很興奮地得知，只要看到「穿緊身毛衣的女孩」，就足以激起青少男的情欲了。

對想要尋找這種令人興奮的字彙，但欠缺智謀自行編出令人震顫慄文句的人，現在有一本《寫性之樂：小說作家指南》[19]，是小說家伊莉莎白．班奈迪克撰寫的準性慾倒錯書。新的「樂趣」主要包括摘錄自當代小說家作品的性愛場景，與班奈迪克自己吱吱喳喳、消毒式的評注。無論《波特諾伊的怨訴》可能帶來什麼顛覆性的興奮，遇到這樣的分析都會化為烏有：「羅斯將青少男初次嫖妓的陳腔濫調轉化為豐富而滑稽透頂的場景，讓我們一再回到小說的主題：掙扎。要做一個好猶太人和乖猶太兒子？還是呼應性慾之所求，忘情淫亂？」班奈迪克透露，吸引她寫這本指南的一大動力，是她可以「讀性感的書，很長時間除了性愛什麼都不想」。她認為這是令人羨慕的事。這或許足以解釋，她的作品和大眾性愛作家的產物之間血濃於水的關係——讀起來非常像。它的標價就是它的命運。

一如大眾性愛作家，班奈迪克也恭賀我們的年代如此開明，祝賀她的讀者有幸生在《怕飛》[20]出版後的年代。她間接提到一九六〇年以前的黑暗時代，降臨於作者身上「數不清的自我審查悲劇」，也暗示威脅我們不安穩自由的邪惡力量（清教、基要主義者、性壓抑的政府）。雖然她和布拉克博士一樣，對禁忌引發的興奮表達了簡短的感謝（「既然我們什麼都可以說了，那還有什麼好說的呢？」），但繼續深究這點會給自己找麻煩，所以點到為止。同樣令她不安的是，她發現，要將「性愛技巧」從「寫出好小說」這個更大的挑戰分離出來，就和把性愛技巧和「愛一個人」的挑戰分開一樣，毫無效果。事實證明，「性」要寫得好，跟創作出色的小說差不多。她說，那要有「劍拔弩張的情境、戲劇性的衝突、性格發展、深刻的見解、隱喻和意外」。這些特質是班奈迪克在整本書中一再以各種不同組合回歸的慢的快的、單手的雙手的撫摸。她建議，要不落俗套，或至少「給他們一點獨一無二的轉折」。試著「讓作品有趣」，別忘了「你不必詳盡無遺，但要明確具體」，不適合的就必須放棄。

雖然班奈迪克相信她可以將讀者從自我審查的「惡魔」中救出，但並未明說該怎麼做。她一度暗示自由只是魄力的問題——「**問：**誰是你的審查人，要怎麼讓他們啞口無言？**答：**做就對了。」但一本旨在「准許我們沉迷於」新的可能的書，需要人示範；一如貝蒂・杜德森的《自慰：性愛獨奏曲》主要在推銷貝蒂・杜德森的專業勝利，最令班奈迪克感興趣的作品，也是班奈迪克自己的作品。她從她自己的小說摘錄了四大段，並用笨拙得迷人的敘述（「這些情感複雜的場景……」）來讚揚它們。同時，她也小心提醒我們，**她的**技巧並非從哪一本指導書學來。她說，在她的作品中，沒有「刻意試著製造衝突或插入意外」，雖然毋庸置疑地，她現在了解「那些元素有多重要」。

18《Ann Landers Talks to Teenagers about Sex》，安・蘭德斯（Ann Landers, 1918-2002）著。她三十七歲時以家庭主婦身分開始負責《芝加哥日報》的讀者問答專欄，婚姻、家庭、社會問題、性、工作與宗教等面向都涉及，蘭德絲很快因常識豐富與幽默風格聞名，後成為專欄作家。

19《The Joy of Writing Sex: A Guide for Fiction Writers》，伊莉莎白・班奈迪克（Elizabeth Benedict）著。

20《Fear of Flying》，是艾瑞卡・瓊（Erica Jong, 1942-）一九七三年出版的小說，對女性性慾的態度頗受爭議。

《寫性之樂》的詭計比性愛手冊更卑鄙，因為每個男人和女人都可能在床上稱王稱后，卻不是人人都能成為成功的小說家。尼采說：「給全世界看的書一定是發臭的書，附著渺小人類的氣味。」當然，事實可能是我不比旁邊的人偉大。但誰想知道那樣的事實呢？一如每個情人多少相信他／她做的愛是世上絕無僅有，每一個藝術家也死抓著這個幻想不放：他／她創作的藝術極其重要，不可或缺，獨一無二。

美學菁英化、性愛愈來愈裝模作樣，這些都不是我們的文化中應被指責的特質。它們是個人在縈繞不絕的喧囂中，為保護小小隱私空間所做的努力。每個人都該是菁英——只是不必表現出來。

班奈迪克在《寫性之樂》中提供的服務，有一項很討人喜歡：她像動外科手術一般，精確地將性愛場景從背景去除。我想，一本小說的猥褻部分愈是清楚和誠懇，就愈企望被去除。我十來歲時，小說就像特洛伊木馬，性興奮常藉此偷渡進我被保護周到的生活。但這些年來，對於嚴肅小說裡的性愛場面，我反倒「近鄉情怯」起來。我稱它為「高潮崩潰」——故事愈引人入勝，我愈害怕。通常，句子會開始喬伊斯式[21]地拖長。我個人的焦慮與作者的焦慮同時產生，想像著世界的脆弱泡泡，很快會被「必須點出身體部位和動作」給戳破，因為它們千篇一律。性愛表達要令人信服，恐怕讀起來得像自傳，但我不太喜歡沉浸在陌生人的生物化學中。少數天才（菲利普．羅斯或許是其中之一）具備成功詳述性愛場面的技能或蠻幹之勇，但大部分的小說、甚至是在其他方面精采絕倫的小說中，肉體術語只能絕望地遭污染，即便作者的用意是帶給讀者感官刺激。

德希達曾在他像極表演軟骨功的論文〈白色神話〉中證明，語言是非常獨立的系統，連基本如「太陽」的詞，都無法由任何人用語言論證：它指的就是客觀存在的、非語言的太陽。蠟燭**像**小太陽，但太陽**像**大蠟燭；仔細檢視，語言原來是透過隱喻的水平聯想，而非命名的垂直認證來運作。那麼，「性」是什麼？任何事物都像它，它也像任何物事——像食物、像毒品、像閱讀與寫作、像進行交易、像戰爭、像運動、像教育、像經濟、像交際。但最後，每一次高潮或多或少都很相似。這或許正是**關於**性愛的寫作，既有效又無聊的原因。火熱、滑溜、陰唇、僵硬、挺直、老二之類的名詞，既瞄準字面上的意思，也只能傳達字面意思。高潮是某種消費品，而無論如何，達成高潮的語言，始終只是一種廣告文案。

另一方面，語言**就像**性，也伴隨著開放型性愛的危險。當我拿著小說在床上，我希望它的作者會對我忠實。現在我正在讀尼克．宏比的《失戀排行榜》[22]，一本讀來開心、模仿男性焦慮的諷刺小說，主角的女友甩了他，跟樓上鄰居在一起，而那個鄰居，主角此刻想起來，他「床上功夫一把罩」：

21 這比喻源自詹姆斯．喬伊斯的經典名著《尤利西斯》，書中鉅細靡遺地描寫人物的每個生活舉止，包括吃飯、放屁、睡覺等。

22 Nick Hornby（1957-），英格蘭小說及散文作家，作品有《失戀排行榜》（*High Fidelity*）、《非關男孩》（*About a Boy*）等。

「他維持得夠久。」一天晚上我說，那時我們都睜眼躺著，凝視天花板。「我賺到了。」蘿拉說。那是玩笑，我們都笑了。哈哈，我們笑著。哈哈哈。現在我沒笑。從來沒有一個笑話讓我這樣充滿憎惡、偏執不安、自憐、畏懼和懷疑。

當完整的性愛場面終於隱約出現在敘事的地平線，當這本幾乎全在講性的小說走了一百頁，我對於高潮可能崩潰的厭惡感，被一種罕見的情況減輕了：我衷心覺得那個女生的戀愛對象（一個美國搖滾民謠歌手）和場景（倫敦一個貧瘠地區的一棟貧瘠公寓）相當性感。雖然我不期待看到似乎接下來就會出現的硬挺乳頭和噴出精液，但已經準備好饒恕它們，甚至享受它們了。但，又拖了八頁的笨拙談判和性交前焦慮，當宏比終於把他的情人們弄上床時，敘事者卻突然宣布：「我不要做別的事，那種『誰對誰幹了什麼』的事。」面臨「忠於發生的事」與「忠於讀者」的抉擇，宏比沒有讓讀者失望。他以一個簡單、落幕式的句子向我證明，他自己曾在閱讀時經歷過我方才經歷的那種不自在的懸念，所以那一剎那，雖然我是一個人在床上讀書，卻一點也不覺得孤單。我隸屬的團體不像任何被統計出特徵的樣本那麼大，也不像光著身體的自己那麼小。這是一個二人團體，由忠實的作者和信任的讀者組成。我們既相異，又雷同。

一九九七年

聖路易見

我張臂抱了一下哥哥，拔腿就跑，跳上貨車，衝下車道，匆忙開上道路時壓斷了一根樹枝。那個下午我已對自己許下承諾：那是我最後一次離開，我永遠不要再離開一次。

去年九月底一個寒冷的早上，在一條經過閒置工業區、通往看來不衛生的批發店，路面遭卡車損壞的道路旁，一位電視製作人和他的攝影師正在告訴我如何開車越過密西西比河到聖路易，以及，開車行經這段路時，我該表現出什麼樣的感受。

「你是回鄉拜訪，」他們說：「你要看看天空，看看拱門。」

攝影師克里斯是胸似圓桶、臉色紅潤、講話帶本地腔的在地人。製作人葛瑞格則是高大英俊、髮型猶如時裝模特兒、四海為家的男人。穿過我租來車子的車窗，葛瑞格拿給我一部無線對講機，讓我跟他和他的工作人員聯繫，他們會開小貨車跟在我後面。

「開慢一點比較好，」克里斯說：「開右邊數來第二個車道。」

「開多慢？」

「大概開三十五。」

遠遠地，我可以看到高架路上依然繁忙的通勤車流，陸續湧向波普勒街橋。在路邊我們所在的這個位置，有一絲不法的氣息，畢竟東聖路易的荒地很適合棄屍，但我們除了拍電視，沒做其他任何道德堪慮的事。當然，可能被我們打擾到的通勤者都不知道這件事，但我懷疑，如果他們真的知道真相──如果他們聽到「歐普拉」三個字，很多人應該就不那麼介意自己的不便了。

測試過對講機，一行人便把車開回匝道。我前一晚就到聖路易了，來到橋的這一邊只為拍這個鏡頭。我是已經在美東住了二十四年的中西部人。我是性情乖戾的曼哈頓人，秉持感覺像中西部人的合作熱忱，答應假裝回到童年的中西部城市，重新探根究源。

市內的車流量比外圍大。我踩煞車，讓攝影車追上來到左方與我並行時，緊跟我的後車閃了遠光燈。攝影車的側拉門開著，克里斯肩扛攝影機探出身子。最右線車道，一部半掛車從後方出現，準備超越我。

「我們需要你搖下車窗。」葛瑞格在無線電上說。

我搖下車窗，頭髮飛了起來。

「慢下來，慢下來。」克里斯越過朦朧的路面喊。

我放輕油門，看著眼前的路變空。我很慢，世界很快。半掛車已來到我的正右方，遮蔽了我要假裝仰望的紀念拱門和天際。

扛著攝影機從車裡傾身出來的克里斯生氣地，或者說絕望地大叫，聲音大過車的呼嘯。「慢一點！慢一點！」

我對阻塞的交通有一種病態的厭惡——或許是遺傳自父親。對他來說，晚上看戲時如果有矮個子坐在他後面，那一晚就是折磨。但我還是服從克里斯咆哮般的命令，而半掛車呼嘯地超越我，就在我們離開橋樑，向西而行時，又遮住了我們看拱門的視線。

我們回去拍第二次時，無線對講機那端的葛瑞格告訴我，克里斯不是在對我吼，而是吼他開貨車的助手。我每減速一次，他們就得減得比我更慢。這讓我覺得自己做錯事，但我很高興沒有人被拖出去砍了。

第二次拍攝，我保持在最右邊車道，依法定速限的一半閒晃，試著擺出——什麼的樣子？像個作家？好奇？鄉愁？無視後面的卡車司機一再鳴放喇叭。

在聖路易的史蹟舊縣政大樓前，也就是德雷德．史考特案[1]審判的地方，克里斯、他的助手和我忐忑地等著葛瑞格用手提式索尼螢幕觀看剛剛錄的連續鏡頭。葛瑞格漂亮的頭髮不斷落在他臉上，必須甩回去。在縣政大樓東邊，拱門聳立在一片人工栽種的梣樹林之上。我曾寫過一本小說，主題就是這個在我童年時毫無瑕疵的訓戒式聖像，我曾經賦予拱門和周圍縣市神祕與靈魂，但這個上午，我一點看法也沒有。除了有點遲鈍地迎合他人的焦慮，我毫無感覺。我是個不會說話但必須存在的物體，被動的影像提供者，而我覺得自己連這點都做不好。

不久後，我的第三本書《修正》將被宣布為歐普拉《讀書俱樂部》節目的最新選書。那是一部家庭小說，描述三個久居東岸都會的兄妹，時而嚮往、時而排斥年邁父母居住的美國中部郊區。一星期前，歐普拉的製作人之一，為人直率的艾莉絲打電話給人在紐約的我，說明做為歐普拉作者的一些責任。「這本書對我們來說挺難的，」艾莉絲說：「我們可能要先聽讀者怎麼說，才知道怎麼處理。」但為了製作我的簡傳短片，以及印象派的《修正》摘要，製作人需要「B捲」的插入鏡頭，和我說話畫面的「A捲」鏡頭交互剪接。既然我的打書巡迴行程顯示我下星期一在聖路易整天沒事（我原打算拜訪爸媽的一些老友），是否有可能在我的故鄉拍一些B捲呢？

「當然可以，」我說：「那要不要拍我在紐約的情況？」

「我們可能也想那麼做。」艾莉絲說。

我主動表示，在我的公寓和我在哈林區和一個雕刻家朋友合租的工作室之間，有很多有趣的東西可以拍！

「我們會看他們想怎麼做，」艾莉絲說：「但你在聖路易可以給我們一整天嗎？」

「沒問題，」我說：「只不過聖路易跟我現在的人生沒什麼關聯了。」

「我們或許會再找一天到紐約拍點東西，」艾莉絲說：「如果你巡迴結束後還有時間的話。」

我會當作家的原因之一，正是我和權威人士處得不自在。我只穿過一次制服，那是高中二年級的事：我為韋布斯特樹林高中的「政治家」樂隊吹巴里東（上低音號）。那時我十五歲，發育得很快；從九月到十一月，我的制服已經穿不下了。在美式足球球季政治家隊的最後一場主場比賽後，我走下球場，經過一群身穿緊身牛仔褲、披長圍巾的高年級女生。慌慌張張的我連忙用力拉下褲腳來遮蓋我可笑的鞋套，並鬆開橘黑相間束腰長衣的銅釦，違反規定，讓外衣敞開著。這樣子的我顯然更難鎮定，而說時遲那時快，我被樂隊指揮卡森先生看到了。他大步走來，推我轉了一圈，朝著我的臉大喊：「法蘭岑，你是政治家樂隊隊員耶！你要不就驕傲地穿這件制服，要不就別穿。明白我的意思嗎？」

當我接受歐普拉為我的著作背書時，我謹記卡森先生的告誡。我了解電視是由影像推

---

1 指一八五七年的史考特控告桑福德案（Dred Scott v. Sandford）。爭論點在於奴隸是否為美國聯邦憲法上之「公民」？即是否享有憲法保障的人權。當時最高法院參考歷史背景及各州現況裁定，憲法上之「公民」不包括奴隸。

動，愈簡單、愈生動愈好。如果製作人要我當中西部人，我就試著當中西部人吧！

星期五下午，葛瑞格打電話問我認不認識我老家後來的屋主，以及他們是否願意讓攝影團隊入內拍攝我。我說我不認識他們。葛瑞格表示他可以查查看，並詢問他們的意願。我說我不想進老家。這個嘛，葛瑞格說，如果我願意至少在外頭走走，他會很樂意向屋主徵求許可。我說我不想跟老家扯上任何關係。但我看得出來我的抗拒惹他不高興，於是提出一些替代方案，希望他會覺得吸引人：他可以到我以前去的教堂拍攝，可以去高中拍攝、甚至可以到以前的街道拍攝，只要別出現我家就行。葛瑞格嘆了口氣，記下教堂和高中的名稱。

掛斷電話後，我才意識到我一直在抓手臂、腿和身體。事實上，我差不多全身都起了疹子。

此時此刻，星期一早上，我站在對我毫無意義的拱門影子裡，疹子已經匯聚，又熱又痛又癢、像一條帶狀疱疹，環繞我軀幹的下右側。這是我前所未有的苦惱類型。在橋上拍攝的那段時間，高昂的情緒似乎讓癢減輕了些，但在等葛瑞格確認畫面是否能用時，我好想大抓特抓。

最後，葛瑞格從他的小螢幕抬起頭來，雖然明顯對第二次拍攝的成果不滿意，他仍宣布不必拍第三次。攝影師克里斯笑得像頭直覺獲得證實的獵犬。他穿著牛仔褲和燈芯絨襯衫，看來彷彿年輕時會聽歐曼兄弟和林納史金納合唱團。至於葛瑞格，似乎史密斯和新秩序樂團對他比較重要。當我和他開車一路向西離開城市時，我等著他問我有關聖路易的問題，或跟我開開玩笑，說我們做的事情有多做作多無聊，無奈他手機裡有很多訊息要回。他有一群昂貴的工作人員，一個僅以最低限度合作的演員，以及剩下七小時的白晝。

為騰出星期一來拍攝，我星期天就去爸媽的老鄰居葛蘭和伊琳．派頓家作客。派頓家比我更早預見連續拜訪太多人的困擾，所以在我還在紐約時就打電話過來，表示要設宴小小款待我一番。

下午三點，我開車來到昔日熟悉的韋布斯特樹林街，從不會經過老家的那一側駛近派頓家。不屬於哪一季，非夏亦非秋的小雨從天而降，一群烏鴉在某棵樹上啼。雖然葛蘭最近才換過兩個膝關節，伊琳也才剛從真正的帶狀疱疹復原，但這對夫婦在門口迎接我時看來快樂又健康。

我進廚房，做樣子幫他們弄茶點，從廚房的窗子，我可以看見老家的後面。伊琳對目前住在裡面的年輕夫妻讚許有加，她告訴我，據她所知自我們三兄弟把老家賣掉後，這兩年新屋主過得怎麼樣，又做了怎樣的整修。我們的小後院現在成了停車場，停了一艘中等大小的船和一部巨大的休旅車。草坪似乎重新鋪過，但我不能肯定，因為我沒辦法再多看一秒。

「我告訴他們你要來，」伊琳說：「他們表示非常歡迎你過去看看房子，如果你想的話。」

「我不想。」

「噢，我知道，」伊琳說：「艾莉．史密斯，我打電話邀她今天過來時，她說打從你們兄弟把房子賣掉以後，她就不開車經過這條街了。她說那太令她痛苦。」

派頓家門鈴乍響。我們還邀請了四對與我爸媽熟識的夫婦，母親過世後我就沒再見過他們。現在看著他們雙雙對對地到來，坐進派頓家鋪了地毯的客廳，看著他們全都充滿活力，全都做著自己，彷彿見證奇蹟。他們與我爸媽年紀相近，都七、八十歲，而我對他們某些的記憶，如同對爸媽最早的記憶一樣老。如果你真的**收到**摯愛的死訊，就像我終於不情願地**收到**我爸媽的死訊，你便了解最要緊的一件事情是，你再也見不到那個人活生生的、會微笑、會說話的身體了。這是失去摯愛最神祕也最基本的真義。張臂環抱和母親打了大半輩子橋牌的阿姨，握著和父親一起清理草叢或抱怨雷根總統的叔伯粗大的手，讓我同時感受到失去，和失去的相反。這些夫婦都可能是我的爸媽，仍好端端地活著，仍對病痛滿不在乎，仍從葛蘭．派頓手中接過他以「斟得好」著稱的酒，仍拿小碟子裝生菜和各式各樣的小點心，和抹了甜酸豆橄欖醬的烤布里乾酪。但他們不是我的爸媽。隔壁那間整修過的房子就可以證明，後院還有船，和一部腫脹的休旅車。

就在派對結束、我坐進派特家的家庭娛樂室看公羊隊的美式足球賽的那一刻，外頭颳起一陣強勁的秋風，乾了街道，也亮了天空。我不禁想到《在斯萬家那邊》[2]的最後一頁：風「吹皺了大湖，泛起微微波浪，像真的湖一樣」。大橡樹幫助馬塞爾「了解在現實中尋找儲存於記憶中的畫面，是似是而非的做法，那必定會失去記憶賦予它們的魅力、不能被感官理解而產生的魅力」。他的結論是：「我過去知道的，現實已不復存在。」

早在母親去世前，我就已懂得這個道理。每次回家看她，我總對房間的狹小和了無生氣感到失望；記憶中，房間可是充滿魔力，重要無比。所以現在我想，我更沒理由探索那間屋子的過往了。如果母親不會身穿家居服、捧著她從草坪摘下的螃蟹草或撿拾的小樹枝沿車道走上來，如果她不會從地下室抱著她一直在等雨停好晾在晾衣繩上的濕床單出現（她一直很喜歡床單披在外面的味道），派頓家窗裡的景象就吸引不了我。當我看著美式足球，聽著貧弱的風聲，我相信我無法久視老家的理由，是我已與它斷絕關係——我不想在進到屋內時感受那無可避免的空虛，不想怪罪無辜的房子，既然它的意義已被掏空，為什麼還要存在。

但節目必須繼續！我左轉進入韋布斯特樹林街的鏡頭就拍了四次，每一次葛瑞格都要我們停下，以便他在螢幕重看。我緩緩朝老家開去的鏡頭則拍了更多次。其中一個工作人員透過對講機建議我好奇地張望，彷彿我有一陣子沒回來似的。然後他們讓克里斯坐在乘客座重拍同樣的場景，捕捉我穿過擋風玻璃的視線，他把身體擠在門邊，捕捉我彷彿有一陣子沒回來，好奇張望的樣子。

下午一點，我們把車停在我舊家所在小山丘的山腳。新屋主已經沿著過去我吃力推著

2《Swann's Way》，是《追憶似水年華》英文版第一部的書名，全書共七部，是普魯斯特的自傳體小說。

刈草機的斜坡造了一堵擋土牆。牆是粉紅色的，視覺感跟樂高的堡壘差不多，但或許他們有長期計畫，要讓常春藤蔓生來遮掩。

片刻後，我得撇開頭去。天色明亮，陽光燦爛，當地的樹依然翠綠。三個孩子正在唯一一間新房子外嬉戲，那是個醜陋的灰泥盒子，從我住在這裡時就開始蓋了。葛瑞格正在請孩童的母親准許他們入鏡。我不認識那位母親，以前我認識韋布斯特樹林街的每一個人，但現在我只認識派頓夫婦了。

接下來半個小時，趁組員拍攝普通美國小孩在普通草地玩耍的畫面，我坐在派頓家對街的三角形安全島上，陽光下。我努力不去抓覺得癢的地方。我身後那棵年輕的橡樹，是家人在父親過世後種的。父親沒交代身後要土葬或火化（一輩子不肯討論這個話題），所以我們決定在安全島上，他刈了近三十年的草、耙了近三十年樹葉的地方種一棵樹，把他的骨灰撒在樹的周圍，並擺上一小塊大理石標誌，刻著「紀念厄爾・法蘭岑」。我覺得這棵樹會讓葛瑞格感興趣，但我不太了解自己為什麼決定不告訴他。如果是為了保護我的隱私，那麼，我對攝影組員大肆關注別人小孩的不爽情緒就太不合常理了。

在葛瑞格跑回我車裡拿了一份授權書給那個媽媽簽名後，我被要求沿街漫步，讓克里斯在我背後數步拍攝。葛瑞格要我說幾句話聊聊韋布斯特樹林街，所以我發表了簡單的歌頌，我是怎麼在這裡快樂地長大，對公立學校和公理教會教堂有多濃厚的情感。

葛瑞格皺眉：「更具體地描述這一帶。」

「喔，很明顯，這一帶是城市的郊區。」

「說說住在這裡的都是些什麼樣的人。」

我對目前住在這裡的人的感覺是，他們不是以前住在這裡的人，正因如此，我恨他們。我的感覺是，如果我得回來住這條我曾經住得那麼快樂的街道，我會暴怒而亡。我的感覺是，這條街道、我對它的回憶，是屬於**我的**——但顯然這兩者我都沒有專利權，就連這次以我的名義拍攝的鏡頭也不屬於我。

所以我對著鏡頭發表了簡短的社會學演說，闡述這個地區如何變遷，住家如何擴張，新入住的家庭多富裕。演說內容的真實性或許趨近於零。伊琳·派頓已經走出她的家門，在前院跟我揮手。我回以揮手，像對陌生人一樣。

「你確定我們不能在你家前面拍嗎？」葛瑞格說：「就在前面而已，不進去？」

「真的很抱歉，」我說：「但我不想。」然後，因為我不知道自己到底在保護什麼，一陣歉意突然湧上心頭：我太難搞了。我告訴葛瑞格我會給他一張屋子在冬天拍的照片，屋頂還有積雪。「你可以放那張照片。」我說。

葛瑞格把頭髮甩到後面去。「你一定要給我們。」

「一定。」

但葛瑞格看起來仍對我很不滿，所以我聽到自己跟他提了那棵樹的事。我向他說明原委，講了故事，但效果不如預期。他似乎只稍感興趣地看著我帶攝影團隊回到安全島，指出那塊大理石標誌。伊琳·派頓還在她家院子裡，但我現在連一眼也不看她了。

再接下來半小時我們從很多角度和距離拍了我和那棵樹，我慢慢朝樹走去，沉思似地佇立樹前，假裝思忖樹下的銘文。身體的癢讓我想到《異形》裡的那個場景：新孵出的異形從太空人胸口爆體而出。

顯然我沒有表現出感情。

「你抬頭望著樹，」葛瑞格這麼指導：「回想你的父親。」

我父親死了，而我，感覺也與死無異。我想起來，但又叫自己忘記母親也有一些骨灰撒在這裡。當克里斯推近和搖動鏡頭時，我主要的動作是將橡樹枝的結構印在視網膜上，試著回想樹在我們種下時的尺寸，試著推算它的年生長率；但一部分的我也在注視我。一部分的我在想像這場景將如何在電視上呈現——宛如極傷感的音樂。表現情感是我身為作家的分內之事，而這棵樹就是我的素材，但現在我卻成為毀滅它的幫凶。我知道我在毀滅它是因為葛瑞格對我蹙眉的樣子，就像我蹙眉看著一枝難寫的原子筆。肚子和背部奇癢無比反倒成了慰藉，讓我不用專心面對無法適切地面對父親和他的樹的羞愧。我恨不得沒跟葛瑞格提到這棵樹！但我怎麼可以**什麼都不**提？

我不夠格當歐普拉的作家。團隊與我正要結束一些最後的散步鏡頭，堂堂進入在韋布斯特樹林街的第三個小時，讓我完結這次失敗。三個字像埋伏的異形幼體從我的胸口爆體而出，我說：「這好假！」

出乎意料地，克里斯從他的接目鏡抬起臉，精神抖擻地笑了笑，點點頭。「你說的對！」他的聲音洪亮，帶著歡樂和某種近似憤怒的意味：「你說的對，就是假！」

臉色鐵青的葛瑞格只看看錶。光陰似箭，而這個作家真難搞。

我們從韋布斯特樹林街出發，穿越本縣的西部地區前往運輸博物館，那是一條美化過的支線軌道，鐵路公司在那裡擺了過時的運輸工具，或許因為搞這麻煩而得到寬厚的稅負扣除額。我對火車沒有特別的迷戀，也從沒去過那間博物館，但交通博物館有在《修正》客串演出，而且小說裡有個主角是鐵路工人，所以我的職責是站或走在鐵路邊，擺出沉思的樣子。這事我做了一個小時。

當時間差不多，我得動身前往今晚要讀書和簽名的書店時，我握了葛瑞格的手，說希望有些畫面能派上用場。從他回話中流露的沮喪，我看到似曾相識的追求完美和杞人憂天，他的重拍就等於我的重寫。

「我想我會找到辦法讓它派上用場。」他說。

我抵達時，布蘭伍德的博德斯書店人潮擁擠。出版社的宣傳人員，名叫彼特．米勒的聖路易在地人已到了現場，並為這場讀書會帶來他妹妹、他的女友和一瓶單一純麥威士忌給我在巡迴期間喝。在跟陌生人相處了一整天後看到他，我覺得彷彿回到親人身邊。不只因為我已經和這位身形不高大的出版人合作十四年，或彼特和他同事感覺上更像朋友而非事業夥伴。是因為彼特和他女友都來自紐約，而紐約才是世界上所有城市中，唯一我覺得像成長家鄉的城市。我長大後才跟父母比較親近，小時候最典型的經驗是在大人上班或開派對時，自己玩自己的。我的紐約就是這樣。

想家的我差點張臂環抱彼特。直到我完成讀書會，我與這另一個家、這聖路易的完整關聯，才變得明確。排隊等簽名的人裡面有數十張熟面孔：老同學、朋友的爸媽、爸媽的朋友、主日學校的老師、週日劇場的其他演員、高中老師、父親的同事、母親的橋牌牌友、教堂信眾、韋布斯特樹林街住得近和住得遠的鄰居。我老家的新屋主，我已經恨了一整天的男人，也開車過來歡迎我，並給我家裡的一件遺物：一個上面刻了父親名字的銅製門環。我接過門環，跟他握了手。我跟每一個人握手，也喝了彼特倒給我的威士忌。我沉浸在那些對我一無所求的人們的善意裡，他們只是過來打個招呼，或許拿本書給我簽名，只因為念舊。

離開書店後，我直接前往機場，準備搭晚上最後一班往芝加哥的班機。在芝加哥，明天上午我要和艾莉絲為歐普拉的節目錄九十分鐘的訪問。今天稍早，當我正竭盡所能為鏡頭擺出沉思神情時，歐普拉已公開宣布她選了我的書，並以如果我有幸親耳聽到一定會臉紅的話稱讚它。我一個朋友之後轉述：歐普拉說作者為那本書傾注了那麼多，「腦汁一定絞盡了」。事實將證明這是出奇貼切的描述。從明天晚上開始，在芝加哥，我將在簽名隊伍和採訪中遇到兩種類型的讀者。一類會對我說：「我喜歡你的書，我覺得歐普拉選了它真棒。」另一類則會說：「我喜歡你的書，很遺憾它被歐普拉選中。」因為我是一到德州就馬上會學德州腔的那種人，兩類型讀者我都會親切地回應。跟歐普拉的崇拜者說話時，我會發出感謝和善意的光輝，認同電視為書籍拓展讀者是件美事。跟不屑歐普拉的人說話時，我會表露出發現父親的橡樹被搞成催淚彈時所感到的渾身不自在，也會嫌棄《讀書俱樂部》的標誌。我會因此惹上麻煩。如果我去了奧勒崗，我會在精力透支時把

「優質現代人」和「藝術小說」混在一起，用「優質藝術」來形容普魯斯特、卡夫卡和福克納對我寫作的重要，結果幫丹・奎爾[3]博得意外的同情。這也會害我惹上麻煩。歐普拉會取消邀請我上她的節目，因為我看起來「自相矛盾」。我會被怒不可遏的民粹人士從東岸罵到西岸，會被《紐約》雜誌的匿名投書者稱作「混帳東西」，被《新聞周刊》的讀者罵「自大狂」、被《波士頓全球報》的讀者罵「目中無人」、被《芝加哥論壇報》罵「被寵壞的愛抱怨小搗蛋鬼」。我思考這些可能，並在某種程度上相信我以上皆是。我會悔悟、會辯解，設法過關，但於事無補。我的疹子會像它神祕地出現般神祕地消失，被撕裂的感覺只會更深刻。

但這些全是未來之事，此刻我仍在I-170公路快速向北而行，穿過照明不足的車道，肚子很空，頭因為威士忌而有點昏。銅門環令我心煩。我把它留給彼特・米勒保管，因為我不想要（它幾個月後又出現在我編輯的桌上）。我不想保留那個門環，甚至不想看它，原因就跟我將視線從老家移開一樣。不是因為那會提醒我現在那間屋子的意義有多空洞，而是因為那間屋子或許沒那麼空洞。遙遠的過去或許只活在我的腦袋，我對過去的記憶或許只會被我貧乏的現況嘲笑，但還有更近更痛的記憶我尚未觸碰——我努力拋下、擱在那間屋子裡的回憶。

3 Dan Quayle（1947-），美國第四十四任副總統。他曾抨擊美國影集《風雲女郎》（*Murphy Brown*）單親媽媽的劇情，認為這會衝擊傳統家庭制度，結果引來媒體圍剿，說他以自身的道德觀念強加於人。

比如，上回母親住院時我在冰箱裡發現，一個派熱克斯玻璃小碟子上盛著罐頭豌豆。母親從很久以前就甘於在孩子逃往東西兩岸期間，一個人待在屋裡。我們邀她搬到東岸或西岸住，但這棟房子是她的命，是她仍然擁有的東西，與其說是孤獨的場所，不如說是孤獨的解藥。但她在那裡常獨自一人，而人在紐約的我，總是竭力不要想起她在獨居。一般來說我忘得相當不錯，但當我在她上一次動手術那天飛回來時，卻在屋裡發現強大的回憶品：一條浸在地下室水桶裡的髒毛巾、她床邊做了一半的填字遊戲。母親住院的前一個星期、或更早，她嚥不下任何東西；我抵達時，她的冰箱除了一些放了很久的調味料和精緻食品外，幾乎空無一物。置物架最上層只有一夸脫的脫脂牛奶、一個罐頂包了錫箔紙的綠豌豆罐頭，以及，在罐頭旁邊，盛有一撮豌豆的碟子。我中了這碟豌豆的伏擊，差點被摧毀。我被迫想像母親獨自在家、想吃一口什麼，一口豌豆，卻發現心有餘而力不足時的情景。否則，以她平常節儉又樂觀的個性，她會把罐子和碟子放進冰箱，等胃口回來。

三個月後，我在那房子裡的最後一天，和哥哥一起做最後的維修，同時把我的舊物裝箱。那個星期，我們一天要忙十二到十四個小時，而我一直瘋狂打包，直到租賃貨車開來的那一刻為止。我沒有時間感受什麼，除了在箱子上貼標籤和把東西裝上貨車的快感；緊接著，忽然，輪到我離開了。我去找哥哥道別，碰巧經過我以前的臥室，不由自主地駐足走廊，往裡面瞧。這才想到，我**永遠不會再看這個房間**了；一陣悲傷淹沒了我。我跑下樓，大口喘氣，眼前一片迷濛。我張臂抱了一下哥哥，拔腿就跑，一路狂奔離開家，跳上貨車，衝下車道，匆忙開上道路時壓斷了一根樹枝。我想那時候我已經下定決心。我想那個下午我已對自己許下承諾，要是我今天重新踏進屋裡就會違背的承諾：那是我最後一次離開，我永遠不要再離開一次。

承諾，承諾。我加速往機場前進。

二〇〇一年

二〇〇一年元月
就職日

能在天色已晚、行程延遲數小時後上巴士，和一群志同道合、沆瀣一氣的人在一起，是人間少有的樂事。但最後，無可避免的，你會被拋回這個城市。雨在地面結成冰，雪掩住融雪。

上上星期六，如果沒有更好的邀約，你可能五點半就起床，讓絲巾和喀什米爾羊毛外套留在衣櫥，穿上你破爛的紅翼隊球衣和好幾層舊毛線衫，搭計程車到125街的哈林州政府大樓。二十位年輕社會學家、一群同行的福特漢姆大學學生，和兩個在愚人村酒吧喝通宵的迷路巴納德大四生，正在那裡等待往華盛頓的交通車。

看到交通車姍姍來遲，才知道那原來是兩部年代久遠的黃色校車。這次活動是由國際社會學家組織哈林分處的大衛．施茂奇負責，他長得很像鬍子刮乾淨的肯尼斯．布萊納[1]，這天穿著防水靴、尼龍有帽外套，戴了一頂顯得憨傻的絨線帽。他自掏腰包，花了一千五百美元租這兩部巴士，而他賣出的車票所得離一千五百美元還很遠。他說，有一批支持者在得知巴士沒有洗手間之後退出。你或許會對這理由嗤之以鼻，嘲諷那些人的嬌慣習氣，但在這班本來就行進緩慢，又因天雨和濃霧而行如牛步的校車，在新澤西收費公路上的每個服務區都停車放人小解之後（而且每一次暫停都膨脹成抽根菸的休息、擴張為吃點心的機會），你會恨不得自己搭的是設備齊全的大巴士。

話說回來，你坐在溫暖、乾燥的巴士裡閱讀《社會主義勞工報》的時間愈多，站在最高法院後面史坦頓廣場的泥濘裡的時間就愈少。史坦頓廣場能躲雨的地方只有彌漫藥水味的流動廁所，和蓋著塑膠布的露台，也就是為艾爾．夏普頓牧師暖身的演講人站著的、向四、五千名濕漉漉的非共和黨人海釣取歡呼的地方。天氣可能更糟，雨還可能更大。如果你碰巧上了龜速巴士，很晚才抵達，那麼，等到夏普頓接管麥克風，用他簡潔有力的斥責鼓動你，讓你不由自主激昂起來的時候，你可能只有小指凍僵。在雨中與凋落的海報

（「為賊喝采！」和「人民說話了——五個都說了」）和布雷希特[2]款眼鏡滿是雨點的鏡片為伴，你甚至可能對夏普頓有點粗鄙的抨擊產生好感，例如他要求杜比亞[3]「處理傑西[4]，別跟他廝混」，或刻意結巴說出的「克拉倫斯．他——他媽——湯瑪斯[5]」。

群眾都笑了，然後排成縱隊，徐徐沿著馬里蘭大道前進，包圍最高法院。如果你人在那裡，你會被群眾不間斷的呼喊鼓動：

種族歧視，性別偏見，反同性戀，
喬治．布希，滾蛋！

以及

1 Kenneth Branagh（1960-），北愛爾蘭演員及導演，以製作、導演及主演《莎士比亞》戲劇著稱，二十九歲時自導自演的電影《亨利五世》（*Henry V.*）曾獲奧斯卡多項提名，也是《雷神索爾》（*Thor*）的導演。

2 Bertolt Brecht（1898-1956），德國戲劇家、詩人。

3 指美國總統小布希（George W. Bush, 1946-），「杜比亞」（Dubya）為W的諧音（仿德州口音）。

4 傑西．赫姆斯（Jess Helms, 1921-2008）參議院外交關係委員會主席，共和黨籍保守派成員。

5 Clarence Thomas（1948-），最高法院大法官，曾於一九九一年大法官任命國會聽證會上被昔日助理指控性騷擾。

嘿，杜比亞，你說什麼——

你今天偷到幾張選票？

就算你其實不覺得喬治．布希冥頑不靈，也不覺得他那天偷了選票[5]。或許很久以前，你也曾在高中集會上有類似被撕裂的感覺。或許，儘管這群人的啦啦隊長綁了細髮辮，穿皮褲又戴了一堆看來累贅的鈕釦（清楚表現意識形態的念珠似的東西），而不是穿字母運動衫和百褶裙，你仍再一次覺得自己既興奮又厭惡。當環繞最高法院的人行道擠滿渾身濕透的抗議群眾，呼喊也轉變成康加舞曲節奏的：

這是民—主—的表—現，

那是偽—善—的德—性

每喊到「那」，數百隻濕淋淋的手便指向法院，就算你對「這」一句流露的沾沾自喜感到惱怒，乍聽到「那」一句排山倒海般的憤慨，又看到大理石法院若隱若現，沉默、幽暗，躲在一排戴著鎮暴頭盔的條子後頭一動不動，你的憤怒或許頓時拋在腦後。你或許會慶幸自己來到這裡。

但緊接著，隨著隊伍邁步向前，環繞法院的東南隅而行，你或許會產生那種「看到自己在看自己」的怪異體驗。在第二街另一側的佛羅里達之家，在懸掛愛國旗幟的高窗後面，男男女女正等待派對開始。他們穿著你會留在家裡的西裝和鞋子，吃著你前個星期幾乎每天晚上都在餐館吃的食物，喝著你忽然好想喝的八十度烈酒，以夾雜好奇、恐懼和滿足的神情凝視著你人在其中的那群濕淋淋的遊行者——你雖然只加入一會兒，但不完全排斥成為活躍的一員。

回程花了七個小時。年輕的社會學家們（一個威訊通信的裝機員、一個曾是布朗大學足球明星的酒保、一個菜鳥教師）比較著彼此的手機，讀馬克思摘要（「省下讀三冊《資本論》所需的兩年時間」），異口同聲地稱讚《六人行》影集，對《戰士公主西娜》[6]的功過則見解分歧，恪遵同／異性戀的路線。能在天色已晚、行程延遲數小時後上巴士，和一群志同道合、沆瀣一氣的人在一起，是人間少有的樂事。但最後，無可避免的，你會被拋回這個城市。雨在地面結成冰，雪掩住融雪。只要你在等搭地鐵回家，你或許就仍是你的一種變體，從巴士出來的變體、比較年輕而紅潤的變體。但稍後你要剝去一層層保暖的衣物，穿了一整天仍濕答答的戲服。然後，你看到衣櫥裡吊著完全不一樣的戲服；而在淋浴間，你一絲不掛，獨自一人。

二〇〇一年

5 小布希於二〇〇一年元月二十日宣誓就職，他是第一個輸掉普選，但贏得選舉人票而勝出的總統。

6《Xena: Warrior Princess》，美國備受歡迎的電視影集之一，描述中古世紀驍勇善戰女英雄西娜的奇幻故事。

文學森林 LF0054

如何獨處

How to be Alone

作者
強納森・法蘭岑（Jonathan Franzen）

一九五九年出生，美國小說家、散文作家，《紐約客》撰稿人。出生於美國伊利諾州，母親是美國人，父親是瑞典人。一九八一年從斯沃思莫學院（Swarthmore College）畢業，主修德文。一九九六年，法蘭岑在《哈潑》雜誌上發表的一篇題為〈偶然作夢〉的文章，表達了其對文學現狀的惋惜，從此聞名於世。他的第三部小說《修正》震驚文壇，引來如潮好評，獲得美國國家書卷獎及普立茲獎提名，也是年度暢銷書。第四本小說《自由》出版後，被《時代》雜誌譽為「偉大美國小說家」。另有文集《如何獨處》、《*The Kraus Project*》等。

譯者
洪世民

六年級生，外文系畢，現為專職翻譯，譯作涵蓋各領域，包括《一件T恤的全球經濟之旅》、《告別施捨》、《獨居時代》等非文學書籍，以及《應該相信誰》、《浮生》、《靈魂的代價》等小說。

美術設計　謝佳穎
副總編輯　梁心愉
版權負責　陳柏昌
行銷企劃　傅恩群、詹修蘋

初版一刷　二〇一五年元月五日
初版六刷　二〇一九年十一月七日
定價　新臺幣三四〇元

ThinKingDom 新經典文化
發行人　葉美瑤
出版　新經典圖文傳播有限公司
地址　臺北市中正區重慶南路一段五七號一一樓之四
電話　02-2331-1830　傳真　02-2331-1831
讀者服務信箱　thinkingdomtw@gmail.com
部落格　http://blog.roodo.com/thinkingdom

總經銷　高寶書版集團
地址　臺北市內湖區洲子街八八號三樓
電話　02-2799-2788　傳真　02-2799-0909
海外總經銷　時報文化出版企業股份有限公司
地址　桃園市龜山區萬壽路二段三五一號
電話　02-2306-6842　傳真　02-2304-9301

如何獨處 / 強納森・法蘭岑（Jonathan Franzen）著；洪世民譯. -- 初版. -- 臺北市：新經典圖文傳播, 2015.01
328面；14.8×21公分. --（文學森林；YY0154）
譯自：How to be Alone
ISBN 978-986-5824-13-6（平裝）

874.6　　102021631